DER GLÜCKLICHE TOD

Lukas Wiedey

Der glückliche Tod

Kriminalroman

Impressum

Bibliografische Information der Deutschen Nationalbibliothek:
Die Deutsche Nationalbibliothek verzeichnet diese Publikation in der Deutschen Nationalbibliografie; detaillierte bibliografische Daten sind im Internet über http://dnb.dnb.de abrufbar.

© 2022 Lukas Wiedey

Herstellung und Verlag: BoD – Books on Demand, Norderstedt

ISBN: 978-3-7543-3722-6

- F Ü N F   T A G E   V O R   D E R   W A H L -

In einem flachen Landstreifen, wir befinden uns in Deutschland, welcher eigentlich nur durch die Unscheinbarkeit ins Auge scheint, erheben sich im Norden dichtbewaldete Berge. Ehrlichgesagt würde wohl kein Fremder diese als Berge, sondern vielmehr als Hügel bezeichnen, doch sind sie mit Abstand das höchste, was sich in diesem Ländchen befindet. Auch diese Berge sind nicht weiter auffällig. Nein, es fallen nur die vielen Bäume auf ihnen auf, weshalb man sie die Baumberge nennt. Sicherlich hatten sie von offizieller Seite noch einen ganz anderen Namen, doch war es den Leuten hier egal. Der Name der Berge passte zum Land: simpel, vertraut und doch vollkommen. Und am höchsten Gipfel, wenn wir ihn denn so nennen wollen, tropft es langsam aber stetig aus einer Felsspalte. Und dieses Wasser ist: simpel, vertraut und doch vollkommen. Keine 50 Höhenmeter tiefer hatte sich allerdings schon so viel Wasser angestaut, dass es sich zu einem Bach und schließlich zu einem Fluss sammelte. Dieser Fluss wurde meist schlicht „Die Grüne" genannt von den Menschen des Ländchens, durch das dieser Fluss fließt.

Etliche Kilometer weiter flussabwärts teilt sich schließlich der Fluss dreimal auf, allerdings nur um wenige Kilometer später wieder zusammen zu fließen. Schon im Mittelalter wurden an dieser flachen Stelle des Flusses Brücken und Burgen gebaut, weshalb man die Stadt, die heute an dieser Stelle liegt, Grünfurt, oder meist noch heimatlich platt Greenfort, nennt. Hier im seichten Wasser schimmerte die Grüne besonders grünlich.

Diese Stadt war keine Großstadt, aber auch keine Kleinstadt. Sie war schlicht eine Stadt. Doch auch diese Stadt verlässt die Grüne schon bald wieder und fließt weiter in den Süden, ehe sie in den nächsten breiteren Fluss fließt, der wiederrum in einen großen Strom fließt, der wiederrum in das kalte Meer im Norden fließt. Und auch dieses Meer ist nur ein kleiner Arm eines gigantischen Ozeans, der die gesamte Welt umfasst.

Doch nun blicken wir wieder auf Greenfort, dem Ort an dem sich die Grüne in drei Läufe aufteilt. Die Ost- die West- und die Dicke Grüne. Obwohl der gesamte Landkreis charakteristisch für seine neutrale Unspezifität steht, sticht eines an oder in der Stadt Greenfort hervor: Das Schloss! Zwischen den Gräben der Dicken und der Westgrünen erhebt sich seit vielen Jahrhunderten ein prächtiges Schloss aus dem Barock. Der helle Backstein und der leuchtende Sandstein schweben über einer beispiellosen Parkanlage, die kaum von der des Versailles übertroffen werden kann. Und an all die vielen Menschen dort draußen, die noch nie etwas von der Stadt Greenfort gehört haben, dann habt ihr sicherlich schonmal von ihrem Schloss gehört, welches wahrlich Greenforts wahrer Stolz ist. In der klassischen Form eines Us strahlt der helle Stein unter dem prächtigen Dach aus dunklem Kupfer der Sonne entgegen. Aus den unzähligen kleinen Fenstern verhüllt von den typisch barocken schneeweißen Rahmen mag man sich leicht vorstellen, wie die feinen Damen und Herren dereinst in bunten Kleidern und schimmernden Schmuck aus ihnen hinaus auf den sagenhaften Garten blickten.

Und wie pompös dieser Garten war! Auf der einen Seite führte eine von entenfütternden Touristen geliebte Treppe hinab in das ruhige Wasser der Dicken Grünen, während sich zur anderen Seite ebenfalls eine Treppe, begleitet durch hochwertig gemeißelte Geländer, hinauf zu dem großen weißschimmernden Tor des Schlosses selber befand. Hinter einem fein gepflegten Kiesweg, der im Schatten stolzer Eichenbäume um die gesamte Schlossinsel herumführte, sanken sich Treppen aus in der Sonne glänzenden Sandstein einem pompösen Labyrinth aus haargenau beschnittenem Buchsbaum und perfekt bemessenen Nadelhecken entgegen. Erst aus der hohen Entfernung eines Helikopters konnte man das aufwendige Muster in Form von gigantischen Blumen und barocken Gewinden erkennen. Zwischen diesem botanisch exquisiten Konstrukt erhoben sich auf meterhohen Sockeln Marmorstatuen nackter barocker Schönheiten, edel anmutender Löwen und Wildschweinen.

Und so wundert es auch nicht, dass am Tage X, der Beginn unserer schaurigen und verflixten Geschichte, sich viele vornehme Bürger der Stadt Greenfort im Park genau dieses idyllischen Wahrzeichens versammelt hatten. Es war Sommer und an dem Ufer auf einer Wiese an der Seite der kleinen Insel war ein Podest aufgebaut, dessen offene Seite genau auf das protzige Schloss und seinen verzierten Garten blickte. Auf diesem Podest stand ein dicklicher Mann in einem weißen Anzug. Er schwitzte vor Stress und der erbarmungslos auf ihn niederbrennenden Sonne, doch lächelte er aus beiden Augen in sein Doppelkinn, da so viele Leute gekommen waren um mit ihm zu feiern. Der dicke Mann war der Bürgermeister dieser Stadt, der nervös seine Rede vor sich hin stammelte. In Greenfort war nämlich wieder der Wahlkampf angesagt und der langjährige Bürgermeister Schulze-Kettlein hatte zum ersten Mal seit langer Zeit ernstzunehmende Konkurrenz. Schweiß tropfte über seine weiche Stirn, als er den zu seinem Bankett geladenen Gästen die großen Errungenschaften der letzten 15 ½ Jahre im Amt anpries. Von Errungenschaften zu sprechen war vielleicht etwas hoch gegriffen, doch zumindest hatte sich für die wohlhabenden Bürger Greenforts seitdem nichts mehr verschlechtert. Und da es ihnen von je her hier gut erging, reichte ihnen das. Wäre da nicht der kleine Stadtteil im Westen jenseits des Kanals, der die Industriestädte des Südens mit dem weiten Meer im Norden verband. Dieser ärmlichere und wilde Stadtteil Greenforts war dem Bürgermeister schon immer ein Dorn im Auge und ausgerechnet daher kam nun sein ärgster Konkurrent um sein Amt, dass ihm wirklich alles bedeutete. Doch war es auch die unsägliche Hitze, die ihm heute sehr zu schaffen machte. Es mussten mindestens 30 oder 32 Grad gewesen sein, als er sich abermals mit einem schon durch genässten Taschentuch den Schweiß von der Stirn tropfte. Er war nicht der einzige auf dieser grünen Wiese neben dem Schloss, der große Probleme mit der Hitze hatte. Das ganze Volk Greenforts ging in ihren feinen, aber viel zu dicken, schwarzen und sommerfeindlichen Anzügen und Blazers beinahe ein. Die Bewohner Greenforts hegten so manche Eigenheit, die einem Fremden sicherlich erst einmal sehr befremdlich vorkommen würden. Nicht zwangsweise in ihren Ritualen, sondern eher in ihrer Art zu denken und das besonders was das Leben mit einem solchen Wetter an einem so ungewöhnlich heißen Tage angeht. So wirklich recht machen konnte man es ihnen nämlich nie. Im Winter war es ihnen unter der dicken Schneedecke zu kalt und unwirtlich, doch kaum schmilzt das Eis, so wünschte sich jeder direkt wieder weiße Weihnachten, die es hier schon seit Jahrzehnten nicht mehr gab. Im Sommer, wie es jetzt einer war, war es dann wiederrum das gleiche Spiel mit umgekehrten Vorzeichen.

Das ganze Jahr fieberten die Menschen auf die warmen Tage und kaum waren sie gekommen, da war es ihnen auch schon wieder zu warm. Das Einzige was das Volk in Greenfort zufriedenstellen konnte, war der eigene Wohlstand und der eigene Stolz auf diesen. Solange dieser weiterhin so auf sie fiel wie seit Beginn der Zeit, waren sie scheinbar glücklich in ihrer eigenen kleinen Blase namens Greenfort. Man konnte sich zwar um die Verantwortung des jetzigen Bürgermeisters dafür streiten, aber wieso sollte man, so dachte man immer, etwas ändern, wenn es auch so laufe? Da hielt man dann auch die brüllende Hitze zwischen den fein zurechtgeschnittenen Skulpturen aus Buchsbaum, marmorierte Treppen und kunstvoll angelegten Beeten des Schlosses aus um die stolze Gemeinschaft zu bestätigen. Ungeduldig warteten alle auf den feierlichen Sekt zum Anstoßen, während der Herr Schulze-Kettlein weiter vor sich hin stammelte.

„Wie kann man sich nur so zum Affen machen?" kam es leise aus Kommissarin Leonie Neufeld gepurzelt.

Sie war jung und noch nicht sonderlich lange in der Stadt, daher blickte sie stets mit einer gewissen Skepsis und Unzufriedenheit auf all die Begebenheiten, die den alt eingesessenen Bürgern der Stadt längst nicht mehr auffielen. Oder wie ihr Boss der Polizeichef es formulierte: „Sie bringt uns den frischen Wind, den wir hier brauchen!" Stolz sagte er dies immer, da es ihm gelungen war die Jahrgangsbeste der Kommissarausbildung der nächsten Großstadt für Greenfort zu gewinnen. Und das hieß schon was, denn jene Stadt war berühmt für den „frischen Geist der jungen Leute". Aber im Herzen war der Polizeichef dann doch ein Mann der alten greenfortischen Schule, der ständig im Streit mit seinen frischen Zukunftsplänen stand.

„Na hören Sie mal, Fräulein Neufeld" er stand direkt neben ihr und hatte somit ihren Spott gegenüber dem Bürgermeister mitbekommen. „Unser Heinz, also Herr Schulze, Herr Schulze-Kettlein ist das Beste was uns in unserem schönen Greenfort passieren konnte!"

„Herr Freimuth, erstens setzen Sie bitte ihre Maske wieder auf, wenn sie reden und zweitens nennen Sie mich bitte nie wieder Fräulein!" entgegnete sie mürrisch, als sie sich ihre FFP2 Maske neu richtete. In dem Land war eine Virus-Pandemie ausgebrochen, die es gesetzlich vorschrieb, sich mit einer Mund-Nasen-Bedeckung an öffentlichen Veranstaltungen auszustatten. Immerhin konnten öffentliche Veranstaltungen überhaupt wieder stattfinden, mit mehreren Sicherheitsmaßnahmen, was wohl auch einer der Gründe war, weshalb Bürgermeister Schulze-Kettlein so nervös aber auch glücklich lächelte.

„Und deshalb", fuhr der Herr Bürgermeister stolz fort, „lasst uns, ihr ehrenwerten Bürger Greenforts, die wir uns gegenseitig so viel zu verdanken haben, die Gläser heben und anstoßen auf die harten, aber erfolgsversprechenden Wochen des diesjährigen Wahlkampfs."

Jugendliche Mädchen und Knaben in schicken Gewändern traten mit Tabletts voller Sekt- oder wahlweise Orangensaftgläser hervor und verteilten sie lächelnd an die vielen Gäste, die selbstverständlich dankend die feierliche Erfrischung annahmen.

„Drum sag ich Prost und erhebe das Glas: Auf Greenfort, auf unsere gemeinsame Vergangenheit und Zukunft!"

Die Masse, so an die 50 Gäste waren geladen, stießen hoch in die Luft an mit einem wie im Chor abgestimmten „Zum Wohl" und somit endete die Rede des Bürgermeisters. Die Rede über seine Erfolge, den hohen Lebensstandard und das schöne und saubere Äußere der Stadt. Dies alles war sein Verdienst!

„Wer es glaubt wird selig", dachte als Einzige die Kommissarin skeptisch die glücklichen Doppelkinne der umliegenden Leute betrachtend.

Ihres Wissens nach ging es der Stadt schon seit je her gut und besonders Herr Schulze-Kettlein war einer dieser Menschen, die sich auf dem kuschligen Berg der unteren Oberschicht ausruhten, den die Vorfahren hart für Greenfort erkämpft hatten. Doch hob auch sie nach einem fordernden Blick ihres Chefs ihren Orangensaft und stieß mit der Masse an. Begeistert war sie sicherlich nicht davon, dass der Polizeichef während der Arbeit lieber zum Alkohol als zum Orangensaft griff, aber mittlerweile hat selbst sie gemerkt, dass es manchmal besser ist vor dem Vorgesetzten auf gutdeutsch die Schnauze zu halten. Auch wenn ihr das bis zum Ende hin schwerfallen sollte. Schließlich wollte auch sie eines Tages seinen Platz an der Spitze der Polizei übernehmen. Das Talent und das Selbstbewusstsein dafür hatte sie allemal und das wusste auch keiner besser als ihr Vorgesetzter Polizeichef Klaus Freimuth.

Der offizielle Part des Banketts war somit vorbei und die Menge verstreute sich ein wenig um beim Glase Sekt Konversation zu pflegen. Die meisten Leute kannten sich untereinander, weshalb schnell ein durchgängiger Wirrwarr von Stimmen, gelegentlichen Lachen und anstoßenden Gläsern den Schlosspark erfüllten. Besonders die objektiv betrachtend durchaus hübsche neue Polizistin Leonie Neufeld warf die Blicke und Zungen der neugierigen Stadtgemeinde auf sich. So war sie gerade in ein Gespräch mit einem kleinen, dicken Mann mit weißem Haar verwickelt, als sie erneut von hinten ihr Chef ansprach:

„Ah, Fräulein, Frau Neufeld, darf ich Ihnen vorstellen? Unser verehrter Vorstand unserer Fußballmannschaft. Rudi, Rudi

Altstädter! Läuft gut für unseren SC! Aber das hat er dir, Ihnen, sicherlich schon selber erzählt."

„Ach, der Herr Wachtelmeister! Schön disch zu seh´n!" sprach Rudi Altstädter ihm freundlich lachend entgegen und schritt leicht wankend zur Seite.

„Ähm ja, haben Sie mal kurz ´ne Minute Frau Neufeld? Entschuldige Rudi." fuhr Freimuth fort, als er seinen Arm kurz über ihre Schulter legte, dann aber doch schnell unsicher wegzog, als er den kritischen Blick seiner jungen Kollegin erahnte.

„Wissen Sie" noch immer lag das Wort beim Polizeichef, der nach jeden paar Worten einen neuen Schluck seines schon leeren Sektglases nahm, „diese Veranstaltungen hier und auch der gesamte Wahlkampf sind sehr wichtig für uns. Also uns als Polizei. Ja und vielleicht auch was die meine und die ihre Persona angeht…"

Neufeld schritt ein Schritt zur Seite: „Wie meinen Sie das?"

Wieder wanderte der Arm Freimuths kurz an die Schulter der jungen Brünetten, bevor er geschickt die Bewegung verlängerte um sich durch seine beinahe schon gänzlich ausgefallenen braugrauen Locken zu streichen.

„Ich versteh ja durchaus, dass Sie gelegentlich unserem Heinz kritisch gesinnt sind. Er hat halt seine Eigenheiten, aber die haben wir doch schließlich alle hier in unserer schönen Stadt. Aber wir müssen eben auch wissen, dass ich meine Stellung hier im Präsidium dem Heinz zu verdanken habe. Und auch Sie, meine hoch geschätzte Kollegin, sollten sich mit ihm ins Reine stellen, wenn Sie eines Tages, wenn der Herr mich ruft, mir nachfolgen wollen."

Das Gesagte hinterließ Leonie Neufelds Gesicht stutzig.

„Vielen Dank Herr Freimuth, aber ich verdiene mir meine berufliche Laufbahn lieber doch durch ehrlichen Erfolg und nicht durch" sie stockt leicht angewidert „durch das was Sie auch immer meinen!"

„Nein, nein, Fräulein, ähm Frau Neufeld, verstehen Sie mich nicht falsch. Ich mache mir nur große Sorgen auf die Wahl in wenigen Tagen blickend. Ich befürchte, dass sich unser Herr Schulze nicht weiter gegen seinen Konkurrenten, dem öden Matuschke, behaupten kann."

„Na dann ist das halt der Wille des Wählers. Ich denke nicht, dass das in unsere Aufgabenbereiche als Gesetzeshüter zählt!"

„Nun ja, aber ist es meine bürgerliche und amtliche Pflicht zumindest Ihnen zu verraten, dass ich dem Sven Matuschke nicht traue. Er kommt hinterm Kanal weg und ist, sagen wir mal, der Polizei durchaus bekannt und nicht zwangsweise günstig ihr gegenüber eingestellt, wenn sie verstehen. Deshalb ist es unsere Pflicht den Heinz, also den Schulze-Kettlein, da zu unterstützen wo wir nur können. Also setzen Sie doch bitte ihr fröhliches Lächeln wieder auf und genießen Sie ihren Arbeitstag an der frischen Luft mit einem guten Trank! Hört sich das nicht gut an?"

Bei den letzten Worten begann er aus seiner Raucherlunge zu lachen und versuchte mit einem lockeren Schlag auf Neufelds Schulter ihr Gemüt aufzuheitern. Mit mäßigem Erfolg, denn sie blieb ernst:

„Wenn das so ist, dann werde ich mal lieber diese falsche Veranstaltung verlassen und mal die Akten nach einem Herrn Sven Matuschke durchforsten. Ich denke, dabei sollte meine Arbeitskraft besser aufgehoben sein als hier."

Trotzig drückte sie ihm ihr Glas in die Hand und schritt in Richtung der alten Brücke über die Dicke.

Weit in Richtung des Parkplatzes kam sie allerdings nicht, da ihr Polizistenherz durch panische Schreie aus der Ferne geweckt wurde. Sofort blickte sie sich um und eilte zurück zur

Menschenmasse, die gemütlich in Richtung der Wiesen und Wäldern hinter dem Schloss trabten. Allen voran der Polizeichef Freimuth, der durch ruhiges Auftreten versuchte die aufgeheizte Stimmung der Greenforter zu beruhigen. Doch wurde er schon bald von seiner jungen Kollegin eingeholt, die an ihm vorbeisprintete und zu einer großen Grasfläche eilte, von wo sie den panischen Schrei vermutete. Hinter einem kleinen Waldstück blieb sie schließlich stehen. Es war eine Frau die geschrien hatte. Sie war klein und dick wie fast alle Bürger der Stadt, die Leonie Neufeld bisher kennenlernen musste und war gehüllt in einem feinen blauen Blazer unter einem viel zu großen blauen Sonnenhut. Bleich und zitternd trat sie der heranrasenden Kommissarin entgegen, die sofort ihre Dienstmarke zeigte und aufschrie: „Polizei! Guten Tag, Neufeld mein Name! Sie haben geschrien?"

„Ja äh, guten Tag." Die Arme bekam kaum ein Wort raus. „Wissen Sie, ich hab´ es ja immer so in der Hüfte vom langen Stehen. Der Herr Doktor meinte schon, dass ich es mal mit Sanilak, Senihüft, oder wie das heißt, versuchen sollte. Wissen Sie was ich meine? Der Doktor Neßling, ein ganz toller Arzt, der meinte schon immer ich soll nicht mehr so viel stehen und mal gesünder essen, aber es schmeckt doch so gut."

Überforderung zierte das Gesicht der schlauen Kommissarin. Was erzählte die da für einen Quatsch? Doch dann kam auch endlich Polizeichef Freimuth gemütlichen Schrittes um die Ecke, der seine Arme ausbreitete und die verwirrte Dame in den Arm nahm.

„Aber Herr Freimuth! Achten Sie bitte auf den Mindestabstand im Dienst!"

Er ignorierte den Protest seiner Kollegin und sprach in ruhiger Stimme auf die Alte ein: „Ach Fräulein Bakenbusch! Sie machen Sachen. Dann erzählen Sie mal ganz in Ruhe was passiert ist!"

Sie atmete tief durch: „Ach, bin ich froh, dass ich Sie sehe Herr Freimuth. Ich hab′ nach einer freien Bank Ausschau gehalten, weil ich es doch immer so mit der Hüfte beim Stehen hab. Doch weit und breit war keine zu sehen, da bin ich bis nach hier hinten gegangen und dann sah ich es…"

„Dann sahen Sie was, Frau Bakenbusch?" fragte die Kommissarin aufgeregt. Natürlich war sie aufgeregt, denn so etwas spannendes hatte sie in den ersten Wochen hier in Greenfort noch nicht erleben dürfen.

„Da," sie zeigte auf eine kleine Baumreihe wenige Meter von ihnen entfernt, „dort hinter den Birken, zwei Leichen, blicken Sie doch selbst."

Langsam schritt die Traube von Menschen, die sich um die Polizisten gesammelt hatte um die Ecke und blieben ruckartig stehen. An einer großen Kastanie, keine zehn Meter hinter den besagten Birken, hingen zwei Menschen - ein Mann und eine Frau - an einem alten Tau. Ein Raunen ging durch die Leute, als man die Leichen erblickte.

Hauptkommissar Freimuth war der erste, dem das Wort wieder zufiel. Er schritt nach vorne, musterte kurz die Leichen und wandte sich dann schließlich zu den geschockten sonst so von Lebensglück geküssten Bürgern Greenforts.

„Ja, meine lieben Mitbürger, liebe Freunde. Es wäre denk ich wohl am besten, sie gingen alle mal wieder in Richtung Bankett oder gleich ins traute Heim. Dies sind wahrlich keine Anblicke, die ein Mensch an einem solch schönen Sommertag sehen sollte. Tragisch, wie sich zwei so junge Menschen vor unser allen Augen das Leben nehmen mussten."

Er winkte mit den Händen in Richtung der Ausgänge des Parks, woraufhin die vielen Gäste des Bürgermeisters, er selber war schon kurz nach seiner Rede schweißgebadet in den

Schatten des Schlosses vor der Sonne geflohen, sich schweigend davon machten.

„Also Herr Freimuth, da muss ich aber wirklich protestieren!" Es war die Stimme Leonie Neufelds, die an sein Ohr prasste. „Sie verkünden hier der weiten Öffentlichkeit den Suizid als Todesursache, dabei fanden noch keinerlei Ermittlungen statt!"

Einem kurzem genervten Blick Freimuths folgten nachdenkliche Blicke, da er es sich schließlich nicht mit der talentierten Jungen verspaßen wollte.

„Ach, meinen Sie etwa?"

„Mmh, noch meine ich gar nichts. Aber zumindest sollten wir erstmal die Ermittlungen aufnehmen, bevor wir voreilige Schlüsse ziehen!"

„Aber ja gut, Frau Neufeld. Da hängen zwei Leichen mit einem Seil um ihren Hals an einem Baum. Sonderlich viel Spielraum lässt uns das sicherlich nicht."

Stumm blickte sie zu den Toten und schritt mit hellwachen Augen langsam näher. Klänge es nicht so makaber, hätte sie glatt gesagt: „Endlich! Meine ersten Toten!" Doch verbot ihr das ihr modernes Verständnis von der Menschenwürde und ihre Verachtung vor dem sogenannten Schwarzen Humor. Bis auf wenige Fingerbreiten schritt sie an die Leichen ran und blickte höchst konzentriert auf alle auch noch so kleinsten Details, die ihr auch nur irgendwie verraten konnten, was hier an diesem schrecklichen Ort mit den beiden geschehen konnte. Hinter ihr stand ihr Chef, der nun wieder beinahe vergnüglich von dem forschen Vorgehen seiner neuen Angestellten lächelte. Da war sie. So wie er sich eine Musterschülerin vorgestellt hatte. Sie erinnerte ihn an sich selber, als er noch frisch und jung war. Immer jede Kleinigkeit unter die Lupe nehmen und in Frage stellen, egal wie eindeutig die Sache auch aussah.

„Und, was denken Sie?"

Die Kommissarin war mittlerweile einmal um den Baum herumgegangen und blickte nochmal von weiterer Distanz auf diesen furchtbaren Ort, ehe sie antwortete:

„Vieles denk ich. Aber vor allem denke ich, dass sie ihre Aussage von vorhin lieber revidieren, wenn nicht sogar gänzlich korrigieren sollten. Sehen Sie! Sind die Äste an den die beiden hängen nicht ungewöhnlich hoch? Schauen Sie mal hier: Die Füße der Frau baumeln gar noch ein Stück über unseren Köpfen und dennoch ist dieser Ast mit Abstand der niedrigste. Wie sollen sie ihn erreicht haben? Kletternd erscheint mir das glatt unmöglich! Zu hoch ist der Ast und zu dick und glatt ist der Stamm, als dass man sich an ihm hochhangeln könnte. Geschweige denn in der bitteren Absicht zu sterben!"

„Meinen Sie etwa?" Freimuth war zwar nicht überzeugt, aber zumindest von der Denkweise der jungen Kollegin fasziniert und blickte nun auch ebenso genau auf die kleinen Details rund um die Kastanie.

„Es bräuchte schon so etwas wie eine Leiter um dorthin zu gelangen. Doch sehen Sie hier weit und breit eine? Und schauen Sie doch mal hier unten. Sehen Sie diese stumpfen Abdrücke? Ganz klar deuten sie auf einen Gegenstand hin, der geholfen hat die beiden dort rauf zu schaffen. Und das bedeutet was?"

Mittlerweile fühlte sich der Polizeichef Freimuth selber wie der Neuling, der von einem erfahrenen Lehrer belehrt wird. So souverän und selbstbewusst trat die Frau Neufeld vor ihm auf. Er wusste nicht so ganz, ob ihm das jetzt gefallen sollte. Er mochte ihre forsche Art zu denken, doch schließlich war er hier noch der Chef im Präsidium, weshalb er weiterhin skeptisch zu den Gedanken seiner Kollegin stand. Wohl gemerkt dem Inhalt der Gedanken und nicht der Art und Weise dieser.

Durch sein Schweigen wurden ihre Fragen zu rhetorischen Fragen und sie fuhr fort: „Es bedeutet, dass eine Dritte oder ein Dritter beteiligt sein musste. Und zack: Müssen wir wegen akutem Mordverdacht ermitteln!"

Stolz auf ihre Gedankengänge lachte sie ihren Chef an. Genau solche plötzlichen Wendungen waren es, die ihr so viel Vorfreude auf das kurzweilige Arbeitsleben als Kommissarin bereitete. Freimuth allerdings war immernoch skeptisch und schritt weiter stumm um die Leichen. Er hatte schon viel gesehen und weitaus mehr Erfahrung als die junge Neufeld, daher blickte er weniger romantisiert auf vieles im Leben als Kommissar. So hatte er schon bald gemerkt, dass es zwar immer wieder spektakuläre Wendungen in Kriminalfällen gab, doch in den allermeisten Fällen war dann doch alles so, wie es scheint. Und auch wenn er sich auf ihre Gedankengänge einließ, überzeugten sie ihn nicht in ausreichender Gänze. Schließlich sah doch alles so eindeutig aus. Und warum waren die Toten bis auf das Seil um den Hals unverletzt? Bei einem Mord müssten doch wenigstens Kampfspuren oder weitere Wunden vorzufinden sein. Doch auch diese Einwände überzeugten wiederrum Kommissarin Neufeld nicht, weshalb sie sich beide noch Worte und Blicke gegenseitiger Überzeugungskraft versuchten entgegen zu werfen.

„Na gut, weiter zu diskutieren wäre nun wahrscheinlich müßig." Trotz der Bewunderung seiner jungen Kollegin hingegen, war es ihm doch wichtig das letzte Wort zu behalten. „Drum bleibt uns erstmal wohl nichts anderes, als die Gerichtsmedizin in Kenntnis zu setzen und abwarten, was sie so herausbekommen!"

Da gab es nichts mehr hinzuzufügen.

Doch nun mussten die beiden auf jene Gerichtsmediziner warten.

„Ach, immer diese Selbstmörder. Nerviges Pack, was?" meinte schließlich Herr Freimuth aufmunternd lächelnd zu seiner jungen Kollegin, die bloß mit einem schockierten Blick antwortete. Solche Ausdrucksweise erschien ihr wirklich mehr als unangemessen. Doch groß anders war sie es von ihrem Chef auch nicht gewöhnt.

„Ach, sein Sie nicht so, Fräulein Neufeld" fuhr er schließlich fort, einen weiteren krummen Blick erntend. „Über die Jahre, so wird es Ihnen sicherlich auch ergehen, ist man immer ein wenig abgestumpft. Natürlich sind die, die am Selbstmord verrecken"

- „Suizid!"

„Jaja, die Armen, die dem Suizid erleiden, tief zu bemitleidende Seelen. Und denke man erst einmal an die Angehörigen, die es nicht verhindern konnten. Ach herrjeh…"

„Was möchten Sie sagen?" fragte schließlich die Neufeld mit verdrehenden Augen dazwischen.

„Ich frag mich ja immer nur, warum müssen wir uns denn da überhaupt drum kümmern? Als Polizist will ich doch das Gesetz beschützen und die Gesellschaft von Verbrechern befreien. Was sollen wir denn da tun? Wollen wir etwa einen Toten bestrafen?" fragte er schließlich laut auflachend und klopfte seiner Kollegin auf die Schulter.

Das laute Lachen lockte die Blicke der letzten Passanten an, die sich noch in der Nähe der beiden Polizisten befanden. Besonders die Aufmerksamkeit des noch vergleichsweise jungen Pastors der schönen alten Kirche gegenüber des Polizeipräsidiums, wurde geweckt. Langsam schritt er näher.

Doch erstmal antwortete Leonie Neufeld noch in hohem Ton: „Sie spielen wohl auf die vor wenigen Jahren erlassene

Rechtsprechung aus Karlsruhe an, welches dem Menschen ein expliziertes Recht auf die Selbsttötung zuspricht?"

Freimuth, der bei bestem Willen nicht wusste, wovon seine Kollegin sprach, bejahte. Er konnte vor seiner jungen Angestellten ja auf gar keinen Fall zugeben, dass er nicht auf dem aktuellen Stand war.

„Da mögen Sie ja recht haben" fuhr die Neufeld schließlich fort, „aber wenn es sich nun also tatsächlich nicht um einen Selbstmord handeln sollte? Mord ist schließlich noch verboten in diesem Land und die Beihilfe zum Suizid, um bei dieser Thematik zu bleiben, ebenfalls!"

Inzwischen war der Pastor, der vorhin noch zufällig Teil der aufgeregten Menschenmasse war, bei den beiden sich unterhaltenden Polizisten angelangt. Die letzten Worte hatte er allesamt mitgehört: „Verzeihen Sie, aber was ist dann mit den armen Seelen, die körperlich nicht mehr in der Lage sind, sich selber umzubringen, selbst wenn es ihr größter Wunsch ist?"

Leonie Neufeld und der Herr Freimuth waren beide sehr überrascht und fast sogar erschrocken, dass der junge Pastor plötzlich zwischen ihnen stand, was er sofort als Menschenversteher erkannte: „Entschuldigen Sie."

Nun zur Neufeld: „Ich bin der Pfarrer Konrad von der St. Bartholdi in der Altstadt."

Er hatte eines der wenigen Lächeln hier in der Stadt, welches Leonie Neufeld auf Anhieb einladend und sympathisch fand.

„Guten Tag, mein Name ist Kommissarin Neufeld." Sie musterte ihn kurz und sprach dann doch weiter. „Das, was Sie gerade ansprachen, ist natürlich ein sehr verzwickter Schwammbereich, den es leider viel zu häufig noch gibt."

Freimuth ergänze: „Ein Schwammbereich, der sich ja beinahe aus dem juristischen in den moralisch und damit Ihren Fachbereich manövriert. Doch liebe Kollegin, manchmal sind

Schwammbereiche, wie Sie es nannten, auch wahrlich tolle Sachen. Dort, wo Herz und Seele mehr fassen können als bloß eine Schublade, in der man vorschnell einteilt."

Jeder von den Dreien war überrascht von die vermeintliche Tiefgründigkeit Freimuths Aussage. Schließlich fuhr der Pastor Konrad fort:

„Wie dem auch sei. Sein Sie mal lieber froh, dass ich hier vor Ihnen stehe und nicht einer meiner Vorgänger. Ich sehe alles immer schon etwas moderner."

„Ich bin stets froh, dass Sie hier sind, Pfarrer Konrad" entgegnete Freimuth sofort, mit seinem beinahe schon auszeichnenden Schlag auf die Schulter seines Gegenübers.

Der Pfarrer fuhr fort: „Und ja wohl, Tote bestrafen geht sehr wohl! Lange Zeit wurden sie schlicht nicht beerdigt oder man hat ihren Nachkommen das Erbe entzogen."

Das modern schlagende Herz Leonie Neufelds musste sich dagegen wehren: „Also ich bitte Sie und ihre liebe Kirche! Meinen Sie denn nicht, dass die nicht schon genug bestraft sind?"

Pastor Konrad lächelte freundlich. Schließlich war es ja nicht seine eigene Meinung, sondern nur die Haltung der Institution, die er vertrat:

„Nun ja verstehen Sie" versuchte er zu erklären, „die Kirche sieht den Selbstmord, das wird Sie vielleicht überraschen, als die größtmögliche Sünde an. Zum einen, da der Betroffene, sein Leben nicht so annehmen will, wie Gott es ihm geschenkt hat. Zum anderen vor allem aber glaubt derjenige, der Suizid begeht, dass sein Leben nie mehr bergauf gehen kann, oder dass ihm Gnade widerfährt. Somit ist Selbstmord der endgültige Zweifel an der Gnadenfähigkeit Gottes. Doch jetzt, wo ich Ihre Blicke sehe, sag ich Ihnen eines: Ich sehe das alles wie gesagt moderner. Nur darf man das ja leider in so einer Stadt wie Greenfort nicht so laut aussprechen. Als sei man kein

Christ, wenn man nicht hinter jeder Haltung der Kirche in Rom stehe. Doch ist es, wie es ist: Hass zu sich selber, wie wohl bei einem Suizid von auszugehen ist, heißt gleichzeitig gegen das Gebot der Nächstenliebe zu verstoßen. So heißt es ja: Liebe deinen Nächsten so wie dich selber. Aber wie dem auch sei, möge Gott Sie in dieser schweren Zeit beschützen!"

Der Pastor verabschiedete sich schließlich wieder, als die Wagen der Gerichtsmediziner antrafen, die den Fundort der Leichen absicherten und mühsam mit Hilfe der örtlichen Feuerwehr die Leichen abnahmen und in ihre Hallen zur Untersuchung frachteten.

Der Tag neigte sich dem Ende und Klaus Freimuth setzte seine junge Kollegin im Präsidium ab, während es ihm selber nach dem kuschligen Bett war, in dem er seinen Schädel ausnüchtern konnte. Ohne dass es Frau Neufeld so wirklich bemerkt hatte, war es doch wohl mehr als nur ein Glas Sekt, was seine Kehle hinunterfloss. Er hatte Erfahrung und deshalb störte es ihm kaum noch sich seelenruhig in den Schlaf zu legen, nur wenige Stunden nachdem er zwei Leichen aufgefunden hat.

Anders verhielt es sich allerdings mit der jungen Leonie Neufeld. Sie war gepackt von dem Fall. Sie verließ nicht vor 22 Uhr das Büro und das auch nur, da ihr noch nicht alle Schlüssel zum Abschließen überreicht wurden. Gerne hätte Sie die ganze Nacht noch weiter gegrübelt und recherchiert über diese für sie so ungewöhnliche Stadt Greenfort und ihre für sie so unangenehmen Bürger. Sie traute vielem nicht, was sie heute gesehen hatte. Besonders das dicke Gesicht des Bürgermeisters wie er nervös vor sich her stammelte, ließ ihr keine Ruhe. Doch viel Negatives über ihn herausfinden konnte sie nicht. Es war wohl einfach seine Art und die Tatsache, dass er schließlich Gastgeber während eines Mordes war, die sie so skeptisch auf ihn blicken ließ. Doch musste sie die Zeit, die sie hatte, bis die Putzkräfte alles durchgewischt haben, sinnvoll nutzen. Wer waren die Toten? Yana S. und Julian K. Sie kamen aus der gleichen Stadt im Norden wie sie, doch gehört hatte sie die Namen noch nie. Außerdem waren kaum Daten, Informationen oder Einträge über die beiden zu finden. Es war für sie wie verhext. So gerne hätte sie weiter ihre Theorien bestätigt gesehen, doch konnte sie in dieser Nacht nichts machen als nach Hause zu fahren, sich in ihre kleine Wohnung begeben und schlafen. Die Wohnung war allerdings noch kaum eingerichtet, da sie seit ihrer Ankunft in Greenfort mehr Zeit bei der Arbeit als in ihrem neuen einsamen Heim verbracht hat. Ihr fehlte das Leben in der Großstadt, mit ihren Freunden in ihrer WG. Doch hatte nun mal der Ernst des Lebens und des Arbeitens begonnen und das freute sie. Nur an Nächten wie heute sehnte sie sich in ihr altes Bett im Zimmer neben ihrer besten Freundin zurück, die es nun aber auch beruflich in die weite Welt gezogen hatte.

Die Sonne ging unter, es wurde Nacht und die Sonne ging wieder auf. Es wurde Tag in Greenfort. Es war ein wunderschöner Morgen, wie ihn nur der Sommer schaffen konnte. Die Sonne kitzelte bereits die Nasen der Frühaufsteher, die von ihrer Maske befreit die Morgenluft und den Geruch der frischen Brötchen genossen, nachdem sie den örtlichen Bäcker verlassen hatten. Um sieben in der Früh schien die helle Sonne am Himmel auf die schon gut gefüllte Fußgängerzone der Innenstadt Greenforts. Kleine Bäckereien, Gemischtwarenläden und Modegeschäfte öffneten ihre Türen für die Bürger zwischen der Dicken- und der Ostgrünen. Ja, genaugenommen lag die Innenstadt Greenforts auf einer Insel zwischen den beiden Läufen der Grünen, doch war mittlerweile alles so sehr im Pflasterstein ausgebaut, dass es kaum noch auffiel. In der gleichen Morgenidylle stand im Westen der Altstadt das große Schloss mit ihren atemberaubenden Parkanlagen, die so friedlich vor sich hin sonnten, dass es beinahe auszuschließen war, dass am vergangenen Tag noch solch grausiger Anblick die Herzen aller erschütterte. Die Welt war wieder so, wie sie immer hier war. Simpel, vertraut und doch vollkommen.

Doch beendete das laute Brummen eines Motors diese morgendliche Idylle. Gegenüber vom alten Kirchplatz mitten in der Fußgängerzone raste ein alter grauer Mercedes holprig über den Pflasterstein und hielt direkt vor der Tür des Polizeipräsidiums Greenforts. Doch wirklich stören tat es in diesem schon dichtbelebten Teil der Stadt niemanden, denn das Auto war bekannt. Es war Polizeichef Klaus Freimuth, der aus dem alten Wagen stieg. Doch verwundert waren die Leute, die ihn sahen, schon ein wenig. Um diese Uhrzeit und mit einem solchen Elan hatte man ihn schon lange nicht mehr die Treppe zum Haupteingang hinaufschreiten sehen. Er war schon früh wach geworden und bekam den neuen Fall von gestern Nachmittag einfach nicht mehr aus seinem Kopf. Genauso wenig wie die Stimme seiner neuen Kollegin, die ihn in seinen Gedanken immer wieder ins Gewissen redete. Drum hatte er früh und ohne die Hilfe seiner Frau sich sein Frühstück samt Zigarette und Kaffee gemacht und voller Tatendrang das Haus verlassen. Heute wollte er Eindruck schinden und eher als alle anderen im Präsidium sein Kopf zum Rauchen bringen. Doch so plötzlich seine Motivation auch gekommen war, so plötzlich war sie dann aber auch direkt wieder weg, als er die Tür zum Büro aufmachte. Denn wer saß da schon seit weiß Gott langer Zeit? Das hübsche Fräulein Neufeld. Sie war immer eher als alle anderen da. Mittlerweile vermutete Freimuth sogar glatt, dass sie hier übernachten würde. Das für ihn am belastendsten war sogar, dass sie direkt ihren Mund aufmachte und anfing zu erzählen. Sie erzählte alles, was sie den letzten Abend noch herausgefunden hatte. Ihre Recherchen, ihre Gedankenspiele, einfach alles. Freimuth kam es immer mehr so vor, als sei er gänzlich nutzlos, denn alles was er sich für den Tag heute vorgenommen hatte, hatte seine Kollegin schon um 7 Uhr 15 vollbracht.

Natürlich hätte man in Ruhe auf den Autopsiebericht der Mediziner warten können, doch wäre dies nur verlorene Zeit gewesen, sollte sich wirklich herausstellen, dass die armen Toten sich eben nicht selber umgebracht hatten. Deshalb setzte sich der alte Mann zu seiner Unterstellten und man unterhielt sich über erste Theorien und Gedankenspiele.

Nach längerer Vorrede Neufelds versuchte Freimuth das Wort wieder an sich zu reißen:

„Also, gehen wir jetzt mal wirklich davon aus, dass wir es hier nicht mit Selbstmord, sondern wahrhaftig einem Mord zu tun haben. Allein deswegen schon um, wenn dem so wäre, den mutmaßlichen Mörder einen Schritt voraus zu sein! Sie, die Sie nun ja scheinbar schon die ganze Situation durchblickt zu haben scheinen, haben doch bestimmt schon einen Favoriten auf diesen unrühmlichen Posten, nicht wahr?"

Die Angesprochene erkannte einen gewissen passiv-aggressiven Zorn in Freimuths Stimme, der aber zu ihrem Wohlwollen nur auf Neid zurückzuführen sein musste.

„Also, als aller erstes habe ich natürlich die beiden Toten selber untersucht. Herkunft, Werdegang, Umfeld et cetera. Doch außer ihren Namen war absolut nichts über sie herauszufinden. Sie sind so unauffällig, dass es schon wieder auffällig ist. Name, Geburtsdatum und Ort, mehr nicht. Es scheint fast so, als hätten sie absichtlich alle Daten über sich löschen lassen um ein neues Leben irgendwo und irgendwie anzufangen."

„Ein neues Leben?" fragte Freimuth auf einmal ungewohnt aufmerksam und aufleuchtend seine junge Kommissarin.

„Ja, soll es ja mal immer wieder geben. Das triste Leben in Deutschland zurücklassen, alle Daten verschwinden lassen und auf den Galápagos-Inseln oder sonst wo ein neues Leben zu beginnen. Oder ´ne geheime Untergrundorganisation oder ´ne Sekte oder so beizutreten. Wer weiß, was solche Menschen alles treiben mag? Sonderlich weit sind sie ja schließlich nicht gekommen."

Bei dem Wort Sekte wurde Freimuth allerdings noch hellhöriger und blickte sich sogar nervös in dem dunklen Raum mit den abgedunkelten Fenstern um. Es erinnerte ihn an einen Traum, den er in der vergangenen Nacht hatte, doch hielt er es noch nicht für nötig, ihn gegenüber Leonie Neufeld anzusprechen.

„Fahren Sie fort!" forderte er nur.

„Zum Fortfahren gibt es nun wenig. Nun müssen wir wohl die Nadel im Heuhaufen suchen. Der erste, den es wohl für uns auf den Zahn zu fühlen gilt, ist dann wohl logischerweise der Herr Schulze-Kettlein, der Bürgermeister!"

„Den Heinz?!" unterbrach er sie überrumpelt!

„Na, das ist doch wohl nur logisch, meinen Sie nicht? Schließlich war er Gastgeber des Tatortes zu dieser Zeit. Grund genug, so wie ich das sehe, ihm einen Besuch abzustatten."

Freimuth blickte grimmig und knurrte in sich hinein. Er wusste, dass seine junge Kollegin vermutlich recht hatte, doch wollte er dies unbedingt vermeiden. Er konnte seinen alten Freund und denjenigen, den er sein hohes Ansehen in der Stadt zu verdanken hatte, doch nicht einfach beschuldigen und ihn mit kaltblütigem Mord konfrontieren. Dafür war der Herr Bürgermeister, da war er sich sicher, auch gar nicht in der Lage. Er war nicht der Typ, der die Kraft hatte solche Sachen auch wirklich durchzuziehen. Doch auf alle Fälle wäre die Situation eine zumindest sehr unangenehme, wenn die so forsche Frau Neufeld ohne jeglichen Respekt seinen Freund Heinz beschuldigen und auf den Zahn fühlen würde. Er konnte sich es genau vorstellen, wie sie mit ihm umgehen würde und wurde allein vom Gedanken schon rot. Deshalb musste er sich etwas einfallen lassen.

„Herr Freimuth?" weckte die Junge ihn aus seinen Gedanken, „Sie scheinen mit den Gedanken weit fort zu sein. Haben Sie eine andere Fährte oder einen anderen Ansatz? Sie kamen mir soeben so vor, als hätten Sie einen noch verschwommenen, aber trotzdem vielversprechenden Gedanken im Kopf."

Und genauso war dem auch. Er wollte gerade seinen Mund aufmachen um seine vagen Gedanken ihr preiszugeben, da klingelte sein Telefon.

Schnell und froh aus der Situation entkommen zu sein riss er sich den Hörer ans Ohr und schrie hart seinen Namen hinein: „Klaus Freimuth! Ja?"

Er nickte immer wieder mit seinem Kopf und gab gelegentlich ein „Mmh" in unterschiedlichen Prosodien von sich, während er die meiste Zeit konzentriert zuhörte. Dann legte er auf. Es war die Gerichtsmedizin, die angerufen hatte. Waren es gute oder schlechte Neuigkeiten? Er wusste es nicht. Zumindest waren es keine Eindeutigen, die ihm die Arbeit abnehmen konnten, was ihm sichtlich missfiel, doch berichtete er seiner Kollegin. Weitere Wunden an den Körpern der Toten konnte auch die Gerichtsmedizin nicht feststellen, was an sich gegen einen Mord mit Fremdeinwirkungen sprechen würde. Außerdem wurde das Erhängen durch den Strick am Baum als Todesursache bestätigt. Einzig auffällig an den Leichen war der immernoch nachzuweisende Alkohol und auch THC im Blut. Besonders der hohe Wert des Alkohols ließ allesamt stutzig machen. Die Toten oder möglicherweise auch die Opfer mussten stinkbesoffen gewesen sein, als sie starben, sonst wären nicht solche Mengen an Alkohol noch nachzuweisen gewesen. Frau Neufeld reagierte ernüchternd auf die neuen Erkenntnisse, die eigentlich keine wirklich neuen waren. Das Problem der unzugänglichen Höhe für die Toten war noch immer nicht gelöst. Doch Herr Freimuth blickte erneut auf. Er erinnerte sich wieder an seinen Traum aus letzter Nacht und beschloss nun auch endlich seiner Kollegin davon zu berichten:

„Wissen Sie, ich hatte in der Nacht einen Traum, der mich früh aufwachen ließ und mich bis jetzt nicht in Ruhe lässt, weil ich ihn nicht verstanden habe."

Frau Neufeld blickte stutzig. Sie dachte sich wohl, was mit ihm denn los sei, da sie nichts von Weissagungen,

Traumdeutungen oder so hielt. Sie war dafür zu schlau und eine Realistin.

„Nun gucken Sie nicht so. In diesem Traum ist mir ein alter Bekannter erschienen. Also was heißt Bekannter, ein alter Kollege und Kommissar sogar um genau zu sein. Mein Freund der Alfredo. Er war wirklich sehr begabt und mal, so wie auch Sie, der Jahrgangsbeste seiner Ausbildung, doch ist das nun wirklich schon lange her. Er saß eine lange, lange Zeit auf genau dem Stuhl, auf dem Sie heute sitzen, Fräulein Neufeld!"

Da wurde Frau Neufeld auf einmal neugierig: „Sie sprechen doch etwa nicht von dem Commissario Alfredo Pino?"

„Ja na sicher. Er ist ja auch, wenn man so will, ihr Vorvorgänger. Sie kennen ihn?"

Natürlich kannte Leonie Neufeld ihn. Alfredo Pino war in der Szene ein sehr bekannter Mann und berühmt und berüchtigt für so manchen spektakulären Fall, den er dereinst gelöst hat. Er ist, wie sie nun ihren Vorgesetzten wissen ließ, ein wahres Vorbild für sie und auch einer der Gründe, warum Sie sich für diesen Posten hier im abgelegenen Greenfort entschieden hatte, auch wenn dies für den Polizeichef nicht sonderlich nachvollziehbar erschien.

„Ach, ist das so? Wie dem auch sei, glaube ich jetzt auch zu wissen, warum er mir erschienen ist. Dieser Fall, also unser Fall mit den beiden Toten da am Baum, erinnert mich an einem Fall in der Vergangenheit, den ich auch damals nicht durchschaute und ihn an Alfredo weitergeleitet habe. Wie immer war es dann natürlich Alfredo, der ihn in Handumdrehen löste."

Frau Neufeld blickte ihn erwartungsvoll an: „Und? Was war des Rätsels Lösung?"

„Das weiß ich nicht mehr, leider. Fragen Sie mich nicht wieso." Stammelte er vor sich hin, während er zur Whiskeyflasche griff um seinen täglichen Vormittagsdrink sich zu genehmigen.

„Ich kann es mir schon denken. Doch wenn Sie den Herrn Pino sogar Freund nennen, dann können Sie doch sicherlich Kontakt zu ihm aufnehmen, wenn Sie der Meinung sind, dass er uns weiterhelfen könnte!"

Polizeichef Freimuth schwieg. Mal wieder war es ihm unangenehm, was seine junge Kollegin von ihm verlangte. Was heißt verlangen, eigentlich war er ja immer noch ihr Boss, doch wirklich durchsetzen konnte er sich noch nie, vor allem nicht, wenn eine so attraktive und gleichzeitig noch kluge Frau vor ihm stand. Wobei attraktiv vielleicht das falsche Attribut war. Er wusste zwar, dass Frau Neufeld eine schöne Frau war, doch wirklich attraktiv anziehend fand er sie nie. Sie war ihm vom Wesen her zu grob, zu bestimmend und irgendwo auch zu männlich. Die mehr als 30 Jahre Altersunterschied machten ihm allerdings eher weniger aus.

„Na gut, wie Sie meinen Boss" sprach Neufeld dann schließlich nach längerem Zögern, „dann müssen wir also doch ganz vorne anfangen. Ich fahr dann mal dem Herrn Bürgermeister einen Besuch abstatten."

„Halt, nein warten Sie!" unterbrach er sie dann schließlich doch stürmisch. Ihm wäre es doch wirklich sehr unangenehm, durchbohre die Leonie Neufeld den Bürgermeister mit ihren knallharten Fragen. Am Ende wäre es nämlich dann doch er selber, der den Ärger und die entsetzten Blicke seines Freundes und der wissenden Leute auf den Straßen abbekäme. Ja genau, was sollten denn die Leute denken, wenn sie erführen, dass der Klaus Freimuth seine neue, junge Kollegin auf den Herrn Schulze losließe. Da kam ihm dann doch wieder sein alter Kollege Pino in den Sinn.

„Nun ja, vielleicht haben Sie ja doch Recht mit dem Alfredo. Nur habe ich ihn lange nicht mehr gesehen. Hören Sie, wir machen das folgendermaßen: Sie machen jetzt erstmal eine kleine Pause, Sie arbeiten ja ohnehin schon viel zu viel. Ich werde Ihnen daraufhin dann zukommen lassen, wo Sie den Alfredo auffinden können. In der Regel müsste er jetzt irgendwo im Westkamp sein. Ich werde in der Zeit, den Heinz, also den Herrn Bürgermeister meine ich, einen Besuch abstatten. Nach längeren Überlegen sollte er, ob Freund oder nicht, einmal von mir höchstpersönlich unter die Lupe genommen werden. Immerhin war er ja Gastgeber während eines Mordes! Was halten Sie davon?"

Leonie Neufeld war sich zwar bewusst, dass die Befragung des Bürgermeisters durch ihren Vorgesetzten nicht so ablaufen würde, wie sie es sich gerne gewünscht hätte, doch nahm sie trotzdem umgehend den Vorschlag Freimuths an. Aber nicht ohne den Polizeichef darauf hinzuweisen, dass das gerade „Hepeating" war, was er da tat.

Die Kommissarin erklärte: „Das bedeutet, dass ein Mann das gleiche sage wie eine Frau, aber darin viel mehr Anerkennung und Gewichtung gelegt wird. Genauso wie Sie es gerade taten. Das ist eine Unverschämtheit der Gesellschaft! Es ist wichtig, dass solche Verbrechen auch einen Namen bekommen, denn sonst werden sie ja nicht beachtet."

Zornig wandte sie sich um. Dass es sich dabei um den wiederholenden Befehl ihres Vorgesetzten handelte, kümmerte sie zunächst wenig, aber kam dann doch zu dem Vorschlag zurück und stimmte zu. Endlich hatte sie die Chance bekommen ihr Idol, von dem Sie schon so viel in ihrer Ausbildung Raffiniertes und Kluges gehört hatte, aufzusuchen und kennenzulernen. Im besten Fall sogar mit ihm zusammenzuarbeiten. Ihr Ehrgeiz selber als Frau zu einer solchen Koryphäe zu werden war schlicht unersättlich.

Doch nun machte die Neufeld erstmal eine ihrer wenigen Pausen. Was konnte sie nur machen in dieser Zeit? Es war das erste Mal, dass sie sich wirklich die Zeit genommen hatte in ihrer Pause vor die Tür zu gehen um durch die Fußgängerzone Greenforts zu schlendern. Sie genoss es endlich ihre drückende Maske abzunehmen und guckte sich neugierig um. Sie überquerte eine alte Steinstraße und stand nun zwischen vielen offenen, aber dennoch erstaunlich leeren Läden. Links war ein Schuhgeschäft, rechts war ein Spielwarenladen. Links war dieses, rechts war jenes. So ging das weiter bis sie am Ende der Straße auf einen großen Marktplatz stand, der zum Großteil mit Stühlen und Tischen eines großen Cafés und einer wohlduftenden Bäckerei besetzt war direkt anbei eines Springbrunnens. Sie holte sich dort ein glutenfreies Dinkelbrötchen und schritt schon wieder zurück in Richtung des Präsidiums. An der Kreuzung mit der alten Steinstraße fiel ihr dann schließlich ein unauffälliger Laden ins Auge. Es war ein Modeladen für Frauenunterwäsche und Dessous. Doch in erster Linie war es eine Schaufenster Puppe, die ihr ins Auge fiel, die gerade ohne Kleidung gut sichtbar für alle Passanten dastand. Da wurde sie zornig. Nicht etwa, dass sie dort unbekleidet war, sondern, dass selbst dann ihre Brust durch einen schwarzen Balken zensiert wurde, während im Sportgeschäft nebenan ein Foto eines realen oberkörperfreien Mannes in doppelter Größe hing. Seine Brust war nicht zensiert. Häufig regte sie sich über solche Ungereimtheiten in der Gesellschaft auf, die sie als Frau benachteiligte. Sollte sie sich etwa schämen eine Frau zu sein? Breastshaming war das, dachte sie sich und erinnerte sich an den Trend vor geraumer Zeit in den sozialen Netzwerken #freethenipples und ging mit einem noch gestresseren Blick als sie gegangen war wieder in das Präsidium. Auch dort wurde ihre Laune zunächst nicht besser, denn wo sie sich auch umblickte, war sie die einzige

Frau weit und breit. Einzig die Putzhilfen die spätabends, während der reiche weiße Mann seine Feierabendbiere trank, die Gänge wischten, waren weiblich. Das empfand sie schon immer als höchst ungerecht.

Doch nun war sie schließlich wieder im Präsidium und der nächste reiche, weiße Mann kam ihr schon mit offenen Armen entgegen.

„Ah, genau richtig Fräulein, Mensch, Frau Neufeld. Verzeihen Sie."

Es war der Herr Freimuth, der ihr entgegenlief und ihr einen Zettel in die Hand drückte. Ihm war es gelungen herauszufinden, wo sich sein alter Freund und das Idol Frau Neufelds zu dieser Zeit wohl „rumtreiben" müsste, wie er es zu sagen pflegte. Gewiss verwirrte diese seltsame Wortwahl Frau Neufeld, als sie den Zettel las: „Kanalstraße 13, Westkamp: Zur tanzenden Susi".

Doch ehe sie weitere Nachfragen zu dieser schon sehr seltsam anmutenden Adresse stellen konnte, hatte Herr Freimuth ihr schon den Rücken zugekehrt. Einmal drehte er sich allerdings noch netter Weise um. Als sie gerade schon aus dem Haus in den Streifenwagen gehen wollte, rief er ihr noch hinterher:

„Ach und Fräulein Neufeld. Was Alfredo angeht… Er ist die letzten Jahre nach dem Tod seiner Frau etwas… Naja das werden Sie schon merken. Viel Glück wünsch ich Ihnen dann mal! Ach und außerdem, wenn Sie den Streifenwagen nehmen wollen, dann parken Sie lieber nicht direkt vor dem Laden oder auch nicht direkt auf der Straße. Die Leute, die dort sind, die mögen uns nicht sonderlich. Ach was, nehmen Sie einfach ein Taxi und fahren in Zivil! Also dann mach ich mich auch mal auf den Weg zum Heinz, ähm Bürgermeister."

Sonderlich mehr Mut und Zuversicht hinterließen die letzten Worte ihres Bosses bei Leonie Neufeld auch nicht wirklich.

Verunsichert aber auch fast ein wenig verängstigt, starrte sie nochmal auf den Zettel und schritt dann langsam zur Straße.

Westkamp war jener bereits erwähnte Stadtteil jenseits des Kanals, der der noblen Oberschicht der Stadt rund um Bürgermeister Schulze-Kettlein seit jeher ein Dorn im Auge war. Vor allem in den letzten Jahren hat sich die Situation für das alte Arbeiterviertel am Kanal stark verschlechtert, spätestens seitdem die letzte Hafenfabrik insolvent schließen musste. Und auch der Kanal selber schien trotz des geringer werdenden Betriebes immer versiffter und dreckiger auszusehen. Wo einst im blauen Wasser Jugendliche tollten und von Brücken in das kühle Nass sprangen, schwamm heute allerhöchstens mal eine Kanalratte durch die braune Plörre. Deshalb war es kein Wunder, dass auch aus diesem Stadtteil und aus genau diesem verarmten Arbeitermilieu der neue Bürgermeisterkandidat Greenforts, der Sven Matuschke, stammt. Der einzige Wirtschaftszweig, der in den letzten Jahren stetig Zuwachs bekam, war das Dienstleistungsgewerbe mit all den Bars und anderen Clubs fern ab von den gutbürgerlichen Sitten. Für die gehobenen Menschen der Stadt Greenforts natürlich eine Farce. Doch wuchs und wuchs das Kneipenviertel Westkamps immer weiter an und die Not der hiesigen Leute gewann fast wöchentlich an Einfluss in der lokalen Politik. Eine Wahl Matuschkes, der in ganz Westkamp eine aus Sicht der Greenforter Oberschicht rundum den Bürgermeister und dem Polizeichef fast verdächtig gute Vernetzung hatte, wäre sicherlich ein Wendepunkt in der Geschichte des Westkamps und Greenforts. Und in genau dieses berüchtigte Viertel der Stadt und in die berüchtigtste Straße dieses Viertels schickte der erfahrene Klaus Freimuth seine junge Kollegin um den einst so genialen Kommissar Alfredo Pino aufzusuchen. Die Gedanken im Kopf der Neufeld spielten wild bei der Frage, was der Herr Pino denn für ein Mensch sei, wenn er seine Rente an solch Orten verbrachte. War er vielleicht undercover in einem Fall und ermittelte verdeckt oder was zog ihn in die berüchtigte Kanalstraße?

Von weitem sah der Westkamp eigentlich gar nicht so schlecht aus, wie sein Ruf in Greenfort war. Auf einem Hügel waren einzelne Häuserreihen und grüne Gärten zu erkennen. Doch spätestens als Leonie Neufeld in dem Taxi über die Kanalbrücke fuhr und links in eine Nebenstraße abbog, wusste sie nicht mehr wo sie war. Soeben war sie noch in den friedlichen Straßen Greenforts und auf einmal fuhr sie durch enge Gassen irgendwo zwischen der Reeperbahn und dem härtesten Ruhrpott. Die Häuser, die soeben noch vor Lebensfreude strahlten, waren grau und dreckig, ebenso wie die Gesichter, die sie grimmig skeptisch in dem teuren Mercedestaxi angafften. Sie waren alt und versifft. Die Häuser und die Gesichter. Schließlich bogen sie erneut links ab und die Kommissarin las auf dem Straßenschild „Kanalstraße" geschrieben. Man konnte es kaum noch erkennen, so sehr klebten brauner Dreck und abgekratzte Aufkleber über den schwarzen Lettern. War sie hier wirklich richtig? Links von ihr senkte sich der Boden und hinter einem hohen Zaun stand das Wasser des Kanals aus dem es moorig stank. Zu ihrer rechten reihten sich auf alten Backsteinwänden Aufschriften von mehreren Bars und Kneipen, die die gesamte Kanalstraße verzierten. Und obwohl der Abend nicht einmal erreicht war, regte sich in ihnen schon stetiger Verkehr von Menschen, die teils torkelnd, teils fallend wild ein- und austraten. Von jener Viruspandemie schien hier auch noch keiner etwas gehört zu haben, dachte Leonie Neufeld laut sich an die Stirn fassend. Waren diese Leute denn hier etwa schon betrunken? Sie ließ den Wagen anhalten um die letzten Meter zu Fuß zu laufen, da Herr Freimuth ihr es schließlich so empfohlen hatte. Sie fühlte sich bei jedem ihrer Schritte von allen Blicken dieser Straße, die sie jetzt schon so abgrundtief hasste, angestarrt und gedanklich ausgezogen. Ihre anfängliche Angst wurde einfach nur noch zu Ekel. Sie schritt an paar blassen Gestalten vorbei, bis sie schließlich vor einem Lokal stand mit der Aufschrift „Zur tanzenden Susi". Weinend rannte eine leichtbekleidete Frau mit blonden Locken ihr entgegen. Sie rempelte sie beinahe an, so sehr war ihre Sicht von den Tränen und dem verschwommenen Make-up verwischt. Was dies wohl für eine verruchte Lokalität war? Sie traute sich es kaum herauszufinden. Selten hatte sie solch ein Unwohlsein ihren Beruf als Polizistin auszuführen. Selten hatte sie ein solch schlechtes Bauchgefühl einfach nur eine Tür zu öffnen und sich umzuschauen. Doch musste es wohl jetzt so sein. Sie öffnete die Tür und direkt schossen ihr ein Wirrwarr aus harten Stimmen und der Gestank von Rauch und Männerschweiß entgegen. Sie schloss die Augen, atmete tief durch, zog ihre Maske drüber und betrat den dunklen Laden. Links eine kleine Theke und auf der rechten hing ein Tisch nach dem anderen bis tief in das Zimmerinnere hinein. Alle Blicke waren auf Anhieb auf sie gerichtet. Lag es daran, dass sie die einzige Frau war, deren Brüste nicht aus dem Dekolletee in die rauchige Luft sprangen, oder weil sie die Einzige weit und breit war, die es für nötig hielt sich an die Gesetze zu halten und eine Maske zu tragen. Schließlich sprach sie von hinten die tiefe Stimme eines Mannes an, der aus der kleinen Tür der Toiletten neben der Theke kam. Seine Stimme war tief, aber dennoch vertrauensvoll und dazu steckte er als einziger nicht in verlumpten und dreckigen Kleidungstücken, sondern in einem feinen schwarzen Anzug. „Nichts für ungut feine Dame, aber tun Sie sich den Gefallen und setzten ihre Maske ab. Das sieht man hier nicht so gerne diese, wie sie hier sagen, Nikotinpflaster der Regierung." Er grinste sie an und schritt nach hinten durch.

Da sein gesamtes gepflegtes Auftreten und seine gestylten schwarzen Haare sie als so überraschend sympathisch vorkamen, zögerte sie zwar kurz, nahm aber dann doch unsicheren Blickes ihre Maske ab. Sofort als der freundliche Herr weg war, wandte sie sich schnell an die müde und ältere Kellnerin hinter der Theke. „Susi" stand auf ihrem Namensschild vor ihren tiefhängenden Brüsten. Ihre rotgefärbte Dauerwelle war seit langem ausgewachsen und ihre Augenringe reichten über ihr ganzes faltenüberzogenes, viel zu stark geschminktes Gesicht.

„Entschuldigen Sie, wer war dieser Herr? Ein gewisser Herr Alfredo Pino?"

„Der Alfredo?", fragte sie mit großen, aber trotzdem ungeheuerlich lustlosen Augen. Was für eine dumme Frage dachte sich Leonie Neufeld schon selber. Der müsste schließlich schon viel älter sein.

„Nein quatsch, schön wär's!" fuhr die Kellnerin mit einem verrauchten Lachen fort. „Darf ich dir wahrscheinlich gar nicht sagen, aber du süßes Mäuschen siehst so hilflos aus. Das war doch der Sven Matuschke. Aber wenn du den Alfredo suchst, er setzt dort hinten direkt neben dem Sven."

Ach, das empfand die Kommissarin interessant. Drum bedankte sie sich um die beiden Herren aufzusuchen.

„Und Kleines" kam diese versifft und versoffene Stimme von hinten wieder in ihr Ohr, „wenn es um Alfredo geht, kann ich dir wohl ein paar Tipps geben."

Sie wollte mehr erfahren.

„Bei ihm immer nur mit Kondom, wir wollen ja nicht ne…" sie verstummte und zeigte zwischen die Beine der Polizistin.

Verwirrt und angewidert blickte sie stumm in den leeren Raum und schritt dann weiter durch die schäbigen Tische an das hintere Ende des Saals. Immerhin konnten die vielen Herren an denen sie vorbeischritt ihre Finger bei sich behalten, was sie schonmal positiv überraschte. Schließlich war sie am hintersten Tisch angelangt, an dem sich zwei Männer leise tuschelnd unterhielten. Der rechte war ihr bekannt. Das war der freundliche Herr Matuschke. Den linken konnte sie nur unscharf erkennen. Er trug einen langen hellbeigen Mantel und eine gleichfarbige Melone, die ein weiteres Aussehen fast unmöglich zu beschreiben machte. Er sah alt aus. Falten zierten seine braune Haut und ein zottliger schwarzer Kotelettenansatz kroch ihm unterm Hut hervor. Seine braunen Augen waren umgeben von einem mehr rötlich-gelben als weißen Augapfel, die schlicht und ergreifend Müdigkeit und Hoffnungslosigkeit ihr entgegen flüsterten. Bloß eine Sekunde des Anblicks hatte es gebraucht um das so positive Bild, welches die Neufeld über den Pino hatte, in den Grundfesten zu erschüttern und zerstören.

Es kostete ihr wahrlich viel Mut, bis sie ihre ersten Worte von ihrer Zunge bekam: „Entschuldigen Sie meine Herren. Spreche ich mit Herrn Matuschke und Herrn Pino?"

„Wer will das wissen?" zischten unmittelbar die Worte aus dem Mund des linken Mannes. Trübe Augen über tiefe Augenringe blickten die Kommissarin tot an. Direkt kam ihr ein unangenehm beißender Schweißgeruch in die Nase, der so stark war, dass er sich sogar von dem durchgängigen Gestank der Umgebung absetzte. Seine Stimme klang unfreundlich und respektlos, anders als der sympathisch grinsende Mund seines Nebenmannes. Dieses sympathische Grinsen Matuschkes hörte allerdings auch direkt wieder auf, als ihre Antwort erklang.

„Mein Name ist Leonie Neufeld. Kommissarin der Polizei Greenfort."

Direkt sprang der erst so freundlich wirkende Mann wütend auf, doch atmete dann einmal tief durch, als müsse er sich beherrschen.

„So weit sind wir also mittlerweile schon gekommen? Peinlich Herr Schulze-Kettlein. Wirklich peinlich. Wenn Sie mich entschuldigen wollen!" er nahm sein über den Stuhl geworfenes Jackett und verließ eingeschnappten Schrittes die Gaststätte. Sprachlos starrte die verunsicherte Kommissarin ihm hinterher.

„Jetzt setzt dich doch erstmal hin, Süße" faselte der große Commissario Alfredo Pino unverständlich Leonie Neufeld entgegen. Doch bei dieser Wortwahl dachte sie nicht einmal daran.

„Ist ja gut, ist ja gut, ich versteh schon" murmelte Pino nur halb verständlich weiter, „aber glauben Sie mir, es ist besser als Polizist hier nicht viel Aufsehen zu erregen, da stehen wir hier gar nicht drauf."

Er hatte wohl recht und sie setzte sich, auch wenn sie sauer war. Dass er nicht korrekt genderte und sie nicht expliziert Polizistin nannte.

„Also, was wollen Sie hier?" sprach er mit einem unverschämt breiten Grinsen die Polizistin an.

Aus Angst etwas Falsches zu sagen, wusste sie zunächst nicht, wie sie es formulieren sollte.

„Mich schickt ihr alter Freund und Kollege Klaus Freimuth?"

„Freimuth, Freimuth." Er dachte nach. „Nie gehört!"

Leonie Neufeld war verwirrt wie noch nie.

„Ach, der Klausi!" erinnerte sich Pino plötzlich laut lachend, „Wie geht's denn dem alten Alkoholiker? Hält sich vermutlich immernoch für eine ganz große Nummer was?"

Die Polizistin war verdutzt. Dürftig versuchte sie ihm irgendwie zu antworten, dass es dem Herrn Freimuth wohl ganz gut erginge, er mittlerweile ihr Vorgesetzter sei und er

immernoch täglich seine drei bis vier „Wellness-Drinks"
nehme, wie er sie stets zu betiteln pflegte. Doch auf die
Anspielung der Kommissarin, dass sowohl sie als auch der
Freimuth seine Hilfe bräuchten, reagierte Pino ernüchternd
abweisend.

„Nene, meine Süße. Dieses Thema ist durch und
abgeschlossen. Komme was wolle. Sehen Sie mich doch nur
an. Sehe ich wie ein Commissario aus, den man in Not an seine
Seite holen sollte? Ich glaube kaum. Es ist nicht mal vier Uhr
und ich kann schon nicht einmal gerade gucken. Da findet ihr
sicherlich einen besseren!"

Doch damit ließ sich eine Leonie Neufeld nicht
zufriedengeben. Sie versuchte ihn zu überreden, appellierte an
sein altes Polizistenblut, erzählte von all den spannenden
Fällen und Geschichten, die sie über ihn gehört habe, doch
wurde seine Miene dabei nur immer düsterer. Schließlich
packte die Kommissarin alles aus. Sie erzählte von dem
aktuellen Fall mit den beiden Leichen an der hohen Kastanie,
sie erzählte von den ersten vagen Theorien und die Probleme,
vor denen sie gestellt wurden. Sie klärte ihn über den
gesamten Ermittlungsstand auf, vergessend, dass eine
verkaterte Schnapsleiche vor ihr saß, als Alfredo Pino plötzlich
hellhörig wurde.

„Und da sich der Herr Freimuth aus welchem Grunde auch
immer an diesen Fall nur vage erinnert, bat er mich Sie, den
großen Alfredo Pino, um Hilfe zu beten."

Schweigen dehnte sich für einen kurzen Moment zwischen
den beiden aus. Pino, der jetzt konzentriert in die Luft starrte,
schien nachzudenken, als wenn er ganz sorgfältig die Vor- und
Nachteile seine eigene Person betreffend abwägen würde.

Doch dann grinste er die Polizistin kurz an und sprach endlich:
„Alles klar, ich werde euch helfen, denn ich habe da schon so
meine Gedanken. Aber unter einer Bedingung:" sein Lächeln

wurde schleimiger und der Blick Neufelds ängstlicher, „Erstmal naschen wir uns hier noch ein! Ist ja schließlich nicht jeden Tag Samstag!"

Es war nicht Samstag. Es widerstrebte zwar jeglichen beruflichen Prinzipien Leonie Neufelds, während der Arbeitszeit oder gar überhaupt unter der Woche was zu trinken, doch willigte sie dann schließlich doch der Früchte ihrer Arbeit wegen ein, worauf nur wenig später zwei große Biere vor den Gesichtern der beiden standen. Das eine Gesicht fiel direkt wie von der Tarantel gestochen auf sein Glas los, während das andere ihm dabei angewidert zu schaute. Wem welches gehörte, sollte wohl klar sein. Ebenso einleuchtend sollte auch sein, dass der Alfredo Pino in der Zeit in der Leonie Neufeld ein Bier trank, mehr als nur dieses eine trank. Bei weitem mehr. Während sie immer mal wieder an ihrem Glas nippte, trank er nicht nur, nein er soff. Dabei erzählte er viel von und über sich. Anfangs gab er noch mit den genialen Ermittlungen seiner früheren Tage an, wie er damals den maskierten Bankräuber von Münster oder den einbeinigen Mörder von Dortmund-Scharnhorst gefasst hatte. Geschichten, die Leonie Neufeld zwar schon längst alle kannte, doch noch nie in solch Präzision vorgetragen bekam. Doch je mehr Gläser Pino in sich verschlang, desto trauriger wurde seine Laune und seine Geschichten. Er erzählte von seiner Jugend in Italien ohne Mutter, in der er schon als junger Knabe das Geld eintreiben und den Hausfrieden aufrechterhalten musste, während sein Vater den ganzen Tag über am Schnapsglas hing. Und wie er schließlich, als er zwanzig wurde und sein Vater an den Folgen schwersten Alkoholismus verstarb, sein Heimatland verließ um nach Deutschland zu gehen. Er erzählte ihr, wie schließlich hier seine großen Träume in Erfüllung gehen konnten, er eine wunderschöne deutsche Frau fand, er endlich in die

Polizeischule gehen konnte und zu einem der berühmtesten Kommissare des ganzen Landes wurde. Doch wurde nicht nur seine Laune von Glas zu Glas schlechter, sondern auch das Leben, welches er ihr ungefragt berichtete. Erst verstarb innerhalb weniger Wochen seine so heiß geliebte Frau an Krebs, dann wurde er aus „für ihn nicht verständlichen Gründen" entlassen und nun ist er 67, doch fühlt sich wie mindestens zehn Jahre älter, gänzlich pleite und kippt jeden Tag aufs Neue das kühle Nass in seinen ausgelaugten Körper. Wenn es gut lief, versteht sich dazu zu sagen, blieb es bei dieser flüssigen Droge.

„Und jetzt bin ich hier ohne Geld um zu entfliehen, gefangen am Arsch der Welt" sprach er irgendwann, „zwischen Leuten denen man allesamt nicht trauen kann, die ich aber leider Gottes meine Freunde nennen muss, vor denen ich Angst habe, dass sie so sind wie ich, und schaff es nicht mehr von diesem steinharten Kneipenplatz aufzustehen."

Leonie Neufeld war mit dieser Situation überfordert. Sollte sie ihn aufmuntern? Sollte sie abgeschreckt lieber schnell das Weite suchen, bevor die Situation hier drohte aus den Fugen zu geraten? Sie wusste es nicht. Hilfreich konnte heute das große Genie Alfredo Pino sicherlich nicht mehr sein. Deshalb entschied sie sich sicherheitshalber dafür den alten Mann zu verlassen und sich auf den Weg zurück zum Büro zu machen. Sie hatte sich dann doch sehr unwohl gefühlt, als irgendwann zwei bis auf die Unterwäsche nackte Damen sich zu den beiden setzten und mit spitzen Fingern Pino um den Hals und den Bauch streichelten. War es Abscheu gegenüber den Damen oder gegenüber Pino, oder war es Angst, ihr könnte hier noch so ein ähnliches trauriges Schicksal zustoßen? Irgendwann, als sie die erdrückende Stimmung einfach nicht mehr aushalten konnte, stand sie einfach auf, verabschiedete sich höflich, verabredete sich mit Pino für den nächsten

Morgen im Polizeipräsidium und ging auf schnellstem Wege zurück zum alten Taxi. Oh Wunder, es stand noch da!

Vor lauter Aufregung hatte sie schon ganz vergessen, dass sie ja Alkohol getrunken hatte. Erst als sie ausstieg, fiel ihr es wieder ein und sofort plagten sie ein schlechtes Gewissen und leichte Anfälle von Schwindel. Sie fühlte sich nun doch sehr angetrunken. Als sie dann endlich wieder im Polizeipräsidium angelangt war, kam ihr der Polizeichef Freimuth schon entgegen.

„Ah, da sind Sie ja endlich Fräulein Neufeld. Ich hatte mir schon Sorgen gemacht und ein schlechtes Gewissen bekommen. Aber schön, also? Wo ist er?"

Leonie Neufeld war wütend auf ihren Boss. Während er vermutlich in aller Ruhe zu seinem Freund, dem Bürgermeister, auf der anderen Straßenseite gegangen ist um genüsslich ein paar Bier zu trinken, musste sie in dieses erbärmliche Nest am Hafen tuckern.

Daher antwortete sie ihm in einem sarkastischen Ton: „Ihr ach so genialer Freund Alfredo Pino war gar nicht mal sonderlich begeistert von der Idee uns zu helfen. Sie hätten mir ruhig sagen können, dass er ein versoffener Sexist ohne jeglichen Lebenssinn ist!"

Beim Aussprechen taten ihr diese Worte schon ein wenig leid, da sie ja schließlich vom Pino seine herzzerreißende Lebensgeschichte zu hören bekam.

„Also liebe Frau Neufeld, ich bitte Sie!" ermahnte der Polizeichef sie im ernsten Ton, „vielleicht ist der Alfredo gerade in einer schwierigen mentalen Verfassung. Aber er ist und bleibt, da können Sie sich aber auf mich verlassen, ein herzensguter Mensch, der mehr in seinem Leben durchgemacht hat als wir beide hier zusammen. Daher verbitte ich mir von Ihnen so herablassend über ihn zu reden!"

Sie war von der ernsten Wortwahl ihres Vorgesetzten geschockt. Noch nie hatte er je so laut und mächtig auf sie eingeredet, sodass sie tatsächlich ein schlechtes Gewissen nicht nur dem Pino, sondern auch dem Herrn Freimuth selber gegenüber bekam. Sie machte es wieder gut, als sie weiter davon erzählte, wie das Treffen mit ihm lief. Und schließlich, als sie dann berichtete, dass er ihr für morgen früh in dem Präsidium zugesagt hätte, war ihr Boss direkt wieder mit der Leistung seiner jungen Kollegin mehr als zufrieden. Er meinte, dass es wohl nicht viele Menschen gäbe, die einen Alfredo Pino von einem Comeback aus dem Ruhestand überzeugen hätten können. Man könne nur hoffen, dass er sich morgen früh noch an dieses Gespräch und die Verabredung erinnere.

Doch nun war der Hauptkommissar Freimuth an der Reihe von seiner Unterhaltung mit dem ersten Verdächtigen Bürgermeister Schulze-Kettlein zu erzählen.

„Gute Neuigkeiten" sagte er direkt sich auf seinen weichen Sessel setzend, „der Heinz, der Bürgermeister, ist gänzlich unschuldig! Er war genauso überrascht von dem unschönen Zwischenfall wie wir."

„Ja und woher wissen Sie das jetzt?" fiel Frau Neufeld ihm sofort ins Wort.

„Na, er hat es mir selbst gesagt und vergewissert. Ihm waren die spannenden Details des Falles genauso neu wie uns. Er hat sogar seine tiefste Unterstützung angeboten, so schnell wie möglich diesen Fall aufzuklären und aus der Welt zu schaffen."

Neufeld schüttelte fassungslos den Kopf: „Ja und das glauben Sie ihm so einfach? Hat er denn wenigstens ein Alibi für die Zeit, als er direkt nach seiner Rede in die Hallen des Schlosses geflüchtet ist?"

„Aber selbstverständlich glaube ich ihm das, Fräulein Neufeld! Und ja, wenn Sie es so genau wissen wollen, konnte die Guthilde, also seine Frau, seine Anwesenheit bei ihr im Spiegelsaal des Schlosses bestätigen. Diese Hitze war einfach nichts für ihn und sein schwaches Herz."

Wirklich zufrieden stellte Leonie Neufeld aber auch das nicht, weshalb sie wütend im Büro auf und ab lief. Sie war heute außerordentlich gestresst und ihr Herz pochte zornig ihren Hals hinauf. Wäre sie doch lieber selbst zum Bürgermeister gegangen und der Herr Freimuth in die versiffte Kanalstraße. Ein Mann hätte es dort sicherlich, so schlimm und entsetzlich es auch klingen mag, in dieser ungleichen Gesellschaft, ungefährlicher gehabt als sie als Frau.

Doch Freimuth redete in bester Absicht weiter: „Und das Beste ist, der Herr Schulze weiß auch schon genau, wen wir als nächstes untersuchen sollten. Nämlich den Herrn Sven Matuschke. Natürlich, ich hätte es wissen müssen!"

Aus Sicht des Bürgermeisters war die ganze Geschichte nämlich vollkommen klar. Sein ärgster Konkurrent, der bekanntlich vor keinen skrupellosen Mitteln zurückschreckt um seinen Willen durchzusetzen, wollte ihm die große Wahlkampfgala versauen. Durch genau solche Tricks, da war sich Schulze-Kettlein sicher, versuche der Matuschke ihm Wählerstimmen abzuziehen um schließlich selber neuer Bürgermeister zu werden. Was könne da für Matuschke hilfreicher sein als ihm ein Mord anzuhängen?

Die Neufeld war zwar immernoch sauer auf die schlampige Arbeit ihres Bosses, doch sah auch ein, dass irgendwo alles Sinn ergab, was er ihr berichtete. Sie konnte sich nicht mehr konzentrieren. Sie fühlte sich betrunken und ging schließlich schon bald nach Hause um den Stress und die schockierenden Anblicke des letzten Tages zu verarbeiten. Und auch Polizeichef Freimuth selber nutzte selbstverständlich die Gelegenheit ohne ein schlechtes Gewissen haben zu müssen, unverzüglich nach Hause zu seiner Frau zu fahren und den Feierabend zu genießen.

- D R E I   T A G E   V O R   D E R   W A H L -

Die Sonne ging unter, die Sonne ging auf. Ein neuer Tag in Greenfort brach an. Das Dröhnen eines schweren LKWs weckten den vom Kopfschmerz geplagten alten Commissario Alfredo Pino. Beziehungsweise, wie sein jetziger Anblick offenkundig bestätigte, ehemaligen Commissario Pino. Vorsichtig öffnete er seine Augen und war doch so schlau wie vorher. Er wusste nicht, wo er war. In seinem beigen Mantel und den Hut auf seinen langsam anwachsenden Bierbauch abgelegt, lag er kurz vor dem Herunterfallen auf einer ihm unbekannten Couch. Den für die meisten Menschen wohl schon sinnesberaubenden Gestank von abgestandenem Zigarettenrauch nahm er schon gar nicht mehr wahr. Obwohl er noch bis an die Schuhe gekleidet war, fand er um sich mehrere erotisch anmutende Teile weiblicher Unterwäsche. Zumindest würden diese ziemlich erotisch wirken, lägen sie nicht in einem kleinen, versifften Wohnzimmer zwischen leeren Glasflaschen und vollen Aschenbechern. Wem diese gehörten, wusste Pino allerdings auch nicht. Um genau zu sein, wusste er so gut wie gar nichts von all dem, was gestern geschehen war. Überlegt man es sich genau, so wusste er von all dem nichts mehr, was die letzten Monate, fast Jahre geschehen war, da er inzwischen ziemlich jeden Tag so oder so ähnlich aufzuwachen pflegte. So aber erinnerte er sich auch nicht mehr an den überraschenden Besuch der jungen Leonie

Neufeld und die damit verbundene Verabredung am Morgen im Polizeirevier.

Dafür war es jetzt allerdings eh zu spät, denn Pino schaute auf seine Uhr: „Viertel vor drei" sagte er in gebrochener Stimme in sich hinein. Er war wirklich erstaunlich wenig erstaunt, dass es schon so spät am Tag war. Oder dachte er etwa es sei erst kurz vor drei in der Nacht? Nein, er war es gewohnt erst um dieser Tageszeit das Licht der Sonne zu erblicken, welches ihn durch ein schlecht geputztes Fenster in den Augen brannte. Er fühlte sich noch immer betrunken, weshalb er beschloss schleunigst aufzustehen und einen Ausgang aus diesem fremden Haus zu suchen. Dies wollte er lieber solange machen, wie er noch voll im Rausch steckt, als dann, wenn in einer halben Stunde der Kater so richtig anfangen würde zu knallen. So richtete er mit großer Kraft seinen italienischen Körper auf, schüttelte einmal kräftig seinen Kopf in der Hoffnung ein wenig auf die wirren Umstände klarzukommen. Strikt ging er auf die erste Tür zu, die er finden konnte und öffnete sie. Es war die falsche. Ein alter Mann mit dickem Bauch lag auf einem Bett, während sich rechts und links zwei nackte Frauen schlafend an ihn kuschelten. Nach kurzem Moment der Starrsucht schloss er schnell wieder die Tür, schüttelte erneut seinen benommenen Kopf, worauf er die richtige Tür wählte und somit die Wohnung und auch das Haus verließ.

Er befand sich auf einer der Nebenstraßen jener Kanalstraße, die der jungen Neufeld am gestrigen Tage einen solchen Schock und Unwohlsein bescherte. Langsam humpelte er den langen Hügel des Städtchens Richtung der kanalfernen Seite hinauf hin zu einem schmalen Pfad, der durch eine kleine Baumkette führte. Er kannte diesen Weg gut, denn am Ende dieses Weges befand sich seine kleine Wohnung, die er seit einigen Jahren für wenig Geld bezogen hat. Früher einmal hatte er in einem feinen Einfamilienhaus am Stadtrand der großen Stadt im Norden gelebt, doch spätestens seit dem Tod seiner geliebten Frau, spielte das Leben dem armen Pino so manchen Streich, so dass es ihn hier in diese für ein Mann mit seiner Geschichte unrühmlichen Ort gezogen hat. Er musste doch schon sehr torkeln bei seinem Heimweg, während er sich immer wieder an seine Stirn fasste, die Schritt für Schritt mehr den Schmerzen erlag. Doch auf einmal schien ihm so übel zu werden, dass er es kaum noch schaffte mit seinen Schritten der Steigung des Hügels anzukämpfen. Er schwankte und wankte bis er sich nur noch an einem der umstehenden starken Bäumen festhalten konnte, an den er sich danieder sinken ließ, seinen Rücken anlehnte und nun sitzend in die Ferne starrte. Sein Herz pochte als er in der Ferne die hohe Kirche Greenforts erblickte und anstarrte um nicht gänzlich dem Schwindel zu verfallen. Als er nach kurzer Zeit wieder bei all seinen Sinnen war und die unaufhörlich eindringende Sonne es verbot noch weiter in ihr zu liegen, wuchtete er sich auf und blickte sich kurz um. Auf einmal, als sein Blick auf die mächtige Kastanie traf, an die er sich vorhin noch so kraftlos stützen musste, wurde er wieder hell wach. Seine Augen schauten auf die ferne Kirche, doch sah er etwas ganz anderes. Auf einmal, wie durch Zauberhand, erblickte er das Gesicht jener jungen Polizistin, die ihm gestern einen Besuch abgestattet hatte. Wie hieß sie noch gleich? Neubau, Neustadt, Neuhaus? Ja, Neuhaus musste es sein. Oder hatte er das alles nur geträumt? Es wäre nicht das erste Mal, dass er eines morgens aus einem Rausch aufwachte und sich wahrlich nicht sicher war, ob seine Erinnerung der Realität oder den Träumen angehörte. Doch schienen seine Erinnerungen zu real, als dass es nur eine Rauschphantasie oder Traum gewesen sein könne. Doch sah er noch bloß ihr Gesicht und erinnerte sich weiter nicht an irgendein Treffen, welches vor einigen Stunde unten in

Greenfort hätte stattfinden sollen, zu dem er ja nicht erschienen ist. Dies änderte sich bald, als er erneut auf die stützende Kastanie blickte und wieder was anderes sah, als die Realität ihn versuchte unterzujubeln. Zumindest die Realität der Gegenwart war es nicht, welche er sah. Denn an den starken Ästen der hohen Kastanie baumelten zwei Leichen in unerreichbarer Höhe friedlich im Wind der auffahrenden Sommerbrise. Dies war zumindest das, was Alfredo Pino in seinem inneren Auge sah. Und das Entscheidende war, dass er diese Toten dort oben erkannte und vor allem, dass er sich auf einem Schlag wieder an das gesamte Gespräch mit der forschen Kommissarin Neuhaus, samt dem abgemachten Treffen im Revier erinnerte. Nur mit ihrem Namen hatte er es noch nicht wieder so. Doch lösten diese Leichen im Baum solch Gedankenblitze und Emotionen aus, dass er sich sofort aufraffte, seine Schrittzahl erhöhte und gen Heim samt seines Wagens schritt. In seinen Gedanken formte sich ein Konstrukt von wirren Hirngespinsten bis zu vernünftigen Ideen, die ihn motivierten seinen Kater zu missachten und wie einst in jungen Tagen seinen Wagen anzupeilen um in sein Büro, in sein Präsidium zu rasen.

Im Polizeipräsidium selber neigte sich die Geduld der Kommissare dem Ende. Vor allem für die junge und aufstrebende Leonie Neufeld war diese endlose Zeit des Wartens auf den dubiosen Gast, der sich vermutlich nicht mal mehr an sie erinnerte, eine schreckliche Zeit. So gerne hätte sie den Tag genutzt um noch einmal zum Tatort zu fahren. Oder um die beiden Hauptverdächtigen, nämlich den Bürgermeister Schulze-Kettlein und seinen Herausforderer Matuschke, nochmal eigenhändig unter die Lupe zu nehmen. Doch ihr ungeduldig wartender Blick auf die schneeweiße Eingangstür des Präsidiums verhinderte dies. Voller

Tatendrang sein, aber nichts tun können, erschien ihr als das Schlimmste, weshalb sie den ganzen Tag mürrisch stöhnte und den blauen Vliesboden des Reviers wund lief. Weniger Probleme damit hatte ihr Chef Freimuth, der den dadurch quasi freien Tag genoss und schon seit mittags drauf und dran war endgültig Feierabend zu machen. Doch musste auch er begreifen, dass der Blick der Bürger auf die Polizei und damit auch unweigerlich auf ihn, von Tag zu Tag düsterer würde, solange der Fall um diese seltsamen Leichen vom Baume nicht geklärt war. Daran erinnerte ihn heute sogar zweimal das Telefon, welches klingelte und aus dem die nervöse Stimme des Bürgermeisters die erfolgreiche Detektion dieser vermutlichen Morde forderte. Auch sein Ruf war logischerweise eng an die polizeilichen Arbeiten gebunden, da die Toten, die auftauchten, als er Gastgeber war, das hübsche Städtchen mitten an ihrem heiligsten Ort, dem Schloss, tief ins Herz stachen. Von Stunde zu Stunde und von Tag zu Tag wurde das Gerede auf den Straßen lauter und die Spekulationen über einen mörderischen Bürgermeister und der Unfähigkeit der Polizei lauter und dies hörte auch der alte Freimuth. Das Gerede der Nachbarn und Freunde, war ihm die einzige Angst in der ansonsten so friedfertigen Stadt, weshalb auch er nicht einfach nach Hause gehen wollte um die Blicke der kritischen Bürger auf sich ziehen zu lassen.

Schließlich brach er sein Schweigen: „Vergessen Sie es lieber einfach, Frau Neufeld. Der Alfredo wird sich entweder nicht mehr an eure Absprachen erinnern, oder falls doch, hat er vermutlich einfach keinen Bock. Tut mir leid, aber so isset."

Er bemerkte, dass dies seine Kollegin nicht glücklich stellte und er versuchte noch einmal an seine kurze Euphorie und Arbeitsdrang vom gestrigen Morgen zu denken.

„Drum lass uns doch den Spuren nachgehen, die wir schon haben. Wem könnten denn die Toten etwas nützen? Die gute alte Frage wie in der Ausbildung, nicht wahr?" fragte er mit einem Lächeln im Versuch den düsteren Blick Neufelds aufzuheitern.

Ihr war zwar wahrlich nicht nach Aufheiterung zu Mute, aber auch sie musste nun wohl eingestehen, dass mit dem Commissario nicht mehr zu rechnen sei. Deshalb ging sie mit einem freundlichen Lächeln auf den Gedankengang Freimuths ein.

„Sie sagen es, als sein Sie mein Lehrer!", nun aber wieder ernst weiter: „Natürlich dem Sven Matuschke, das ist ja wohl klar. Das ist Wahlkampf wie er sich nur von der schmutzigsten und skrupellosesten Seite zeigen kann. Auf der Wahlkampfgala seines Kontrahenten tauchen auf einmal Leichen auf und schon ist die Stimmung des Volkes gekippt und das jahrelange Vertrauen in ihren Bürgermeister ist endlich weg. Doch verstehen Sie mich bitte nicht falsch, ich hatte jetzt leider das Vergnügen beide Herrschaften kennenzulernen, der Matuschke ist mir um keinen My sympathischer. Keiner von den beiden sollte meiner Meinung nach Bürgermeister von Irgendetwas werden. Doch sind wir mal ganz ehrlich, und Sie kennen beide sicherlich besser als ich, so muss ich Ihnen wohl tatsächlich mal zustimmen. In der Lage einen Mord zu begehen erscheint mir doch nur einer von beiden."

Sie meinte natürlich den Herausforderer, den sie zunächst in der „Tanzenden Susi" tatsächlich sympathisch fand, sie dann aber doch wie ein minderwertiges Wesen als weibliche Polizistin hat links liegen lassen. Vielleicht, so dachte sie jetzt, war das auch ganz gut so und außerdem hat er sich dadurch sonderlich verdächtig gemacht. Freimuth musste seiner Kollegin recht geben. Seinem Freund dem Bürgermeister wäre solch eine Tat nie zuzutrauen, doch dem Sven Matuschke traute er, und da war er in der Stadt sicher nicht der Einzige, alles zu. Der Nachmittag war schon fortgeschritten, als man sich dann schließlich entschied das Warten auf den Commissario aufzugeben und zum Westkamp zu fahren um den neuen Hauptverdächtigen Matuschke zu verhören. Sonderlich drauf brennen taten allerdings darauf beide nicht, da das Leben als Polizist bekanntermaßen einem recht schwer auf der anderen Seite des Kanals fallen konnte. Erst wollte Freimuth seine junge Kollegin sogar wieder alleine schicken, doch wehrte sie sich dagegen erfolgreich, weshalb auch der alte Freimuth gezwungen war sich von seinem Sitz zu erheben und zum Auto zu laufen.

Sie schritten in Richtung Ausgang und just in dem Moment als sie die Tür öffneten, sahen sie einen Mann aus einem in der Fußgängerzone unmöglich geparkten Auto aussteigen und hektisch torkelnd ihnen entgegenkommen. Alfredo Pino kam es in seinem Kater so vor, als hätte er sich im höchsten Maße beeilt, doch neigte sich der Nachmittag schon zum Abend, während er sich nach Hause schleppte, sich fertig machte und irgendwann dann mal im Auto saß. Doch nun war er tatsächlich mal angelangt und wurde mit breitem Lächeln und offenen Armen von seinem alten Kollegen und Freund empfangen.
„Alfredo mein Freund, komm her und lass dich drücken!"
Pino eilte die kleine Treppe zum Aufgang hinauf und die beiden umarmten sich herzlich. Sah man aber, so wie es Leonie Neufeld immer tat, genau in die Augen der beiden Umarmenden, so waren beide nicht nur glücklich, sondern auch ein wenig von der schlechten Verfassung und dem stetigen Gestank des Gegenübers betrübt. Doch nichts desto trotz freute sich Pino sehr in seine alte Arbeitsstätte gebeten zu werden und auch Freimuth freute sich seinen alten Freund wieder zu sehen und jetzt nicht in den öden Westkamp fahren zu müssen. Einzig die junge Neufeld empfand Zorn von den

beiden Herren unbeachtet links liegen gelassen worden zu sein, als sie schwatzend über heutige und alte Zeiten in das Büro schritten. Das hatte sie sich sicher anders vorgestellt.

Sie ließ die beiden zunächst eine Zeit alleine in dem Büro ihres Chefs sich unterhalten. Denn wenn sie ehrlich war, wollte sie auch gar nichts von den absurden Geschichten und sexistischen Sprüchen der beiden hören, die sie durch die dreckige Glastür ansatzweise verfolgen konnte. Sie war einmal mehr erschrocken darüber, wer tatsächlich hinter ihrem Idol von einst steckte, doch empfand sie es auch als eine Aufgabe ihres Respekts die beiden alten Freunde zunächst alleine zu lassen. Doch nach mehreren Minuten als sie hörte, dass ihre Gespräche noch immer rein gar nichts mit dem aktuellen Fall zu tun hatten, verlor sie schließlich ihre Geduld, die schon den ganzen Tag seit den Morgenstunden auf die Probe gestellt wurde. Also öffnete sie die Tür zum Büro und wurde mit großen Augen und einer stickigen Rauchwolke begrüßt. Da stand Pino lächelnd auf und sprach zu ihr:

„Verzeihen Sie diese Unhöflichkeiten. So ist das nun mal unter alten Freunden, kennen Sie ja sicher auch, man hat sich erstmal so viel über alte Geschichten zu erzählen. Komm, setzten Sie sich doch Frau Neuhaus!"

„Neufeld!"

„Ja, ganz genau." Entgegnete er bloß und zog an seiner stinkenden Zigarre.

„Also Fräulein Neufeld" nahm schließlich Polizeichef Freimuth das Wort an sich. Es stank aus seinem Mund nach Whiskey, den er sich genüsslich die lange Zeit des Wartens auf den Commissario einverleibt hatte. Merkbar glücklich, dass er aufs Erste um den unangenehmen Besuch beim Matuschke herumkam, was vielleicht auch seine übertriebene Freundlichkeit gegenüber dem Gast erklärte, fuhr er fort:

„Alfredo war von Ihrem Besuch gestern sehr angetan und hat den ganzen Tag heute damit verbracht zu grübeln und grübeln."

„Und jetzt", fiel Pino ihm selbst ins Wort, „ist mir ein entscheidender Gedanke gekommen."

Die beiden Polizisten schwiegen gespannt und voller Hoffnung auf den alten Mann in beigen Mantel starrend.

„Ich sag nur: Der glückliche Tod"

Während Leonie Neufeld weiter nichts verstand, schellte ihr Boss mit den Augen hoch: „Sprichst du von der Sekte? Aber das ist doch jetzt schon Jahre her!"

Mit einem für die Neufeld schwer zu deutendem Grinsen antwortete Pino, der jetzt wieder wie ein junger, aufstrebender Mann aussah:

„Absolut richtig!"

In seinen Augen brannte wieder das Feuer, für welches er in den alten Geschichten berühmt gewesen war und mit einer ungewohnt freundlichen Seite sprach er zur Kommissarin:

„Wissen Sie, Frau Neustadt, Neufeld, vor vielen Jahren, 10, 15 oder 20, fanden wir ähnliche Leichen wie Sie es mir gestern so ausführlich beschrieben haben. Nicht hier, sondern weiter im Norden. Dahinter steckte eine Art Sekte und diese nannte sich Der glückliche Tod. Sekte hört sich zwar religiös an, doch waren sie bloß menschenverachtende Spinner, die ihre eigenen Mitglieder nach und nach umbrachten. Als wir diese gottlosen Mörder dann endlich aufdeckten und hinter ewige Gitter steckten, wurden diese Schweine direkt verboten. Viele Jahre vergingen, ohne dass ich etwas von ihnen gehört, oder an sie gedacht habe. Doch fürchte ich nun, kommen sie zurück."

Die Kommissarin war angetan von dieser Geschichte, auch wenn sie sie noch nicht ganz verstand, weshalb sie fragte: „Das klingt zu schaurig um wahr zu sein. Drum sagen Sie doch bitte, warum sie dies Grausame tun?"

„Tja, das ist eine gute Frage. Sie selber sahen sich stets von jeder Schuld befreit und sagten immer wieder aus, dass sie damit sogar etwas Gutes tun. Doch sind ihre Gründe nur absurder Irrsinn und gänzlich unchristlich. Diese, nennen wir sie mal Menschen, leben wie Hippies in der Natur und saufen und kiffen Tag ein Tag aus, bis sie sich irgendwann gegenseitig umbringen. Sie nannten dies immer: Den glücklichen Tod sterben, da kein Tod schöner sein könnte, als im Rausch mit seinen Freunden. Doch sind sie schlicht Mörder."

Die Neufeld war verwirrt und geschockt. So etwas hatte sie noch nie gehört und bekam glatt Mitleid mit diesen armen Menschen, dass sie sich so sehr an den Abgrund gedrängt fühlen mussten. Die Formulierungen Pinos machten sie glatt zornig, denn natürlich waren auch dies Menschen, wie jede andere. Ihr störte dieser veraltet wertende Blick auf die Täter, wenn man sie denn überhaupt so nennen sollte. Denn, da war sie sich sicher, jeder Täter ist nur Opfer seiner umgebenen Gesellschaft der heutigen Zeit. Doch blieb sie still, da sie doch Respekt vor den wichtigen Informationen hatte, die Pino ihnen aushändigen konnte.

Erschöpft lachend meldete sich nun auch Freimuth wieder zu Wort: „Es hat für mich noch nie einen Sinn ergeben. Deshalb erinnerte ich mich nicht, weil ich es nie verstanden habe."

„Weiß ich doch Dickerchen" sprach Pino voller Tatendrang weiter.

„Ich denke wir sollten, natürlich wenn ihr beiden als noch im Amt befindende Polizisten es erlaubt, schleunigst uns auf die Suche nach diesen Schweinen begeben. Und damit wir nicht die Nadel im Heuhaufen suchen müssen und tagtäglich durch die hiesigen Felder und Wälder schleifen, schlage ich vor, wir gehen am selben Tag zur selben Zeit zum selben Ort, an dem die Leichen nach dem Bankett des Bürgermeisters gefunden wurden."

Es ergab für Leonie Neufeld alles Sinn, was Pino sagte, doch zögerte sie erst, bis sie zustimmte, da es eben Pino war, der dies so männlich dominant befahl. Doch schließlich stimmte sie zu unter einer Bedingung: „Doch zunächst lass uns noch heute auf den Weg machen um unseren Hauptverdächtigen einen Besuch abzustatten!"

Interessiert fragte Pino nach, wer denn dieser Hauptverdächtige sei. Als er die Antwort samt den Motiven von der Neufeld bekam, dass ihre größte Spur zu Sven Matuschke führte, wurde er plötzlich blass und nervös. Schließlich hatte sie die beiden am Tag zuvor noch gemeinsam in der anrüchigen Bar am Kanal sich treffen gesehen.

„Ach, ist das so?" fragte er schließlich gelassen wirkend.

„Dann würde ich Ihnen aber zu Ihrem eigenen Wohlergehen lieber raten, erst morgen ihn aufzusuchen. Es ist schon spät und Sie haben ja denke ich selber gemerkt, dass man auf Polzisten dort, wo er sich wohl gerade rumtreiben wird, wahrlich nicht gut zu sprechen ist."

Die Kommissarin verstand diesen Einwand und hatte auch tatsächlich nicht die Nerven dafür noch einmal alleine in diese für sie so schaurige Straße am Rande des Kanals zu fahren. Sie akzeptierte erst morgen zu fahren, bestand aber darauf nicht noch einmal alleine in diese „gottlosen und frauenfeindlichen Straßen des Westkamps" zu fahren.

Dies nahm Freimuth gerne auf, da er darin die perfekte Zeit für den verdienten Feierabend gesehen hatte. Er stand auf und sprach in lauten Ton: „Na perfekt. Dann fahren Sie beide doch gleich morgen Vormittag hin zum Matuschke. Dann lernen Sie sich auch noch ein wenig kennen, was halten sie davon?"

Sein Lächeln und seine zügigen Schritte in Richtung des Ausgangs ließen keinen Platz mehr für Wiederworte. Ohne dass noch weitere Absprachen vernommen wurden, folgte ihm auch Pino auf schnellsten Tritt in Richtung der Tür und schließlich des Autos, so dass innerhalb weniger Sekunden Leonie Neufeld alleine und stumm im Präsidium zurückblieb. Es war doch ein sehr seltsamer Auftritt von ihren neuem Partner Alfredo Pino, doch lief er weitaus besser ab, als sie befürchtet hatte. Nüchtern schien der Pino schließlich doch ein schlauer und in Teilen sogar entgegenkommender Mensch zu sein, was sie einerseits erfreute, aber andererseits auch sehr nachdenklich machte. Sie sprach laut „ein interessanter Mensch" in das leere Zimmer und ging schließlich auch schnellen Schrittes zum Haupteingang des Präsidiums. Müde lief sie aus dem alten Haus, die alte Steinstraße entlang, bog an einer großen Kreuzung links ab und schließlich fand sie sich auf der rechten Seite in ihrer Wohnung wieder. Aus ihrem Fenster konnte sie auf ein weiß strahlendes Gymnasium blicken. Sollte sie einmal Kinder haben, so dachte sie sich, sollen sie auch darauf gehen. Aber dafür bräuchte sie erstmal einen Freund, wofür sie absolut nicht die Zeit hatte. Bei diesem Gedanken sank ihre Stimmung immer sehr ab und in ihre Nase kroch der Geruch des Dönerladens auf der anderen Seite des Hofes. Normalerweise verabscheute sie diesen Geruch von purem Fett und Fleisch, denn sie war überzeugte Veganerin. Doch heute war er verlockend und zum ersten Mal seit langer Zeit spürte sie in sich die Versuchung ihren Vegetarismus zu brechen. Doch noch bei diesen Gedanken schlief sie auf der Couch ein und wachte erst am nächsten Morgen hungrig wieder auf.

Die Sonne ging unter, es wurde Nacht und die Sonne ging wieder auf. Es wurde Tag in Greenfort. Und dieser Tag begann für Leonie Neufeld mit einem großen Schrecken. Einerseits, weil sie noch immer halb sitzend, halb liegend auf ihrem Sofa war und andererseits, weil sie panischen Blickes auf ihre Uhr feststellen musste, dass es schon halb zehn vormittags war. Ihre Großmutter hatte immer gesagt, wenn du lang schläfst, dann hast du es wohl einfach nötig gehabt. Doch tröstete sie dieser Satz heute nicht, denn es war ihr höchstpeinlich zu spät zur Arbeit erscheinen zu müssen. Immerhin, so dachte sie, sei sie mit großer Wahrscheinlichkeit trotzdem eher da als der vermutlich verkaterte Pino. Drum war sie sehr überrascht, als sie fast rennend die Treppe zur Haustür hinuntereilte, dass ein alter, breiter Wagen vor ihr stand. Und wer stieg aus und öffnete ihr die Tür? Der versoffene Commissario Alfredo Pino! Nur, dass er heute eben nicht versoffen war, sondern frischgeduscht und beinahe kindlich aufgeregt vor Tatendrang sie höflich begrüßte.

„Mit Ihnen hab´ ich jetzt schon mal wirklich nicht gerechnet" antwortete Leonie Neufeld leicht verlegen in ihre müden Bäckchen hinein.

„Nun ja, wir wollen doch zu ihren Hauptverdächtigen dem Sven Matuschke. Um diese Uhrzeit ist noch wenig los an der alten Kanalstraße und ich denke, das steht in Ihrem Interesse, nicht wahr?"

Einmal mehr war die junge Kommissarin verwirrt über das Verhalten und Auftreten Pinos. Doch freute sie sich schlicht darüber ihn in einer solch energiegeladenen Verfassung miterleben zu dürfen, wie sie es von den alten Geschichten über ihn kannte. Sie war sogar ein wenig Stolz mit dabei sein zu dürfen, wie die Polizeilegende Alfredo Pino seinen zweiten Frühling oder eher zweiten Herbst als Kommissar erlebt. Doch trotz dieser euphorischen Stimmung zu Beginn ihrer Fahrt in den Westkamp verlief sie recht still. Sie hatten sich nicht wirklich viel zu sagen, da Leonie Neufeld noch immer mit ihrer Müdigkeit und den hektischen Start in den Tag ohne Kaffee zu kämpfen hatte und auch Pino mit seinen Gedanken wo anders schien. Wo, blieb der Kommissarin wie fast immer ein Rätsel. Sie fuhren über die alte Kanalbrücke, bogen, wie zuletzt die Neufeld selber, zweimal ab und landeten so auf ihrer Zielstraße. Die Kanalstraße war um diese Uhrzeit kaum wiederzuerkennen. Kaum Betrunkene schritten mehr fallend als gehend in die Kneipen am Straßenrand. Einzig eine Schnapsleiche da und eine skeptisch sie anschauende leichte Frau dort zierten den trostlosen Asphalt dieser totgrauen Straße. Pino steuerte das Fahrzeug direkt auf jenes Lokal zu, an dem die Polizistin ihn einst angetroffen hatte. Der leuchtende Schriftzug „Zur tanzenden Susi" war erloschen und die schmale Tür entging fast jeder unwissenden Aufmerksamkeit.

„Da haben Sie sich wirklich einen tollen Parkplatz ausgesucht!" spottete Leonie Neufeld Pino entgegen, nachdem dieser halb auf der Straße, halb auf dem Bürgersteig direkt vor der Ladentür, seinen Wagen abstellte. Sie setzte ihre Mund-Nasen-Maske direkt ab, nachdem sie aus dem Wagen ausgestiegen waren, da sie dazugelernt hatte, dass solche „Nikotinpflaster der Regierung" wahrlich ungern hier gesehen wurden. Sie fühlte sich unwohl dabei, da tagtäglich die Fallzahlen der Pandemie stiegen und es allen scheinbar vollkommen egal war. Witzigerweise werden es ja auch genau die Leute sein, die sich jetzt an keine viruseindämmenden Maßnahmen halten, die sich am meisten aufregen und protestieren, wenn die Regierung neue einschränkende Maßnahmen verkündet.

„Und Sie sind sich wirklich sicher, dass der Matuschke jetzt um diese Zeit schon hier ist?"

Sie blickte skeptisch auf den verschlossen scheinenden Eingang zu dem ranzigen Schuppen, wie sie und viele andere Bürger Greenforts dieses Lokal zu nennen pflegten.

„Aber auf jeden Fall" antwortete Pino, als er die Tür ohne Mühe öffnete und sie eintraten.

„Um diese Zeit pflegt er meist hier zu sein. Wissen Sie, um diese Zeit ist hier schön wenig los und man kann sich mehr auf die, wie soll ich sagen, nicht ausschließlich auf den Alkohol beschränkten Angebote dieses Etablissement konzentrieren. Wenn Sie wissen, was ich meine."

Sie verstand, was er meinte. Spätestens als ihm eine leichtbekleidete hübsche blonde Frau mit großen Augen ansah und sie anrempelnd zum Ausgang schritt. Als erstes wandte sich Pino direkt an die leicht verkommene Dame hinter der Theke. Es war wieder die Susi, die Leonie Neufeld schon beim ersten Besuch hier kennenlernte, die jetzt noch ausgelaugter und müder vom Leben wirkte, als zuvor. Ihren Augenringen unter ihrer roten Dauerwelle sah man an, dass sie seit mehreren Tagen ohne viel Schlaf durcharbeiten musste.

Auf die Frage des Pino, wo und ob der Sven Matuschke hier anzutreffen wäre, antwortete sie mit einem rauchigen Lachen: „Der Matuschke? Aber Alfredo Schätzchen, dass weißt du doch wohl am besten. Er sitzt ganz hinten unter der Palme!"

Peinlich von der Antwort vor der Neufeld gerührt, schritt Pino voran durch die vielen jetzt unbesetzten Tische und die Neufeld schlich verunsichert hinterher.

Hinter einer kleinen Ecke unter einer billigen Palme, die wohl aus Plastik sein musste, trafen sie schließlich auf ihre Zielperson.

„Ach Alfredo, was eine Überraschung!" stand Sven Matuschke freundlich lächelnd auf und schüttelte beiden die Hand, bevor er sich nachdenklich seinen schwarzen, aber gepflegten Dreitagebart strich und seine Hand auf seine durchtrainierte Brust drückte.

„Und noch erfreulicher ist der Besuch, den du dabeihast. Sie sind doch die nette Dame von der Polizei, zu der ich die Tage doch leider mehr als unhöflich war. Ich kann mich nur bei Ihnen entschuldigen. Wissen Sie, der Wahlkampfstress verlangt einem auch wirklich alles ab. Aber ich sage Ihnen: Der Aufwand wird es wert sein. Für mich und die ganze Stadt Greenfort! Darf ich Ihnen als kleine Entschuldigung einen Drink anbieten?"

Auch wenn Leonie Neufeld es niemals zugeben würde, war sie ein wenig geblendet von dem selbstbewussten und schlicht attraktiven Auftreten Matuschkes. Sie mochte seinen kantigen Kiefer unter seinem wohlduftenden Bart, weshalb sie die Entschuldigung annahm und sich eine Cola bestellen ließ. Trotzdem war ihr nicht entgangen, dass es schon relativ seltsam war, dass Matuschke hier alleine und absolut nichts tuend an einem leeren Tisch saß, als wenn er schon auf sie warten würde. Auch schien ihr das Händeschütteln und der Blickkontakt zwischen Pino und ihm auffallend lange und intensiv. Wobei sie ja natürlich schon wusste, dass eine gewisse Freundschaft zwischen diesen beiden Männern existieren musste, was eine solche Art der Begrüßung natürlich erklärte und auch legitimierte. Doch sicherheitshalber nahm sie das Wort nun an sich, damit sie ihre Fragen so stellen konnte, wie sie sich sie ausgemalt hatte.

Doch vorerst musste Pino seinem Bekannten die doch eher seltsame Situation ihn zusammen mit einer Polizistin aufzusuchen erklären.

„Sven, du weißt ja sicher, dass ich früher mal bei der Polizei war. Die nette Frau Neufeld und ihr Chef haben mich gebeten bei einem aktuellen Fall auszuhelfen. Keine Panik, wir haben nur ein paar kleine Fragen an dich. Du hast ja sicherlich schon von den traurigen Ereignissen vor wenigen Tagen im Schlosspark erfahren."

Da die Morde und die groben Einzelheiten Matuschke schon bekannt schienen, entschied Frau Neufeld sich, direkt mit der Tür ins Haus zu fallen:

„Also, wo waren Sie zum Zeitpunkt des Wahlbanketts von Herrn Schulze-Kettlein?"

Seine Antwort war sehr ernüchternd: „Na, ich war, ob Sie es glauben wollen oder nicht, hier an genau diesem Ort und habe mir ein paar Erfrischungsgetränke genehmigt und dabei mit Vertrauten und Bekannten meine künftige Wahlkampfstrategie besprochen. Das wird Ihnen die freundliche Dame an der Theke sicherlich bestätigen können."

Genau in diesem Moment kam schließlich auch die Susi mit ihren Getränken um die Ecke. Sie bestätigte. Das genügte der Kommissarin allerdings nicht. Sie befahl der Wirtin nach Rechnungsbelegen, Bestellzetteln oder sonst etwas zu suchen, was sein Alibi perfekt machen würde. Begeistert war sie sichtlich nicht, doch schritt sie mit rollenden Augen in ein kleines Büroräumchen hinter der Theke. Auch der Rest der Befragung verlief für die beiden Kommissare eher enttäuschend.

Auf Fragen bezüglich des Verhältnisses zwischen ihm und dem aktuellen Bürgermeister Schulze-Kettlein antwortete er durchaus sehr abgezockt:

„Der Schulze-Kettlein ist ein Kollege, den ich bewundere für die lange Zeit, die er die Stadt Greenfort als Bürgermeister regiert hat. Nun wird es aber Zeit für einen neuen Wind, der beide Seiten unserer schönen Stadt mit dem Glück beschert. Ich kann Ihnen aber versichern, und so würde es der verehrte Herr Schulze-Kettlein auch tun, beziehen sich unsere Differenzen rein auf das beruflich-politische. Ich bin überzeugt davon, dass er ein sehr anständiger Kerl ist."

So oder so ähnlich diplomatisch klangen auch andere Antworten auf die scharfen Fragen Neufelds. Die Antworten schienen schon lange im Kopf überlegt und selbstsicher in den Mund gelegt. Doch etwas Verwerfliches oder gar Verdächtiges war an all seinen Worten nichts.

Endlich machte auch Pino wieder sein Mund auf: „Haben Sie, ich bleibe in dieser förmlichen Angelegenheit lieber beim Sie, denn schonmal etwas von dem Namen Yana Sordo und Julian Kampf gehört?"

„Lassen Sie mich nachdenken" Matuschke dachte nach, „nein. Nie etwas von gehört. Wer soll das sein?"

„So lauten die Namen der beiden Opfer, die wie zwei Kirschen an dem großen Baume im Schlosspark hingen" hakte Pino nach, während die Neufeld wegen seiner Formulierung die Augen verdrehte.

„Nein, ganz sicher. Es tut echt weh solch qualvolle Geschichten aus unserem wunderschönen Schlosspark zu hören. Noch mehr, wenn es sich dabei um zwei solch arme und gequälte Seelen handelt."

Matuschke blickte traurig nach unten. Ihm schien diese ganze tragische Geschichte wirklich ans Herz zu gehen und der Eindruck verfestigte sich immer mehr, dass er tatsächlich unschuldig und unbeteiligt war. Dies stimmte die ohnehin schon angespannte Laune der Kommissarin nicht heiterer.

Noch ernüchternder wurde es, als schließlich auch die Susi mit unverändert grimmiger Miene wieder zu dem Tisch schritt und zwei Stück Papier in der Hand hielt. Und tatsächlich: In der einen Hand hielt sie einen Kassenbong mit den Bestellungen für mehrere Personen samt dem für Matuschke üblichen Gin-Tonic und in der anderen hielt sie sogar den Zahlungsbeleg, samt Unterschrift Matuschkes, der alle Getränke selber mit Karte bezahlt hatte. Matuschke war also wirklich unschuldig. Zumindest kann er nicht aktiv der Mörder jener armen Leichen sein. Passiv, also durch sein ausgeweitetes Netz an „Vertrauten und Bekannten", wie er sie titulierte, war natürlich noch alles auszudenken.

Die beiden Kommissare bedankten sich für die Hilfe und das Engagement der Wirtin und von Sven Matuschke und verließen das Lokal. Zumindest am Blick Leonie Neufelds war abzulesen, als sie in den Wagen stieg, dass die Befragung doch mehr als enttäuschend verlaufen war. Es wäre zu schön gewesen, wenn dieser erste, große Verdächtige direkt enttarnt werden könnte. Es hätte auch schließlich alles gepasst und beinahe die ganze Stadt Greenfort wäre froh gewesen, diesen zwielichtigen Macho aus dem Westkamp hinter Gittern zu sehen. Doch sahen die Realität und die Verpflichtung dieser als Polizistin anders aus. Als Leonie Neufeld, als sich der Wagen wieder in Bewegung setzte, zu Pino hinüberblickte, merkte sie, dass auch er nicht ganz zufrieden war und ihm diese Befragung durchaus mitnahm. Er schwitzte und atmete schwer durch seine nur um den Mund gebundene Maske. Für ihn war dies sicherlich ein großer Moment. Als erste Befragung, als erste Amtshandlung nach seinem eigentlich verkündeten Ruhestand.

Noch stiller als die Hinfahrt verlief die Rückfahrt zum Revier. Worüber hätten die beiden denn auch reden sollen?

Schließlich waren sie genauso schlau wie noch heute Morgen. Diese durchaus auch etwas peinliche Stille zog sich die ganze Fahrt hin und ließ sie ewig lang für die beiden Kommissare erscheinen. Sie beide erschreckten sich, als sie ankamen und auf die Uhr guckten, dass es noch nicht einmal Zeit für die Mittagspause war, die beide, selbst Leonie Neufeld, dringend nötig hatten. War es die schlechte Luft in dem Lokal, oder der stetig auf sie eindreschende Erfolgsdruck, der von jedem neugierigen Blick der Passanten auf der Straße ausging, sie wussten es nicht. Doch fühlten sie sich beide extrem schwach und unerholt. Sie wuchteten sich die Treppe zum Haupteingang des Präsidiums hoch und hofften auf ein paar ruhige Minuten. Diese Hoffnung wurde ihnen zu Nichte gemacht, als ein angespannter Bürgermeister auf dem Flur des Reviers auf und ab schritt.

„Ach, Fräulein Neufeld! Wie schön, dass ich Sie hier antreffe. Den ollen Matuschke direkt verhaftet, was?"
Leonie Neufeld musste verneinen: „Es hat sich gezeigt, dass der Sven Matuschke wohl mit der ganzen Geschichte nichts zu tun hat. Und merken Sie sich, dass es eine absolute Ausnahme war, dass ich Sie über den Stand der laufenden Ermittlungen aufkläre."
Stumm musste der Bürgermeister feststellen, dass er nicht den erwünschten Einfluss auf die noch junge Beamtin ausführen konnte. Wäre einzig und allein sein Freund Klaus Freimuth für den Fall zuständig, dann wäre sein Kontrahent Matuschke schon sicher längst hinter Gittern. Doch dem war zu seinem Bedenken nicht so, weshalb er zerknautscht die Kommissarin musterte. Erst jetzt bemerkte er Alfredo Pino, der wenige Augenblicke nach seiner Kollegin aus der schweren Eingangstür schritt, worauf sein Blick noch grimmiger und

verzettelter wurde. Ihm gefiel nämlich ganz und gar nicht, was und vor allem wen er sah.

„Ach, Pino! Was machen Sie denn hier? Hat man sämtliche Theken hier zu Lande geschlossen oder was?" fragte der Bürgermeister Pino in einem selbstsicheren Lachen.

Pino wirkte allerdings sehr gesattelt und wusste voller Contenance zu antworten: „Amüsanter Witz Hänsel, doch bin ich leider hier um Ihnen aus der Patsche zu helfen. Und da es der Matuschke nicht war, stehen Sie wohl als Hauptverdächtiger fest" sagte er in einem ernsten Grinsen, aus welchen man nach einiger Zeit des Schweigens dann doch eine ordentliche Spur Sarkasmus heraushören konnte. Mit einem weitaus breiteren Grinsen, welches dem Bürgermeister absolut nicht gefiel, fügte er hinzu: „Aber dafür bin ich ja da, ne. Wir regeln das schon!"

Nachdem er diese Worte gesagt hatte, die keine Intention außer neckende Provokation innehatte, ging er mit einem schelmischen Zwinkern an den beiden vorbei hin zu dem Herren-WC.

Während Leonie Neufeld tatsächlich über die Neckerei Pinos leise in sich hinein schmunzeln musste, platze Bürgermeister Schulze-Kettlein vor Wut der Respektlosigkeit der Kragen, doch fiel die Tür des Baderaums direkt vor seiner Nase zu.

„Frau Neufeld!" platze es ihm aus seinem roten Kopf heraus. „Ich bin gekommen um endlich von Fortschritten in diesem rufmörderischen Komplott von Fall zu erfahren. Doch stattdessen bekomme ich nichts vorgezeigt, außer einen schon längst pensionierten Säufer! Was erlauben Sie sich eigentlich? Hilft dieser Mann Ihnen wirklich bei den Ermittlungen in diesem Fall?"

Leonie Neufeld war extrem verunsichert. So hatte sie den Bürgermeister noch nie erleben müssen und hätte es sich eigentlich auch niemals vorstellen können, dass er zu einem solch scharfen Ton ihr gegenüber in der Lage war. Der Stress rund um den Wahlkampf hatte sein gesamtes Nervenkostüm zernagt. Außerdem war es die Neufeld nicht gewohnt, von einem Vorgesetzten solchen Ärger zu bekommen, weshalb sie verlegen eine Antwort stotterte.

„Mein Chef, der Herr Freimuth, Klaus Freimuth, kam auf die Idee ihn um Hilfe zu bitten. Und es schien tatsächlich eine vernünftige Idee zu sein, denn der Commissario Pino hat schon direkt eine Spur entdeckt, über die ich jetzt aber noch lieber schweigen möchte. Mit Ihnen hat sie, wenn ich Sie vielleicht damit beruhigen kann, nichts zu tun."

„Na, wenn das so ist."

Der Bürgermeister sammelte sich langsam und wurde wieder der verlegene Alte.

„Doch das nächste Mal möchte ich bitte informiert werden, wenn ihr eure personelle Strategie ändert. Denn eines sage ich Ihnen: Der Pino, das ist ein schlimmer Finger. Der will alles so aussehen lassen, als wenn ich hinter allem stecken würde. Wir hatten da so ein paar Differenzen in der Vergangenheit, also glauben Sie ihm lieber kein Wort!"

Die Verwirrung schien heute nie zu enden. Die Kommissarin fragte sich, wen diese Aussage denn jetzt verdächtig machen würde. Ihren Kollegen Pino, oder doch eher den Bürgermeister selber, den Sie ja ohnehin schon von Anfang an als nicht ganz koscher empfunden hatte. Es war schon auffällig, wie viel ihm an der Detektion dieser Morde hing und wie viel Schweiß auch heute schon wieder aus seiner purpurroten Stirn tropfte. Ehe sie antworten konnte, schossen noch weitere Gedanken durch ihren intelligenten Schädel. Welche Motive könnte er denn haben? Den Matuschke in ein falsches Licht rücken und weiter? Dies konnte es noch nicht gewesen sein. Da musste noch mehr hinter den nervösen Händen des Bürgermeisters stecken, der sie auch jetzt schon wieder verunsichert anstarrte, in der Hoffnung ihre Gedanken lesen und beeinflussen zu können. Sie war drauf und dran sich den Bürgermeister einmal selber zu schnappen und ihm die ein oder andere fiese Frage vor den Kopf zu werfen, als auf einmal beide Türen des Flurs gleichzeitig aufschnellten. Aus der einen, der Tür zur Herrentoilette schritt mit einem immernoch breiten Grinsen der Commissario Pino. Aus der anderen und das mit deutlich mehr Hektik und Elan, raste der Polizeichef aus seinem Büro in den Flur.

„Ihr glaubt es nicht, doch wie soll ich es euch anders sagen? Schon wieder zwei Leichen. Wieder mitten im Schlosspark und schon wieder an der gleichen alten Kastanie!"

Diese Nachricht traf alle wie ein Schlag, denn damit hatte keiner gerechnet. Die Farbe der beiden Gesichter von Herrn Freimuth und Herrn Schulze-Kettlein stiegen in das unermesslich Rote, während die Gesichter Neufelds und Pinos blass wurden. Denn dies bedeutete für sie nichts anderes, als weiteres Aufschieben ihrer so ersehnten Mittagspause. Natürlich wiegte diese Schlussfolgerung der Botschaft zumindest bei Leonie Neufeld nicht über den Schock und der Trauer zwei weiterer verstorbener Menschen. Und auch wenn es keiner der Vieren so wirklich wollte, war allen klar, dass sie sich sofort auf den Weg zum erneuten Tatort begeben müssten. Drum machten sich alle gleichzeitig auf zu dem Dienstwagen in der Garage und fuhren schleunigst gemeinsam los. Auch der Bürgermeister wollte unbedingt mit zum Schloss fahren, blieb dann aber doch alleine vor der Polizeiwache zurück, da Frau Neufeld da intervenieren musste. Dies gehörte sicher nicht in den Aufgabenbereich eines Bürgermeisters. Protest wurde, in Form von dem schnellen Gas geben des Fahrers Pino, nicht geduldet.

Man fuhr zunächst durch die breite Steinstraße an der hohen Kirche vorbei, bog dann ab auf die Straße an der sich das weiße Gymnasium erhob und die Frau Neufeld wohnte und schließlich bogen sie auf eine kleine Ringstraße um den engsten Stadtkern zwischen hohen und dichtbesiedelten Wohnhäusern. Als auf der rechten Seite ein angrenzendes Waldstück zu erkennen war, fuhren sie auf den Parkplatz an der kleinen Brücke, an der Frau Neufeld das letzte Mal die panischen Schreie jener alten Dame vernahm, die die Leichen als erstes erblickte. Für einen kurzen Moment fragte sich die junge Polizistin, warum man sie, das Fräulein Bakenbusch, nicht noch weiter im Sinne einer Tatbeschuldigung befragt hatte, doch dann fiel ihr wieder ihr zerzaustes Gesicht und überforderten Worte beim Anblick der Toten ein und sie verwarf diesen Gedanken sofort wieder. Wieder schritten die Kommissare über einen der Ärmel der Grünen und wieder wurden sie beobachtet von den zahlreichen Statuen, die den gesamten Innenhof und Garten des großen Barockschlosses zierten. Jedes Mal, wenn man an diesem monumentalen Bauwerk aus weißem Sandstein und glänzenden Glas vorbeischritt, musste jeder vor Ehrfurcht kurz stehenbleiben und dem Geschenk längst vergangener Zeiten würdigen. Und so erging es nicht nur der frisch hergezogenen Leonie Neufeld, sondern jedem der vielen alteingesessenen Bürgern Greenforts, wie es auch Klaus Freimuth einer war.

Schließlich gingen sie weiter um das Schloss und um den Schlossgraben geformt durch die Grüne hin zu den weiten Wiesen und alten Bäumen des auf der gegenüberliegenden Seite liegenden Schlossparks, bis sie an denselben Bäumen wie zuletzt Halt machten. Wieder war eine große Menschentraube an der Kastanie versammelt, in dessen Mitte, wie der Zufall es nun mal so wollte, die arme, alte Frau Bakenbusch stand. Sie war rausgeputzt in einem schönen, gelben Sommerkleid, welches sie schon vollständig vollgeschwitzt hatte. Hektisch versuchte sie sich mit ihren Händen frische Luft zuzufächeln. Da es heute eh schon besonders warm war und sich dieser Schock des erneuten Auffindens zweier Leichen noch zu ihrem Nervenkostüm dazugesellte, drohte sie umzukippen. Und das tat sie auch. Doch knallte sie nicht auf den harten Boden der Wiese, sondern fiel sanft in die weichen Hände Alfredo Pinos. Während Leonie Neufeld direkt ohne nach links und rechts zu schauen zu den beiden an der alten Kastanie hängenden Leichen rannte um diese zu untersuchen, erkannte Pino die Not des armen Fräulein Bakenbuschs. Sie konnte einem aber auch nur leidtun.

„Ach, Herr Kommissar, Herr Kommissar, es war so schrecklich. Ach, Sie sind ja gar nicht der Herr Kommissar."

Sie richtete sich wieder ihren weißen mit Blumen geschmückten Sonnenhut.

„Guten Tag, ich bin der Alfredo Pino. Ich arbeite für die Polizei. Sie können mir also vertrauen" sagte Pino in einer Stimmlage, die ebendies verriet, selbst wenn er es nicht ausgesprochen hätte.

„Ach, es war ja so furchtbar!" fuhr sie dann fort, als wenn sie die Vorstellung Pinos gar nicht mitbekommen hätte.

„Wissen Sie, als eine so alte Frau, wie ich es eine bin, hat man es echt nicht leicht mit den Männern. Ist mir glatt peinlich zu sagen, doch endlich, ach endlich, hat meine Nachbarin mich bei so einer dieser modernen Kennenlernseiten angemeldet, wissen Sie? Internet und so. Wir wollten uns heute hier im Schlosspark treffen, doch jetzt das. Ach, Herr Kommissar, Herr Kommissar, es war ja so schrecklich!"

Vieles Ungefragte kam da mal wieder aus dem Mund der alten Dame. Doch war es auch sehr viel Interessantes für Alfredo Pino.

„Ach, Sie ärmste. Das tut mir auch wirklich sehr leid für Sie" sprach Pino seine starken Arme um ihre ängstliche Schulter legend, als die Neufeld noch immer zentimetergenau die neuen Leichen vom Baume unter die Lupe nahm.

„Fräulein Bakenbusch, wollen Sie mir vielleicht verraten mit wem und wo genau Sie sich treffen wollten?"

„Na, meine Nachbarin, die hat mich doch. Ach, aber das wissen Sie ja wohl schon. Mit dem George, mit dem George von dieser Seite da im Internetz."

Freimuth, der mit sicherem Abstand diese Konversation beobachtete, musste feststellen, dass die Bakenbusch genauso verwirrt und durch den Wind war, wie beim letzten Mal und wie eigentlich fast immer, wenn er sie beim Einkaufen, in der Kirche, oder sonst wo antraf.

„Und wo?"

„Hinten da!" Sie zeigte in die vom Schloss entfernte Seite, „am Chinesischen Brunnen. Er meinte, dass er dort wohnen würde, wobei da doch nur weit und breit Wald und Wiese umliegend sind. Aber heutzutage in einer solchen Zeit ist ja auch wirklich alles vorstellbar."

Sofort tauschten sich Pino und Freimuth forsche Blicke aus. Beide dachten sofort an jene seltsame Sekte, die irgendwo hier im großen Schlosspark ihr Unwesen treiben musste.

„Fräulein Bakenbusch," schritt Pino noch einen Schritt näher auf sie zu, „können Sie uns dorthin führen?"

Mit größter Hilfsbereitschaft deutete sie mit ihren Fingern den Weg hin zu jenem Chinesischen Brunnen und sofort machte sich Pino auf den Weg mit… Ja mit wem? Das Fräulein Bakenbusch war zu erschöpft von der ganzen Aufregung und wollte nur noch nach Hause. Auch Klaus Freimuth erfand mal wieder einen Grund, weshalb er schnellstens nach Hause oder ins Büro müsse um de facto endlich Feierabend machen zu können. Da rief wohl sein Whiskey. Doch alleine wollte auch

Pino nicht weiter gehen. Drum suchte er seine junge Kollegin. Doch wo war sie? Sie war noch immer damit beschäftigt die Leichen zu untersuchen und die umliegenden Menschen nach Augenberichten oder Sonstigem zu befragen. Vielleicht fürchtete sie sich auch einfach aufgrund der Virus-Beschränkungsmaßnahmen der Regierung zu nah an diese um das Fräulein Bakenbusch sich kümmernde Ansammlung von Menschen zu geraten. Am liebsten hätte sie diese eh schon unterbinden lassen, doch hatte sie mittlerweile eingesehen, dass hier in der Provinz noch andere Gesetze herrschten. Ein hiesiger würde sagen: Gesetze der Menschlichkeit.

Fleißig, wie sie es gelernt hatte, schrieb sie alles mit. Doch als Pino schließlich auf sie zukam, da er jetzt mal wirklich ihre Hilfe gebrauchen konnte, konnte sie ihm nichts vorweisen, was er nicht schon selber durch sein erfahrenes Auge erkannt hatte. Exakt wie vor wenigen Tagen hingen die Leichen an derselben Stelle. Wieder waren es ein Mann und eine Frau, die wiedermal vom Boden ohne Hilfsmittel unerreichbar wie Kirschen von der Kastanie hingen. Und wieder deuteten Abdrücke auf dem Boden darauf hin, dass dort ein eben solches Hilfsmittel wie etwa eine Leiter gestanden haben muss.

Leonie Neufeld und der Pino gingen den von dem Fräulein gezeigten Weg hin zu jenem Brunnen. Sie waren nicht nur auf der Suche nach jenem George, sondern gleich auch nach jener Sekte, die Pino verdächtigte und durch den aktuellen Vorfall auch zum Hauptverdächtigen der Neufeld wurde. So schritten die beiden Kommissare offenen Auges durch die grünen Wiesen, bunten Beete und braunen Mauerresten dieses abgelegenen Teils des Schlossparks. Doch was Verdächtiges sehen, konnten sie nicht. Von dem großen, asphaltierten Hauptweg, dem sie die ganze Zeit folgten, ging schließlich am

Rand eines Waldes ein kleiner Schotterweg durch das niedrige Geäst.

Gerade, als die beiden an den Ruinen eines alten Pferdestalls gingen und nun zwischen den alten vermoosten Statuen asiatisch aussehender Krieger des Chinesischen Brunnens standen, die sich kreisrund um eine kleine Wasserstelle sortiert hatten, erklang von hinten eine Stimme.

„Sieh mal einer an, wen haben wir denn da, den Commissario Alfredo Pino!"

Ein Mann eines nur schwer einzuschätzenden Alters stieg auf einmal aus einem der angrenzenden Büsche zwischen die beiden Kommissare. Augen hatte er allerdings nur für Pino, der auch ihn zu erkennen schien. Der Mann stank furchtbar und hatte lange und verzottelte braungoldene Haare und einen ebenso zu beschreibenen Bart über einer braunen Kutte, die beinahe an einen Kartoffelsack erinnerte.

„Wer hat denn die Knasttür offengelassen?" sprach endlich Pino mit eindeutiger Verachtung in der Stimme. „Ich wäre überrascht, wenn ich nicht mit genau dir hier gerechnet hätte. Frau Neufeld, darf ich Ihnen vorstellen: Das ist unser George. Sie haben schon von ihm gehört, denn er ist der Kopf jener gottlosen und widerlichen Sekte, von der ich sprach."

George lachte in seine gelben Zähne hinein, die sich zum Leidwesen aller dabei zeigten: „Ach, Pino, Pino, Pino. Erstens hat man in dem Knast, wie du ihn betiteltest, wohl eingesehen, dass ich ein netter Kerl bin und von je an unschuldig war und zweitens bist du wohl immer noch der gleiche alte Sturkopf, was?"

Als nur eine leicht kopfschüttelnde Reaktion Pinos kam, wandte er sein Wort an Leonie Neufeld, die bisher leicht angewidert dem Gespräch nur passiv zuhörte.

„Mit dem kann man echt nicht diskutieren was? Aber wie sieht es denn bei dir aus? Wunder dich nicht, ich duze alle Menschen, das ist so meine Einstellung."

„Von Ihren Einstellungen habe ich leider schon allzu viel hören müssen!" entgegnete sie schließlich mehr als pfeffrig.

George verdrehte bloß die Augen, grinste sie dann aber doch wieder freundlich an. Und ja, trotz allem, war es keine gespielte Freundlichkeit, die seinen Lippen entwich, er strahlte sie auch aus seinen Augen, was verriet, dass er an sich tatsächlich ein glücklicher Mensch sein musste.

„Da hat der Alfredo sicherlich nur die schlimmsten Spukgeschichten zu mir erzählt, was? Aber gut, mach ich mir nichts vor, du wirst mich wohl nicht sonderlich mögen. Doch bevor du mich und meine Freunde verurteilst, beantworte mir bitte eine Frage."

„Erst meine" hakte die Neufeld forsch ein. „Sie wirken so, als ob sie schon genau wüssten, was geschehen sei und weshalb wir hier sind, ist es nicht so?"

„Aber freilich. Man hat wieder zwei Kirschen in den Kastanien gefunden. Und da gehören sie, auch wenn ich kein Biologe bin, wahrlich nicht hin und deshalb verdächtigt ihr meine Freunde und vor allem mich, weil euch wohl das arme Fräulein Bakenbusch hier hingeführt hat. Dass sie damit reingezogen wurde, tut mir tatsächlich sehr leid. Sie ist wohl schon nach Hause gegangen, wobei ich ihr so schöne Dinge hätte erzählen können. Nun denn, jetzt zu meiner Frage: Was ist das Ziel des Lebens?"

Auf eine solche Unterhaltung hatte Leonie Neufeld aber mal so gar keine Lust. Von solchen Unterhaltungen wimmelte es in ihrer Heimatstadt nur so und sie war froh diesen ganzen Möchtegernphilosophen und Querdenkern entwichen zu sein. Doch bevor sie etwas sagen konnte, schellte Pino dazwischen:

„Ganz sicher nicht das in den Tod treiben unschuldiger Menschen!"

„Und außerdem" kam jetzt Leonie Neufeld noch zu Wort, „gibt es auf der Welt schon zu viele Fanatiker und Religionen, die sich als richtig ansehen, aber doch nur Leid machen."

George grinste, denn er hatte genau das bezweckt, was er wollte. Die junge Kommissarin in eine Diskussion zu locken. Er wusste direkt, was er zu antworten hatte: „Meine liebe, natürlich gibt es zahlreiche Religionen und Weltanschauungen, die alle samt von sich behaupten die Richtige zu sein. Aber dies ist doch wohl nicht verwerflich, sondern eher zwingend nötig, denn sonst würden sie doch nicht mals existieren."

Selbstbewusst wie eh und je hatte aber auch Leonie Neufeld schon ihre Antwort auf den Lippen liegen: „Die wahre Weltanschauung? Das haben wir doch jetzt zu unserem großen, großen Glück nicht mehr nötig uns solche Märchen an Religionen auszudenken, meinen Sie nicht? Die Naturwissenschaft kann es uns jetzt erklären."

Das Gespräch lief exakt in die Richtung, in der es der verdächtige George haben wollte. Denn auf einmal schaltete sich der Pino wieder ein, der sich bisher noch zügelte um seine Kollegin zu korrigieren.

„Naja, also nein Frau Neufeld, da muss ich Ihnen als überzeugter Christ widersprechen!"

Da musste George sich fast ein Lachen verkneifen. Zu schön war der Anblick, wie sich die beiden Kollegen erzürnt anstarrten.

Er fuhr fort: „Ach, ich wusste es. Der Pino wird noch einmal einer von uns! Er versteht mich und weiß, dass wir modernen Religionen, Sekten, oder wie Sie es sonst nennen wollen, nicht im Raum des naturwissenschaftlich Erfassbaren fragen, sondern, wie ich leben solle und vor allem, wie ich glücklich werde. Auf diese Fragen hat die moderne Naturwissenschaft trotz allem Wissen über diese Welt keine Kenntnisse! Erstens sucht sie sie nicht und zweitens kann sie sie auch nicht finden. Und genau deshalb hat der feine Herr Commissario recht, dass sie nicht als gänzlich vollkommen ausreichend angesehen werden darf. Und sein wir mal ganz ehrlich: Sollte das Interesse des Menschen für die Beschaffenheit des Mondes vom Planeten Kepler-452b höher sein, als für das Glücklichwerden in unserer eigenen Welt, dann wäre das fatal für eine zu bemitleidende Menschheit."

„Also ja gut, eine jede Weltanschauung sagt Wahres über das Leben aus. Doch tun halt alle dies für ihren eigenen Bereich und Blickwinkel" entgegnete Pino im Versuch Georges Aussagen zu relativieren, doch fuhr er Pinos Gedanken schlicht fort:

„Sie sind also alle ein Teil der Großen Wahrheit!"

Leonie Neufeld erkannte, dass dieses Verhör, wenn man es denn überhaupt so nennen konnte, und wenn ja, dann fast eher andersherum, gänzlich anders ablief, als sie es in der Polizeischule gelernt und in ihrem Berufsleben schon das ein oder andere Mal so erfolgreich angewandt hatte. Was war die Taktik hinter diesem doch sehr befremdlichen Auftreten dieses Georges? War es Ablenkung und Verwirrung? Oder war es eine sehr weit ausgeholte Art und Weise die Taten und Morde zu erklären und gegebenenfalls zu legitimieren? Doch hatten sie ihn doch noch gar nicht direkt damit konfrontiert. George schien ein einziges großes Rätsel zu sein, welches die Neufeld gar nicht erst zulassen durfte.

Streng und auch schon ein wenig zornig, über die Art Georges und ihres Partners, der sichtlich anfälliger auf seine Spielchen zu reagieren schien, fuhr sie dazwischen:

„Aber nicht, wenn es um das Morden geht! Wenn Sie doch so sehr von sich überzeugt sind, dann können Sie doch einfach zugeben, dass jene vier Leichen der letzten Tage zu Ihnen gehören und sich nur wegen Ihrer grotesken Sekte umbringen ließen!"

„Ja ist ja gut, die gehörten freilich allesamt zu uns" sprach George wieder seelenruhig, als wenn es keine Bewandtnis für ihn hätte.

„Doch woher wollt ihr denn wissen, ob sie es selber waren, ob ich es war, oder wer von all meinen Freunden hier, der das aus eurer Sicht Verbotene tat? So läuft doch eure Justiz, nicht wahr? Aber solange bis ihr schlauer seid, dürft ihr mich gerne mit aufs Revier nehmen!"

Er schloss die Augen und streckte der jungen Kommissarin die Hände entgegnen im festen Warten auf das kalte Metall der Handschellen. Das war noch eine weitere Wendung in diesem äußerst seltsamen Verhör. Für eine Weile musste der Verdächtige regungslos so stehenbleiben, da auch die Kommissare sich stumm und regungslos anstarrten. Doch schließlich zuckten sie mit ihren Schultern, banden die Handfesseln um ihn und führten ihn ab. Immerhin klangen seine Worte schon fast nach einem Geständnis. Doch eines war wohl beiden Polizisten sicher: Auch das weitere Verhör auf dem Revier würde alles andere als einfach und normal werden.

So schritten die drei durch die weiten Anlagen des Schlossparkes, wie zwei Eltern, die ihr Kind streng und fest an der Hand nehmen mussten, damit es keinen Unsinn macht. Nur der Unterschied war wohl, dass dieses Kind freiwillig mit seinen Eltern so nah an nah gegangen war und auch nicht abhauen würde, wenn die Eltern ihm noch eine Chance geben würden. Und genauso wie bei einer streitenden Familie starrten alle Blicke des Parkes auf die drei, von denen die zwei Eltern all diese Blicke als äußerst peinlich empfanden. Solch eine Verhaftung hatte auch der schon so erfahrene Alfredo Pino noch nicht oft erlebt. Als sie dann schließlich durch die leere Stadt in dem Streifenwagen fuhren und sie die Stufen zum Revier emporstiegen, der Sektenführer George ging natürlich voran, war die Sonne schon hinter dem Kirchturm verschwunden und das abendliche Grau schlich über die Häuser Greenforts. Doch Feierabend kannten die beiden Polizisten noch nicht. Fest davon überzeugt, ihren Verdächtigen jetzt unter die Mangel zu nehmen, führten sie ihn in das Befragungszimmer in dem es von grauer Trostlosigkeit nur so wimmelte. Doch auch hier entwickelte sich das Gespräch mehr als seltsam. Die Neufeld versuchte sich an ihre klassische Ausbildung zu orientieren und stellte Fragen, über seinen Aufenthaltsort zur ungefähren Tatzeit, seinen Beziehungen zu den Toten und und und. Doch wie gehst du mit einem Verdächtigen um, der rein gar nichts bestreitet und sich nur grinsend amüsiert, wie sich die beiden Kommissare beinahe selber in die Wolle kriegen. Ja, er war zur Tatzeit am Schlosspark und auch waren die Leichen unter seinen Leuten, die sich in voller Absicht im schönsten Moment ihres Lebens dem Tod übergaben. Was solle denn schöner sein als das? Eigene Schuld, oder die Schuld darin eine Lebensgemeinschaft zu leiten, dessen Sinn es ist, sich gegenseitig früher oder später umzubringen, erkannte er aus genau diesem Grunde nicht. Und ebenso wenig verstanden Leonie Neufeld und Pino seine Legitimation für das Morden so vieler Menschen.

Nach einer kurzen Zeit des Schweigens der Verständnislosigkeit war es dann wieder George, der die Leitung des Verhöres geschickt an sich riss: „Ach, Frau Kommissarin. Weißt du denn noch meine Einstiegsfrage vorhin im Park?"

„Ja, Sie fragten was denn das Ziel des Lebens sei!" kam es schleunigst aus ihr geschossen, als wolle sie zeigen, dass sie immernoch Herr, Entschuldigung, Frau, der Situation war. „Und der Sinn des Lebens ist sicherlich nicht nur der Tod und schon gar nicht das Morden, Herr George!"

„Ach, wirklich?" fragte George verdutzt. „Nicht der Tod? Aber womit endet es denn dann? Doch sage ich immer etwas anderes auf eine solche Frage. Wir behaupten, glauben und wissen, dass das Ziel des Lebens ist, die Seele glücklich zu machen, denn das ist das wirklich einzige, von dem wir wissen, dass es das Richtige sein muss."

Nun schaltete sich Pino wieder ein, nachdem er sich anfangs noch auf die Suche nach Herrn Freimuth begeben hatte. Eine sinnlose Suche, denn dieser war, nachdem er sich von den Wiesen des Parkes verabschiedet hatte, gar nicht mehr erst hier im Revier angelangt. Pino schien aber stets den Gedankengängen Georges besser folgen zu können, als seine Kollegin mit deutlich weniger Lebenserfahrung.

„George, ich verstehe Sie in diesem Punkt ja. Das ist ja erstmal ein ganz einfacher philosophischer Gedanke, wo ich Ihnen auch recht geben muss. Das Leben ist komplex und wirklich keiner kann sagen, was wirklich richtig und was falsch ist. Selbst die Moral ist ja, je länger man darüber nachdenkt, auch nur ein Hirngespinst der Menschen, welchem keinen wissenschaftlichen Regeln oder sonst was zu Grunde liegt. Daher ist wohl wirklich das Einzige, was in jedem Falle das Richtige ist, seine Seele glücklich zu machen. Ok, aber jetzt kommt der Punkt, an dem sich unsere Geister scheiden: Diese Seele wird niemals glücklich, in dem Sie sich und diese traurigen Menschen gegenseitig abschlachten!"

Anfangs sprach er noch verständnisvoll, doch wurde er am Ende zornig!

Doch George behielt sein ruhiges Lächeln und fragte rhetorisch nach: „Wie war das? Traurige Menschen? Nein, diese Kirschen dort vom Baume sind die glücklichsten Menschen! Und wenn ich genug meiner Brüder in dieses Glück und Seelenheil geführt habe, dann, ja dann, will ich genauso für mein Glück sterben, wie sie es taten!"

Weiter stand Unverständnis in den Gesichtern der Kommissare geschrieben, weshalb Leonie Neufeld direkt ungläubig nachhakte: „Wieso sollten Sie das wollen?"

„Du bist doch so eine, wie ich jetzt schon längst bemerkt habe, neomoderne und der ewigen Weisheit der heutigen Naturwissenschaften verschworene Frau, nicht wahr? Drum will ich es dir mal im Sinne deiner Überzeugungen erläutern. Gibt es, wie du ja scheinbar zu glauben pflegst, kein Paradies, keine Wiedergeburt et cetera, dann ist einzig und allein das Empfinden der Seele das, was in die Ewigkeit anhält. Wir, meine Brüder und ich, nehmen an, dass die Seele sich nicht mehr verändert nach dem Tod, sondern in dem Zustand, wenn man so will gefangen bleibt, in dem sie sich befindet. Ist die Seele glücklich, dann erwartet ihr nach dem Tod ein ewig glücklicher Zustand. Ist sie eine unglückliche, dann verweilt sie in einem unglücklichen Zustand. Das ist das, was wir glauben und Frau Kommissarin wohl bemerkt nichts, was ich dir aufzwingen will."

Da musste Pino erneut eingrätschen: „Sie vergessen, mein Lieber, dass es verschiedene Arten, ich behaupte zweiermaßen, an Glück gibt. Das spontane und das vollkommende Glück. Säufst du dich zu, bist du vielleicht spontan glücklich, doch dein vollkommenes Glück, deine Eudaimonia, erreichst du so sicher nicht!"

„Ach, um das Saufen geht es uns doch gar nicht.", musste George Pino mit einem augenverdrehenden Lachen verbessern, „Die meisten wollen nur so ihre letzten Stunden schönst möglich verbringen. Doch durch den Rest, den du gesagt hast, Alfredo, weiß ich jetzt, dass du beginnst zu verstehen. Denn das Glück ist zweierlei. Verbringe erst mal wie ich Jahre in unserer Gemeinschaft, erlebst auch du, was dieses vollkommene Glück heißt. Seht wie meine Seele aus meinen Augen strahlt!"

Das tat sie wirklich nach jedem einzelnen Zwinkern erneut.

„Und sterbe ich als eine solch glückliche Seele, so bleibt meine Seele auch nach dem Tod eine glückliche. Das übrigens Pino ist das, was euer Messias mit dem Himmel meinte!" fügte er mit einem überlegenden Augenzwinkern hinzu.

Das brachte Pino auf die Palme. Da spürte er in sich wieder den alten Italiener, der gänzlich überzeugter Katholik ist:

„Was erlauben Sie sich eigentlich!" schrie er ihn wutentbrannt an. Doch innerlich verstand er ihn ja schon. Ist deine Seele nach dem Leben in einem dauerhaft glücklichen Zustand, dann ist sie de facto im Himmel. Andersherum natürlich in der Hölle. Dennoch war der Zorn über ihn herangebrochen. Gotteslästerung konnte er seit seiner kleinsten Kindheit an nicht dulden. Er stand auf und packte George am Kragen:

„Jetzt haben Sie es sich aber endgültig verscherzt. Wir beide, meine Kollegin und ich, machen jetzt Feierabend und so lange bleiben Sie hier in einer unserer Zellen, Herr George!"

Alle im Raum, vielleicht auch sogar Pino selber, waren ein wenig von dieser plötzlichen Aggressivität und Wendung erschrocken. George, der wohlmöglich eh nicht sonderlich viel in seiner stets optimistischen Gleichgültigkeit protestiert hätte, bekam auch nicht einmal die Chance dazu. Denn in Windeseile hatte Pino ihn an den Handschellen gepackt, quer über den Flur hinzu dem letzten Raum, einer kleinen Zelle, geschleppt und die Tür hinter sich verschlossen. Auch die junge Kommissarin Neufeld hätte wenig bis gar keine Zeit zu intervenieren. Sie blickte Pino nur mit großen Augen an und fragte, als er dann schließlich wieder im Raum war, was das denn jetzt auf einmal solle. Schließlich hatte sie bisher den Eindruck gehabt, als könnte Pino auf großes Verständnis zu der Philosophie und Denkweise Georges zurückgreifen.

„Was haben Sie denn jetzt auf einmal getan? Ich versteh Sie ja wohl, illegal bleibt illegal, und auf freien Fuß hätte ich ihn heute sicherlich auch nicht mehr gelassen. Aber hätten wir ihn sicherlich gut gebrauchen können um den Rest der Sekte erneut zu verbieten und auch ebenso einzusperren."

Pinos immernoch äußerst zornige Antwort folgte prompt: „Ach, der Mann ist doch krank! Dem tut es ganz gut mal wieder die schattigen Seiten des Lebens kennenzulernen. Außerdem sind es wohl zu viele um sie heute noch zu zweit einzusperren. Morgen holen wir Unterstützung und schlagen dann zu."

Pino bemerkte die skeptischen und nicht zufrieden gestellten Blicke seiner Kollegin, weshalb er fortfuhr: „Keine Angst, Frau Neufeld. Ohne ihren Anführer wird heute Nacht nichts Weiteres mehr passieren. Haben wir ihn, dann traut sich kein weiterer diesen hirnlosen Schwachsinn zu begehen!"

Der Blick Leonie Neufelds war immer noch nicht zufrieden gestellt, doch erkannte sie, dass sie dabei wohl jetzt am kürzeren Hebel war. Viel mehr Protest konnte sie auch nicht mehr loswerden, ehe Pino seine Sachen nahm und endlich das Revier verließ und Feierabend machte. Es war für ihn wirklich ein überaus stressiger und anstrengender Arbeitstag. Man bedenke, der erste Arbeitstag seit einer sehr langen Zeit, weshalb die Neufeld ihn fahren ließ und auch selber kurz darauf ihre Sachen packte um in ihre kleine Wohnung neben der so sündhaft duftenden Dönerbude zu fahren. Dies freilich nicht, ohne mehr oder weniger halbwegs ordnungsgemäß ihren auf dringenden Mordverdacht beschuldigten

Gefangenen mit Essen, Trinken und Weiterem zu versorgen. Um alles andere sollte sich die Nachtschicht kümmern, die sie in Form eines alten etwas schläfrigen Polizisten heute zum ersten Mal so richtig kennenlernte. Gutes Gewissen hatte sie dabei freilich nicht und so drehte sie sich auch mehrmals extra um, ob sie diesen dicken Mann vertrauen könne, doch schließ sie dann doch die Tür hinter sich und ging heim.

Die Sonne ging unter, es wurde Nacht und die Sonne ging wieder auf. Es wurde Tag in Greenfort. Es war wieder einmal ein herrlicher Sommertag. Von den schrecklichen Morden der letzten Tage unbehelligt schritten viele der Bürger schon früh des Morgens über die Straßen der Altstadt, die Promenaden an den Flussufern und den Wegen des Schlossparkes. Eine dieser an diesem Morgen wahrlich glücklich blickenden Bürgern war das arme Fräulein Bakenbusch, von der jeder andere nur sagen konnte, wie sehr sie einem auch leidtue. Die Anblicke, die sie die letzten Tage erleben musste, waren auch einfach nur schrecklich. Doch war sie stets eine optimistische Frau, die sich heute vorgenommen hatte, das Leben erst recht wieder so zu genießen, als hätte nie etwas schlimmes vor ihren Augen stattgefunden. Immer wieder las sie in allen möglichen Zeitschriften davon, wie wichtig Bewegung an der frischen Luft nicht nur für den Körper, sondern auch für den Geist sei. Deshalb zog sie sich nach ihrem morgendlichen Tee als aller erstes ihre Wandersachen an und zog raus in die Stadt, die sie wie kein anderer auf der Welt „Heimat" nennen konnte. Sie schritt pfeifenden Herzens durch ihr Wohngebiet, in dem sonst fast nur junge Familien lebten wie ihre liebe Nachbarin mit ihren Söhnen und bog schließlich auf die lange Promenade an der Westengrüne ab. Dies war einer ihrer liebsten Wege der gesamten Stadt. Zwischen ihr und der Grünen hing ein steiler Abhang, an dem einzelne Eichen und Buchen ihr und den duftenden Blumen der Wiese Schatten vor der schon jetzt heißen Sommersonne spendeten. Vor den Eichen musste sie sich allerdings in Acht nehmen, da auch sie ähnlich wie der Menschen derzeit von einer Plage heimgesucht wurden. Viele Eichen wurden zu dieser Jahreszeit im gesamten Land von den

Eichenprozessionsspinnern befallen, um die es galt einen Bogen zu laufen. Auf der anderen Seite der Grünen erstreckte sich eine lange Wiese, an deren anderen Ende sie noch klein die hohe Kirchturmspitze der Altstadt erkannte. Es war ein Tag wie gemacht für die alt eingesessenen Bürger Greenforts, die ihr zahlreich, sei es zu Fuß oder auf gemütlichen Fahrrädern, immer grüßend entgegenkamen. Und auch der Anblick der auf der Wiese spielenden Kinder Greenforts verstärkte ihr Lächeln im Geiste, weshalb sie die nächste Brücke nutzte um nun auch noch diese Wiese hin zu der Innenstadt entlang zu laufen. Erst störte sie sich noch an einer kleinen Gruppe von Jugendlichen, die um diese Uhrzeit schon, oder noch, mit mehreren Flaschen Bier den Weg blockierten. Doch dann erkannte auch sie, dass die Jugendlichen auch bloß die Schönheit dieses Morgens genossen. Sie war schließlich auch mal jung und hätte sie sich es damals erlauben können, was sie natürlich nicht konnte, hätte sie wohl genauso gehandelt. Hätte sie gehört wie einer der Jugendlichen auf ihren zunächst skeptischen Blick antwortete, dass es sich eh nicht zu lernen lohne, wenn die Welt eh bald zunichte gehe dank der unzähligen globalen Probleme, dann hätte sie sicher doch anders gedacht.

Ihr ausgedehnter Spaziergang zog sich an der Wiese, der Kirche und der Altstadt vorbei, bis sie schließlich vor dem breiten Teich des Schlosses stand. Sie hat ihren ganzen Spaziergang an nichts Schlimmes gedacht, doch jetzt schlug es ihr wie eine kalte Windböe ins Gesicht. Ihre Beine begangen zu zittern, ihr Atem wurde schwerer und die grausigen Bilder fielen ihr wieder schonungslos in den Sinn. Nie im Leben wäre sie jetzt direkt wieder über die Brücke in den Schlosspark gegangen. Nie! Doch heute war ein besonderer Tag. Sie sah andere Menschen die Brücken überschreiten und ebenfalls lachend ihre Heimat genießen, so dass sie sich tatsächlich einen Ruck gab. Außerdem hatte sie davon gehört, dass die Polizei gestern einen Mann hier im Schlosspark verhaften ließ. Daher bestand doch wohl wirklich kein Grund zur Sorge mehr. Sie war wahrlich stolz die Brücke überschritten zu haben und startete nun mit so gut wie keinen schlechten Gedanken ihre Runde vorbei am Schloss hin zu den Wiesen, Wegen und Bäumen des Parkes und vorbei an den prachtvollen Eichen, die am Ufer standen. Doch waren die Eichen mit grellem Band abgesperrt, da die Raupen, die Eichenprozessionsspinner, wie ein immer größer anwachsender Ausschlag auf der Haut der Bäume den Schlosspark befallen hatten. Daher war der schöne Kiesweg an den Bäumen gesperrt und sie suchte sich voller Lust eine alternative Route für ihren schon weit fortgeschrittenen Spaziergang. Da sie es schon so lange nicht mehr getan hat, entschied sie sich heute mal wieder den Innenhof ihres alten Schlosses zu besuchen. Das Schloss war nämlich im Grunde ganz im Stile des Barocks in einem großen U angelegt, sodass man zunächst über eine Brücke und dann durch ein kleines Tor den Innenraum dieses U's betreten konnte. Der Anblick dieses Schlosses war ihr stets so vertraut, dass sie erschreckend oft vergaß, wie schön es hier eigentlich war. Und zwar nicht nur der pompöse Anblick von vorne am Schlossteich, der auf zahlreichen Postkarten des Landes abgebildet war, sondern eben auch jener Innenhof. Auf dem huckeligen Boden des Steinpflasters standen feine Limousinen und Edelkutschen aus dem ganzen Land geparkt, deren Gäste in den feinen Kapellen, dem Restaurant oder anderen Sälen des Schlosses zu Gast waren. Der Weg, den sie schritt, führte geradewegs zu einem kreisrunden Beet bunt aufblühender Blüten, die das Zentrum des prächtigen Innenhofs waren. Im Winter, als sie zum letzten Mal diesen prachtvollen Hof betrat, stand an dieser Stelle noch ein riesiger Tannenbaum, der das Schloss zu einem wahren

Winterparadies werden ließ. Sie ging rings um das Beet herum und konnte so hinter den Fenstern die feinen Damen und Herren in schicken Kleidern bewundern, die diese magische Stelle nutzten, um in den Bund der Ehe zu treten. Davon gab es viele täglich. Doch schließlich verließ sie den Kreisel wieder auf der gegenüberliegenden Richtung auf einen Weg, der sie wieder zu einem kleinen Tor, über eine Brücke und schließlich auf den Weg auf der anderen Seite des Schlosses führte. Doch auch dieser Weg mündete schließlich in die große Parkanlage voller Wald und Wiesen, denn, so wie es sich gehört, war die gesamte Schlossanlage symmetrisch aufgebaut. Schon längst hatte sie alle schlechten Gedanken und mulmigen Gefühle, die sie zuvor noch quälten, vergessen.

Auf einmal wurde ihr dann doch wieder bange. Als sie weiter in den Park eindrang und sich jener Baumreihe näherte, bemerkte sie, dass sie doch wieder alleine war. Nur ein großes Stück hinter ihr konnte sie ein junges Paar erkennen, welches stehengeblieben war um die traumhafte Kulisse für Instagramfotos oder neue TikTok-Trends zu nutzen. Zögernd schritt sie weiter in Richtung jener Bäume, die ihr zuletzt so viel Schrecken einbrachten. Es war fast so, als würde sie von einer geheimen Kraft magisch dorthin gezogen werden. In kurzer Zeit war sie an jenen Birken angelangt, hinter denen schon die Krone jener unheilvollen Kastanie rausragte. Vorsichtig, als wenn sie erahnen würde, dass die Vergangenheit sich wiederhole, blickte sie um die Ecke. Da stand sie: Die Kastanie. Mächtig wie eh und je. Im blassen Braun schimmerte ihr Holz und grün wedelten ihre großen Blätter. Und da hing sie: Eine Leiche. Nein, das konnte doch nicht sein. Prüfend, ob ihre Manie an diesem Ort ihr einen fiesen Streich gespielt hätte, schlich sie immer näher an sie ran. Ohne ein Links und ein Rechts kennend kam sie der vermeintlichen Leiche immer näher und näher, bis sie schließlich sogar ihre Hand ausstreckte um zu fühlen, ob ihre Augen ihr nicht doch einen ganz bitter bösen Scherz spielten. Doch tatsächlich. Am selben Baume, an demselben Ast, hing eine einzelne junge Frau. Das konnte doch wohl nicht wahr sein. Sie wusste nicht, ob sie schreien, wild umherrennen oder nach Hilfe suchen sollte. Dann erinnerte sie sich an ihr neues Mobiltelefon, welches sie seit den letzten Funden stets bei sich trug. Hektisch wählte sie den Notruf. Eine neue Leiche war da.

Auf dem Polizeirevier löste diese Nachricht natürlich ein großes Entsetzen aus. Als erstes ging der Blick natürlich hin zu der Zelle, in der am Vorabend George, der Anführer jener Sekte, gebracht wurde. Doch war die Zelle noch immer sicher verschlossen und George lag noch immer schlafend auf dem kleinen Bettchen. Alle hier hatten wahrlich schlecht geschlafen, weshalb tiefste Motivationslosigkeit und Beschweren über die augenscheinlich begangenen Fehler der jeweils anderen herrschte. Sie waren alle gereizt. Leonie Neufeld beschuldigte Pino, der Pino beschuldigte den Nachtwächter und der wiederrum beschuldigte den Klaus Freimuth, der mal wieder als letzter auf dem Revier erschienen war. Gutes Arbeitsklima, das sah anders aus. Sich gegenseitig die Schuld zuzusprechen, half aber wiederrum auch nichts. Die Zeit verrann und es musste die neue Leiche besichtigt und begutachtet werden.

So ließen sich Leonie Neufeld und Alfredo Pino erneut zum Schloss kutschieren. Pino fühlte sich gerade nicht in der Lage selber Auto zu fahren und die Neufeld versuchte stets möglich aus tiefster ökologischer Überzeugung das Autofahren zu meiden, weshalb einer der jungen sich noch in der Ausbildung befindenden Polizistinnen, die sonst im alltäglichen Leben auf dem Revier, eher als Statistin fungierte, die beiden fuhr. Zum

Laufen, wie die Kommissarin es erst forderte, taugten Pinos alten Beine heute ebenfalls nicht.

„Wie haben Sie denn geschlafen?" fragte Leonie Neufeld nach einem kurzen Moment der peinlichen Stille zwischen ihnen.

„Nicht gut" lautete Pinos schnelle und wehleidende Antwort. „Ich schlafe nie gut. Früher hatte ich das Problem nie, doch kann ich Ihnen echt nicht sagen, wann ich das letzte Mal gut geschlafen habe, ohne mich vorher beinahe ins Koma gesoffen zu haben. Früher hatte ich solche Probleme nicht. Nicht schlafen können, weil ich nur wirre Stimmen höre und so."

Warum hatte sie nur nachgefragt. Es war eigentlich nur Höflichkeit und kein Interesse gewesen, was sie zu dieser Nachfrage trieb. Doch jetzt war sie tatsächlich ein wenig neugierig geworden und fragte nach. Oder war es doch eher Mitleid?

„Wie, Sie hören Stimmen?"

„Ja, selbstverständlich. Sie etwa nicht?"

Sie verneinte verwirrt. Vermutlich verstand sie nur nicht, dass tatsächlich jeder Stimmen im eigenen Kopf hört und konnte diese nur nicht als solche erkennen und zuordnen. Da Pino zur Überraschung der Neufeld erstaunlich gesprächsoffen war, fing er an weiter über seine Probleme mit dem Einschlafen zu reden:

„Ich kann halt nicht zur Ruhe kommen, wenn ich im Bettchen liege, da ich mich immer so laut in meinem Kopf reden höre. Oftmals kriege ich das erstmal gar nicht so mit, doch meistens erwische ich mich irgendwann dabei, wie ich jemanden erkläre, wie und was ich denke. So ziemlich wie wir jetzt hier gerade."

Leonie Neufeld musste, auch wenn ihr es unangenehm war, etwas schmunzeln: „Ach was Ha! Tut mir leid, das klingt lustig, ist aber glaube ich echt ernst."

„Das ist weder lustig noch ernst!" unterbrach Pino direkt, „es ist einfach nur nervig. Haben Sie sich schonmal die Frage gestellt, wie sich Ihre Stimme anhört, wenn Sie denken?"

Erneut verneinte Sie skeptisch.

„Dann achten Sie mal darauf. Dann begreifen Sie, dass das Denken eigentlich auch nur Selbstgespräche sind, die man im Kopf führt. Und nun ja, diese Gespräche entwickeln sich nun mal und es kommen neue Themen und neue Personen mit neuen Ansichten hinzu, zu denen man dann auch redet."

„Aber Sie können doch nur mit sich selber reden, oder haben Sie etwa multiple Persönlichkeiten?" fragte sie mit einem unsicheren Lachen.

„Joa, in gewissen Maßen hat das ja jeder. Diese neuen Personen antworten einem dann wiederrum auch und dann erkläre ich diesen Personen in meinem Kopf, wie ich zu denken pflege. Ist eigentlich auch nur ´ne Frage der Phantasie. Ich kann mir ja auch vorstellen, wie ich mit Ihnen rede. Oder wie ich Ihnen meine Gedanken erkläre. Sie antworten und ich wiederrum antworte darauf."

Die Neufeld war beeindruckt von den tiefsinnigen Gedanken, die sie ihm eigentlich gar nicht zugetraut hatte. Wobei sonderlich tiefsinnig waren sie ja jetzt auch nicht. Sie hat selber bloß noch nie darüber nachgedacht. Und irgendwo ekelte sie sich auch vor dem Gedanken, dass Pino an sie denken könnte, wenn er nachts nicht schlafen kann.

Doch erzählte er weiter: „Deshalb, mein geehrtes Fräulein, lese ich ja auch so gerne und liebe das Schreiben. Denn, dass jeder diese unterschiedlichen Persönlichkeiten in sich trägt, merkt man vor allem daran, wenn man Figuren erfindet beim Schreiben und Lesen eines Buches. Denn in jedem Charakter, den du erfindest, steckt ein Teil von dir drin. Ich weiß ihre neue Art von Menschen denkt, man müsse sowas wie Altgriechisch nicht mehr unterrichten, doch würden sie dann wissen, dass treffenderweise das Wort Poetik von poiesis abstammt und „Schaffen" bedeutet. Und nicht genug davon: Deshalb ist der Mensch für unser christliches Denken auch was Göttliches, weil wir von Gott erschaffen wurden und selber schaffen können. Deshalb sond wirauch ein Teil von ihm sind."

Sie fand es interessant seinen Gedanken zu folgen, doch irgendwie schreckte sein Gerede sie nur noch mehr von ihm ab. Doch aus Höflichkeit fragte sie abermals noch einmal genauer nach, wie man sich das genau vorstellen könne, wenn ihm seine Gedanken den Schlaf rauben.

Drum fuhr er unaufhaltsam fort: „Klassischer Fall ist zum Beispiel, wie ich abends dann über alte Fälle nachdenke und dann durch die eben beschriebenen Prozesse immer weiter darin versinke, bis ich mir irgendwann vorstelle in einer Talkshow zu sitzen und zu diskutieren. Oder wie ich einem Freund Dinge aus meinen Leben erklären will und sich ´ne richtige Diskussion entwickelt. Daraus gibt es dann kein Entkommen mehr. Aber der beste Trick ist meistens einfach in meine schon als Kind erschaffene Phantasiewelt zu fliehen."

Schon wieder musste sie schmunzeln. Pino war in ihren Augen eine Mischung aus einem kleinen Kind und einem senilen Tattergreis. Hört sich süß an, war es aber nicht. Sie fand ihn und sein gesamtes Auftreten und Gehabe einfach nur noch peinlich.

„Denn da bin ich König meines eigenen Reiches", fuhr er fort, „und darf mir selber die Probleme aussuchen, die es zu lösen gilt."

Ja, er musste ein Kind sein. Und das schlimmste für die Frau Neufeld war, dass er einfach nicht aufhörte in einem Hauch von Mitleid seine Problemchen zu schildern, die sie nicht nachvollziehen konnte. Besonders nervig dabei war, dass jedes Mal, wenn Pino etwas sagte wie „Naja, jetzt wissen Sie ja

Bescheid. Ich bin leise jetzt.", er unaufgefordert doch noch einen Halbsatz dranhing: „Vielleicht war es auch dumm da jetzt so viel drüber zu reden. Davon wird die Nacht heute sicher nicht besser. Und dann kommen da noch meine ganzen Ohrwürmer hinzu, die mich 24/7 quälen. Ach, ich werde wohl nie wieder richtig schlafen können."

Jetzt war er wieder der senile Greis. „Das liegt vermutlich nachts daran, dass alles dunkel ist und ich keine externen Einflüsse mehr habe. Vorher war die Welt noch so riesig und jetzt beschränkt sie sich nur noch auf meinen kleinen Kopf, in dem die große Welt verarbeitet werden muss. Das kann doch nicht klappen!"

Neufeld war schon längst nur noch passiver Bestandteil des psychoanalytischen Selbstgesprächs ihres neuen Kollegen. Doch war zu ihrem Glück nun auch dieses vorbei, da der Wagen anhielt und sie so schnell es ging aufsprang und die Tür öffnete. Sie hatte schon zu viel worüber sie tagtäglich nachdenken musste, was ihr als wichtiger erschien.

Der Gang am Schloss vorbei und durch den Schlosspark war wie immer derselbe. Wieder brachte die Sonne jeden zum Schwitzen und wieder stand das alte Schloss voller Pracht und Lebensfreude auf seiner schwimmenden Insel in der Grünen. Doch die beiden Kommissare beachteten es kaum, anders als die vielen Touristen, die sich jedes Jahr hier in Vielzahl versammelten. So schön das Schloss auch sein mochte, es sah halt jeden Tag gleich aus. Und erst recht an den Tagen, an denen im Schlosspark eine Leiche gefunden wurde. Auch der Anblick, der am ersten Tage der traurigen Mordserie noch so schrecklich grausam erschien, war der gleiche wie die beiden Male zuvor auch. Als erstes sahen sie vom Schloss kommend die weißen im Wind des Sommers tanzende Birken am Ende einer großen Wiese. Schließlich, als sie näher an die immer selbe Baumgruppe kamen, sahen sie auch schon die immer selbe Traube von Menschen, die sich rührend kümmernd um das arme Fräulein Bakenbusch versammelt hatte. Es waren zwar nicht die gleichen Menschen wie letzte Mal, die um das Fräulein standen, aber aus der Ferne sahen sie gleich aus, verhielten sich gleich und es war so, als würden in ganz Greenfort nur immer die gleichen zehn Leute das Haus verlassen. Die beiden Kommissare wussten zwar noch nicht, dass es wieder dieselbe alte Dame war, die die neue Leiche fand, aber irgendwo hatten sie es auch nicht anders erwartet. Als die beiden sich kurz augenverdrehend anblickten, wussten sie beide auch, wie der andere dachte: Es war wie in einem schlechten Film.

Frau Bakenbusch war wieder ganz durch mit ihren Nerven und fiel dem Commissario Pino in die Arme:

„Ach Herr Kommissar, Herr Kommissar!" fing sie an zu jammern.

„Jaja ich weiß, es war ja so schrecklich, nicht wahr?" sprach Pino scherzend und löste sich unsanft von ihrem Griff und schob sie zu einem beliebigen Mann in der Menschentraube, den sie ohne die Blicke zu heben ebenfalls fest umarmte.

Die beiden Kommissare kämpften sich durch den neugierigen Menschenpulk bis sie schließlich vor der großen Kastanie standen und stumm die neue Tote anblickten.

„Joa, wie sagt man: Im Westen nichts neues!" schmunzelte es aus Pinos Lippen, sich zu der wenig begeisterten Leonie Neufeld drehend. Diese war wieder einmal sehr fokussiert auf den neuen Fall und begann rings rum um den Baum zu warten, immer suchend nach Indizien, Auffälligkeiten und vieles mehr.

„Verzeihen Sie meinen Humor" rief Pino ihr munter hinterher, „aber ich denke Sie finden hier nichts, was Sie nicht schon die letzten beiden Male gesehen haben. Doch wenn sie es lieber wollen zitiere ich eben in falscher Betroffenheit Vergil: Oh weh, noch eine derer, die schuldlos sich den Tod mit eigener Hand erteilten und voll Hass auf dieses Leben ihre Seelen fortgeworfen haben!"

Im Grunde hatte Pino ja recht, doch so ganz stimmte das nun auch wieder nicht. Zum einen, war es heute nur eine Kirsche, die am Baume hing. Und zum anderen, was erst Leonie Neufeld bei genauerem Hinsehen feststellen konnte, sah sie auch anders aus. Sie erklärte Pino, dass die junge Dame, anders als die toten Frauen zuvor, stark geschminkt ihren Tod fand und nicht wie die anderen Leichen der letzten Tage, in einfacher Kleidung oder gar Laken gekleidet war, sondern knappe Hotpants und darüber eine sehr freizügige Bluse trug. Auf ihre linke Brust war mit feinem pinkem Garn der Name Romina genäht. Die Neufeld war fast gewillt nuttig zu ihrem Outfit zu sagen, so wie sämtliche erogenen Körperzonen nur kaum verdeckt aus ihrer Kleidung hinaushingen. Das war ihr dann doch bei der Ehre aller Toten zu viel gewesen. Doch musste auch Pino zugeben, dass diese Leiche anders aussah als die vorherigen und es sich bei dieser Dame um eine aus seinen Augen wahrlich schönen Frau handle.

„Da mögen Sie wohl recht haben, aber ich denke wir beide wissen schon wer, beziehungsweise welche Sekte, nur hier hinter stecken kann. Derselbe Baum, derselbe Ast, auf derselben Art und Weise hängt sie hier, wie die vorherigen auch."

Da musste die Neufeld ihm Recht geben. Auch wenn sie weiterhin skeptisch die gesamte Szenerie betrachtete. Ihr fiel auf, dass die Spuren am Boden, die sie die letzten Male auch gefunden hatten, heute deutlich stärker ausgeprägt waren, so als hätte ein größerer Kraftaufwand stattgefunden haben müssen, um sie dort hoch zu wuchten. Tat die Arme dies also nicht freiwillig, oder waren es heute weniger Menschen, die ihr in den Tod halfen? Dies alles fragte sie sich, doch blieb sie vorerst still.

In der Zeit telefonierte Pino schon mit dem Revier. Kurz darauf kam er wieder zu ihr: „Also für mich scheint die Sache leider mal wieder klar zu sein. Auch sie scheint sich, wie die anderen Leichen zuvor, für die Bürokratie unsichtbar gemacht zu haben."

Freilich erinnert auch dies wieder sehr an die anderen Toten.

„Ich denke sie haben Recht", sprach schließlich die Neufeld Pino ein wenig ins Abseits drückend an, „doch würde ich gerne noch mit der Frau Bakenbusch ein oder zwei Worte wechseln. Denn wie sagt man bei uns so schön? Zufälle gibt es nicht. Nur noch nicht heute. Ich glaube, heute kriegen wir kein vernünftiges Wort mehr aus ihr heraus."

„Sie glauben doch nicht etwa?" fragte Pino sichtlich entsetzt.

„Naja" zögerte sie, „ich denke es war ein Fehler mit der Räumung der gesamten Sekte zu warten und der Öffentlichkeit zu verheimlichen, dass wir den George bereits in Gewahrsam haben. So war das doch jetzt wohl für alle Leute ein Freifahrtschein zum Morden, solange sie es schön alles auf die Sekte schieben können."

Da war sicherlich was dran, auch wenn es in einem Städtchen wie Greenfort im Prinzip unmöglich war, etwas vor der gemeinen Öffentlichkeit geheim zu halten. Die Kunde, dass jener George schon im Polizeirevier festgehalten wird, hatte sich vermutlich schon in der gesamten Stadt rumgesprochen. Schon seit Tagen, gab es in den Gassen und Geschäften Greenforts nur noch dieses eine Gesprächsthema.

„Wissen sie was, Frau Neufeld? Wir fahren jetzt zum Revier und nageln den Herrn George fest. Am besten erzählen wir ihm aber noch nichts von der neuen Leiche, denn es könnte ja sein, dass er sich verplappert und wir einen endgültigen Beweis haben. Und sollte er auf anderen Wegen ganz offenkundig zugeben, dass er und seine Sekte an den vielen schaurigen Morden Teil haben, dann sind wir ihn endlich endgültig los. Dann landet er vor Gericht und schon morgen belästigt kein einzelnes Mitglied dieser gottlosen Sekte diese schöne Stadt!"

Frau Neufeld stimmte zu und akzeptierte den Plan. Die Kommissare ließen die Menschenmenge auflösen und warteten schließlich wieder auf die Feuerwehr, dass sie die Leiche vom Baum entfernen, und auf die Gerichtsmediziner, die sie schließlich in ihre Hallen frachten. Sie machten sich auf den Weg zurück zum Schloss, zu den kranken Eichen und schließlich auch zurück zum Polizeirevier.

Im Revier angelangt machten sie sich direkt auf den Weg in die kleine Zelle in der George schlief und schickten ihn erneut in den Verhörraum. Ein bis zwei Kaffees später öffneten sie schließlich wieder die Tür und sahen George in der Mimik unverändert zu letzten Mal auf dem Stuhl sitzend. Er freute sich gar endlich wieder Besuch von den beiden Kommissaren zu bekommen.

Mit ebenfalls unveränderter, allerdings sturer Miene, fragte Leonie Neufeld ihn noch beim Setzen: „Also noch einmal: Warum tun Sie und Ihre gesamte Sekte all dies?"

„Was?" Sein Grinsen wurde immer breiter.

Pino sprang ein: „Warum treiben Sie so viele Menschen reihenweise, ob alt oder jung, in den Tod. Warum Morden Sie sie? Und erzählen Sie uns ja nicht wieder irgendwelche Märchengeschichten!"

„Ach, Herr Kommissar" George verdrehte die Augen, wie nach einem kindlichen Scherz. „Wie oft denn noch? Außerdem hört sich das, wenn du es sagst, immer so gemein an. Aber erstens: Woher wollt Ihr wissen, dass ich es überhaupt war? Und zweitens: Dürft ihr es überhaupt Mord nennen, wenn der

Tote dies ausdrücklich wollte? Oder was sagt unsere kluge Frau Juristin dazu?"

Die beiden Kommissare blickten sich kurz etwas ratlos an, dann nahm aber schließlich Leonie Neufeld ihr Wort zur Antwort: „Das mag wohl wirklich ein selten dagewesener Grenzfall sein, aber ich muss sie und leider auch meine Eltern enttäuschen, dass ich keine Juristin bin. Daher ist es aber auch nicht meine Aufgabe dies final richterlich zu entscheiden. Unser Job ist es Sie erstmal genau auf den Anklagestuhl hinzubringen, auf den Sie gehören!"

Sie war gerade fertig zu reden, da fuhr Pino direkt fort, sodass der Tonfall, der auf den Angeklagten niederschmetterte, immer düsterer und direkter wurde: „Was dann mit solchen wie Ihnen passiert, ist mir in der Regel völlig Schnuppe. Nur bei Ihnen George, sieht das anders aus, denn es brennt mich doch so sehr. Wieso tun Sie solch ein Grauen? Wie läuft euer Hokuspokus ab?"

„Wir wollen der Staatsanwaltschaft ein perfektes Motiv vorlegen!" fügte schließlich die Neufeld hinzu, um ein wenig die Terminologie zu heben.

Doch der von den Kommissaren erhoffte provozierte Druck, kam nicht bei George an, der weiterhin in seinen braunen Bart lachte und wie es nicht anders von ihm gewohnt war, redete er mal wieder drauf los:

„Ach, ihr scheint immer noch nicht vollends zu begreifen. Die Aufgabe von uns, der Versammlung meiner Freunde und mir, ist es, den Menschen glücklich zu machen. Im und vor allem auch nach dem Leben. Wir sorgen dafür, dass all meine Genossen in unserem Bund wahrhaft glücklich sind. Wohlgemerkt die Seelen ihrer. Das ist doch nicht so schwer zu begreifen? Doch vielleicht muss ich es für diejenigen, die es noch nicht verstanden haben in einfacherer Sprache noch einmal erklären. Während der Körper sich im Leben immer weiter verändert und schlussendlich immer schwächer und schwächer wird" er zwinkert Pino schelmisch zu, „bleibt die Seele höchst konstant und kann auch, anders als der Körper, im höchsten Alter oder gar kurz vor dem Tod am prächtigsten sein. Und genau das, das Glücklichmachen der Seelen, stellen wir unter uns ebenfalls her. Anders als der Körper, das glauben wir, verändert sich die Seele nach dem Tod nicht, sondern ist in ihrem Zustand eingesperrt, wenn ihr so wollt. Da ist es doch wohl für jeden Menschen schöner, seine Seele sei in einem glücklichen Zustand im ewigen Stillstand, als gestresst und von Sorgen gefalten."

Bei den letzten Worten zwinkerte er ebenso schelmisch wie vorhin der Kommissarin zu, die sich direkt angegriffen fühlte und erwiderte: „Alles was Sie sagen geht schlicht von der Prämisse aus, dass die Seele nach dem Tod weiterlebt. Doch sind das Worte, die in einer heutzutage aufgeklärten Welt wohl nur noch wenig Anhang finden!"

Dieses Mal verdrehte George zum ersten Mal sichtlich genervt seine Augen und kommentierte bloß: „Wie ich dir schon einmal gesagt habe, will ich es weder dir noch sonst jemanden aufzwingen. Ihr habt gefragt und ich antworte. Und zweitens, wenn dies alles, was ich erzähle, nicht stimmen sollte, hatten wenigstens alle meine Brüder ein schönes Leben im Glück, nicht wahr!"

Da stand Pino auf einmal wieder auf und blickte George scharf seine Hände bei sich lassend an.

Er sprach: „Wieder muss ich intervenieren, denn als überzeugter Christ und als ein Glücklicher unter dem Grundgesetzt der Bundesrepublik zu leben, der über allem die Menschenwürde ehrt, kann solchen Gedanken nicht gutheißen zu folgen."

Nach kurzer Zeit des Durchatmens setzte er sich dann doch wieder hin. „Wobei sie doch immer mehr in mein Verständnis zu fallen drohen."

Dies zu hören erfreute George sichtlich. Er lehnte sich vor und berührte sanft die nachdenkliche Hand Pinos, dabei sagte er: „Ich glaube manchmal, wir beide, du und ich, sind uns sehr ähnlich. Und ich glaube auch manchmal, du bist gar kein überzeugter Christ, sondern wurdest du nur in diesem Glauben zur Überzeugung geboren. Vielleicht macht es bei dieser Frage ja bei dir klick: Pino, wie glaubst du im Himmel auszusehen?"

„Na, so wie ich halt" antwortete er verdutzt seine Hand wegziehend.

„Aber welches Du? Im Alter von zehn oder dreißig, wie heute, oder mit 90?"

Pinos Antwort kam schnell: „Naja, Sie haben Recht, nur meine Seele wird dort sein, die an kein äußeres Erscheinen gebunden ist."

„Na, siehst du!" lachte George auf, „Die Seele ist also selbst nach deinen Vorstellungen nach dem Tod unveränderbar und dadurch in ihrem Zustand aus Glück, Trauer et cetera gefangen. Kommen dir bekannt vor diese Worte, was?"

Diese Worte aus dem Mund Georges, und schließlich auch aus seinem Mund, schienen Pino doch sehr nachdenklich zu erschüttern. Er fiel immer tiefer in seinen Sessel und nahm den weiteren Verlauf des Gespräches kaum noch wahr.

Dies bemerkte auch Leonie Neufeld. Nun lag es an ihr das Gespräch wieder in die Hände der Polizei zu bekommen. Heute ließ sie sich nicht so einfach wie ihr Kollege Pino durch Georges für sie wirren Gedankengängen durcheinanderbringen,

„Aber kommen wir nun wieder zum eigentlichen Punkt zurück: Warum müssen Sie sie denn überhaupt direkt ermorden und in ihrer Sektengemeinschaft einschließen? Es müsse doch vollkommen reichen, wenn ihre Brüder, wie Sie sie nennen wollen, hier auf Erden ihr Glück finden. Der Tod wird sie doch eh eines Tages ereilen."

George schien von dieser Nachfrage mal wieder die Augen rollend nicht begeistert zu sein. Er erkannte mittlerweile sehr genau, wie unterschiedlich seine beiden Gegenüber tickten.

„Frau Neufeld, muss das wirklich sein? Außerdem bitte ich nochmal den Begriff des Mordens zu überdenken!"

„Sie brauchen hier gar keine Forderungen stellen! Und wenn es so ist, wie Sie sagten, dass Ihre Opfer dies ausdrücklich wollten, haben sie doch sicher dafür Beweise, schriftliche Zeugnisse und weiteres hinterlassen?"

George, dessen Geist zum ersten Mal wirklich gereizt zu sein schien, lehnte sich in seinen Stuhl zurück, schloss die Augen und atmete tief durch. Nun war er wieder der alte, der seelenruhig die Kommissarin und den nur noch physisch anwesenden Pino anlächelte und begann von vorne zu erklären:

„Du verstehst, denk ich, noch nicht ganz, wie das bei uns abläuft. Mein Fehler, vielleicht habe ich mich da auch noch nicht ganz deutlich ausgedrückt. Meine Brüder und ich leben im absoluten Einklang mit dem Glück unserer Seelen. Jeder einzelne von uns soll als aller erstes, so wie er ist, glücklich werden. Ja tatsächlich, manche haben einen ganz normalen Beruf, haben eine Familie und Freunde. Nun zu dem, was den Tod betrifft. Im glücklichsten Moment des Lebens heißt es bei uns zu gehen, damit auch die Ewigkeit eine vollkommene ist. Daher ist der Moment des Todes für uns sehr wichtig, aber eben auch nicht entscheidend. Erinnerst du dich an das spontane und das tiefe Glücksgefühl? Das spontane wechselt schnell, aber das tiefe, innere Glück baut sich langsam im Laufe des Lebens auf. Und dann, wenn das tiefe und innere

Glück der Seele in ihrer schönsten Blüte jenes Lebens angelangt ist, will ein jeder unserer Brüder sterben. Da kämen wir direkt zu ihrer Frage nach den Zeugen jener Entschlossenheit. Da gibt es nämlich so manche: Denn selber so tief in die eigene Seele zu blicken ist schwer. Am besten vermögen das nämlich nur die Familie und Freunde, die die meisten unserer Brüder bei uns neu gefunden haben. Sind sie alle der Meinung, die Familie, Freunde und der Mensch natürlich als aller entscheidende Instanz selber, er habe sein vollkommenes Glück erreicht, ist er bereit."

Leonie Neufeld, die all das Gesagte versuchte in ihrem Kopf zu sortieren, blickte zunächst den stummen Pino und schließlich auch den vor sich hin grinsenden George an. Schließlich richtete sie ihre Bluse, räusperte sich und warf George mit einem strengen Blick an.

„Ich denke damit hätten wir vor erst genug von Ihnen gehört. Weil unsere Großzügigkeit und das Gesetz es so wollen, haben Sie genau jetzt noch eine Chance, ihre uns zuletzt schon unmissverständliche gestandene Teilhabe an den Tod jener Leichen vom Schlosspark zu widerrufen. Wollen Sie dies tun?"

Wie nicht anders zu erwarten schallte vom Angesprochenen sanft eine verneinende Antwort zurück.

„Dann werden Sie wohl nun endgültig vor Gericht gestellt. Unsere Kollegen werden Sie alsbald aufsuchen." Sagte sie in tiefer Stimme, stand auf und verließ zusammen mit ihrem Kollegen den Verhörraum.

Als sie schließlich auf dem Flur standen, blickte sie Alfredo Pino ein wenig verstört an. Es wirkte so, als sei er soeben erst aus einem Tagtraum erwacht, doch versicherte er ihr, dass er jedes einzelne Wort ihrer- und seinerseits bis zum Ende des Verhörs gehört, verstanden und in seinem Kopf analysiert hatte. Beide drangen nun darauf, so schnell es ginge, die Verhaftung Georges und das erneute Verbot der gesamten

Versammlung, Sekte, oder wie man es auch immer nennen wollte, in die Wege zu leiten. Ebenso hielt es in erster Linie Pino auch nicht mehr für notwendig, die von George betitelten „Zeugen" jener tiefen Überzeugungen der Leichen zu befragen. Vermutlich würden diese wirklich all dies bestätigen. Sei es aus religiösem Eifer oder schlicht aus Angst sich gegenseitig selber weiter zu belasten. Und außerdem jetzt sofort war vor allem Pino gar nicht in der Lage weiter zu handeln. Ihm schien der anstrengende Morgen und die tiefgründigen Gespräche mit George sehr zu schaffen zu machen. Am liebsten ginge er nun einfach nach Hause und lege sich in sein warmes und vertrautes Bett.

Gerade als er sich in die Mittagspause verabschieden wollte, hielt ihm von hinten die neugierige Stimme seiner jungen Kollegin auf.

„Aber Herr Pino?" kam sie in vertrauensvollen Schritten langsam wieder auf ihn zu, „Was war eigentlich los mit Ihnen gerade? Sie scheint diese ganze Geschichte und die Denkweise des George ganz schön mitzunehmen, nicht wahr?"

Pino war der Nachfrage überrascht, auch wenn er sich dieser eigentlich hätte im Klaren sein müssen, so auffällig seine geistige Abstinenz gen Ende des Verhöres war. Er versuchte es mit einem Kichern und einem abfälligen Kopfschütteln aus der Welt zu schaffen, doch ließ die Neufeld nicht locker und fragte abermals nach.

Schließlich antwortete Pino merkbar nervös und angespannt: „Ach, meine Gedanken waren ganz bei der Sache. Nur wurde mein Geist leicht geblendet von dem Zorn und dem Unverständnis. Ich meine, glaubt er denn tatsächlich so sein Seelenheil ergreifen zu können? Jesus sagte: ‚Seid wie die Kinder, dann kommt ihr in das Himmelreich.' Na dann stirb doch gleich als Kind, denkt der sich wohl, der Torr."

Leonie Neufeld, die eigentlich schon dabei war fein detailliert den Bericht zu der Befragung abzutippen, antwortete trotz ihrer Nachfrage doch nicht ganz bei der Sache seiend: „Es scheint so. Aber Pino, was kümmert Sie es? Nun wissen wir, dass George und seine Sekte für die Morde verantwortlich sind. Um den Rest muss sich jetzt die Staatsanwaltschaft kümmern. Unsre Arbeit ist doch nun getan!"

Eigentlich waren dies genau die Worte, die der müde Commissario hören wollte, doch legte sich sein Gewissen nicht zu Ruh:

„Frau Neufeld, Sie müssen unbedingt lernen, dass es Sachen gibt, die mehr als bloß Arbeit sind. Benutzen Sie ihren Grips mal auch für andere Dinge außerhalb des brandaktuellen Falls. Das soll Ihnen mein Tipp zum nähenden Abschied sein, soll er Ihnen weiterhelfen."

Sie blickte ihn kurz verdutzt an. Abschied? Wollte er jetzt einfach aus der Tür gehen und verschwinden ohne ein italienisches Ciao über seine Lippen zu werfen?

„Dieser George ist doch auch schlicht ein ungebildeter Mentalplebejer!" fuhr er schließlich mal wieder in einem seiner Wasserfälle aus wilden Wörtern fort. „Er mag wohl nicht den Unterschied zwischen der Eudaimonia und der Tyche begreifen. Die Tyche, dass einfache Glücksempfinden beim Gewinn eines Wettkampfes und dergleichen, ja, die kann sich der Herr George wohlmöglich schön saufen, aber das vollkommende Glück, die Eudaimonia, nein, so mag er es nicht bekommen."

Die Neufeld wusste nicht so ganz, was Pino von ihr wollte, doch antwortete sie einfach mit einem leichten Grinsen: „Aber ist das nicht das, was George mit dem spontanem und dem tiefen, inneren Glücke meinte?"

„Mag sein" blickte Pino sie grimmig an. Innerlich musste er zugeben, dass George wohl recht hatte, dass sich beide Überzeugungen gar nicht so weit spreizten.

„Doch hat er keine Ahnung, wie das vollkommene Glück zu erreichen ist. Haben sie schonmal was von den Kardinaltugenden der alten Griechen gehört?"

Die Neufeld verneinte erwartungsgemäß.

„Die Gerechtigkeit, die Besonnenheit, die Stärke und die Weisheit. Befolgst du diesen Tugenden dein Leben lang, so erlangst du den inneren Seelenfrieden, deine Eudaimonia. Und Sie sagen antike Philosophie und die altgriechische Sprache sein überflüssig. Ist ja schön und gut, dass jeder sein Glück anders suchen will. Aber dies gelingt doch nicht dadurch sich zu verstecken. Wie heißt es so schön: Im Leben das Streben nach dem Glück, das macht uns Gut!"

Während die Neufeld nicht antwortete, dachte Pino selber still im Kopf weiter. Er war in einer komischen Gesinnung aus Zorn und Begeisterung auf diese völlig neue Form auf die Welt zu schauen. Denn letztendlich, so dachte er sich, machen all die Menschen ja genau das. Wer könne behaupten, dass ein Mensch schlecht lebe, wenn er glücklich sei? Nur ein Neider, der sich selbst zu den Unglücklichen zählt, oder einer, der durch andere Mittel noch glücklicher als jener geworden ist. Zu den Letzteren, musste Pino feststellen, zählte er leider nicht.

„Wenn Sie mir die Frage erlauben" fügte schließlich die junge Polizistin von ihrem Laptop plötzlich aufblickend hinzu, „warum Leben Sie dann nicht so wie es ihre alten Griechen doch gesagt haben? Sie wissen, was ich meine. Als ich Sie vor wenigen Tagen kennenlernte, waren Sie ein stockbesoffenes Wrack zwischen Alkohol und Sünde und ich bin mir sehr sicher, dass es die letzten Jahre nicht sonderlich anders bei Ihnen zu sich ging."

Harte Worte waren es, die aus Leonie Neufelds Mund in Pinos Herz stachen. Er dachte an den Tod seiner Frau, den Verlust seiner Eltern, die Flucht aus seinem Heimatland und an viele Rückschläge in seinem Leben mehr. Natürlich hatte es psychische und traumatische Gründe, dass er sich in den letzten Jahren so sehr hatte gehen lassen müssen. Oder waren dies alles nur Ausreden im Sinne eines verfälschenden Selbstmitleids? Stumm stand Pino da und wusste nicht ob er lachen, weinen oder seinen Zorn auf die Neufeld, sich selber und die ganze Welt geradeaus rauslassen sollte. Leonie Neufeld bemerkte, wie sehr ihm ihre letzten Worte trafen, als sie sich schon längst wieder ihren Bericht zugewandt hatte.

In Mitten des lauten Tippens auf ihrem Laptop fuhr sie schließlich gelassen fort: „Täte Ihnen vielleicht mal ganz gut eigentlich Ihren inneren Frieden und ihr Glück zu finden." Sie sagte dies mit einem tiefen inneren Schmunzeln, weil es genau die Art von Lebensweisheiten war, die sonst ihr alter Kollege ihr immer mitgeben wollte, da sie es ja angeblich so nötig hätte, über ihr Leben mal gründlich nachzudenken. Doch was sie zu diesem Zeitpunkt nicht wusste war, dass sich Pino genau dieser Frage und genau dieser Herausforderung schon vor wenigen Tagen gestellt hatte. Etwas musste sich in seinem Leben ändern.

Pino aber, der sich bislang immernoch nicht auf eine der vielen Emotionen in ihm festgelegt hatte, entschied sich, mal wieder, mit einer gehörigen Portion Selbstironie der Neufeld zu antworten.

„Wollen Sie mich etwa auch zu der Sekte führen, oder was?" fragte er lachend. „Nene. Außerdem ist die Idee, dass der Selbstmord auch etwas Gutes sein könnte, ja keine neue Erfindung der Spinner da."

Alles was Pino sagte, sagte er in einer fast schon übertriebenen abwertenden und verlächerlichenden Haltung, dass es eigentlich offenkundig war, dass jene Gedanken sein Herz schon in aller Tiefe erreicht hatten.

„Cleombrutus dereinst stürzte sich in der Antike schon in den Tod, da er dort das Seelenheil zu finden glaubte, aus ähnlichen Gründen wie unser George hier. Er las bei Platon über die Unsterblichkeit der Seele. Nietzsche zum Beispiel schrieb, noch bevor er verrückt wurde, dass es sogar absolut das Richtige sei im Sinne der Menschheit sich umzubringen. Denn er erwartete, dass die Evolution auch vor dem Menschen nicht halt machen würde und wir den zukünftigen Generationen einen Gefallen täten, wenn wir uns umbrächten, damit wir die Evolution beschleunigen und der Mensch endlich zu dem Übermenschen der Zukunft aufsteige. Da finde ich ja selbst Nietzsches irrsinnige Idee tragbarer, als das, was uns der George zu erzählen versucht. Also wenn ich mich umbrächte, dann sicher aus ehrvolleren Motiven, als die der Sekte."

Sarkastisch lachte er das dreckige Fenster an. Ohne die Neufeld überhaupt anzugucken, die im Übrigen immernoch gänzlich mit dem Tippen auf ihrem Computer zu Gange war, fuhr er ihr näher kommend fort.

„Aber machen Sie sich mal keine Sorgen um mich! Mir geht es gut, so wie mein Leben momentan verläuft, glauben Sie mir. Und außerdem, sich aus Trauer umzubringen ist doch wohl, nach all dem was wir jetzt von George gelernt haben, wahrlich dumm." Da hätte George sicherlich zugestimmt.

„Sei es wie es sei!" stand schließlich Leonie Neufeld grinsend von ihrem Schreibtisch auf, nachdem sie ihren Laptop schließlich heruntergefahren hatte.

„Damit wäre der Fall wohl jetzt abgeschlossen!" sagte sie und schritt langsam in Richtung der Kaffeemaschine. Erleichterung wich vorerst dem Stress aus den schweren Atemzügen der beiden Kommissare.

Pino war allerdings schon sehr verwundert. Die neueste Leiche wurde noch nicht mal von den Gerichtsmedizinern analysiert und groß Zeugen wurden auch nicht befragt. Ihm war es zwar in diesem Moment relativ gleichgültig, da er endlich seine so gehasste Sekte schon hinter Gittern sah und er einfach nur frei haben wollte. Doch für Leonie Neufeld war diese fast schlampige Sorglosigkeit wider jeder Vorlage sehr ungewöhnlich. Doch noch ehe Pino auf sie einreden konnte, was er im Grunde auch gar nicht wollte, verschwand sie auch schon auf dem langen Flur. Seltsam war ihr Verhalten heute, dachte sich Pino. Vielleicht war sie allerdings auch schon dabei, schnellstens die endgültige Inhaftierung und den Prozess gegen George und die Sekte in die Wege zu leiten. Dies mochte Alfredo Pino wahrlich nicht an Deutschland. Diese alles abbremsende Bürokratie. Dabei wollte er doch bloß seinen Feind schnellstens im Gefängnis sehen. In Italien früher wurde dies sicherlich anders gehandhabt. Doch was ihm selbstverständlich sehr gut gefiel, war, dass er in Seelenruhe und ungestört seinen beigen Mantel und Hut nehmen konnte, zur Tür schritt und Feierabend machen konnte. War es Pause, war es Feierabend, war es der endgültige Ruhestand? Sicher, er hatte tatsächlich noch einmal Gefallen daran gefunden im Sinne des Gesetzes zu arbeiten. Und durch das Fehlen eines eindeutigen „Lebewohls" oder „Arrivedercis" herrschte im Polizeipräsidium eine Unsicherheit darüber, ob der große Commissario Pino nun endgültig wieder zum Team gehöre und auch morgen wieder mit seinem verschmitzten Lächeln und feinem Zigarrenduft die Räume des Reviers mit Leben füllen würde. Nicht so aber dachte Alfredo Pino selber, als er pfeifend die Treppe hinab zur alten Steinstraße schritt. Er hatte für seinen endgültigen Ruhestand bereits andere Pläne.

Doch davon wusste niemand etwas. Auch nicht der mittlerweile erschreckend untätige Polizeichef Freimuth in seinem kleinen Büro, zu dessen einzigen Aufgabe es geworden war, die Anträge, Formulare und Befehle der jungen Neufeld zu unterschreiben. In den letzten Tagen war sie nämlich zum heimlichen Chef hier in der Greenforter Polizei geworden, die die Räumung der Wiesen, an der jener „Glückliche Tod" hauste, anordnete und auch die Verlegung Georges zu einem naheliegendem und sichereren Ort veranlasste. Dies alles tat sie unmittelbar nachdem Pino das Gebäude verlassen hatte. Ihr ist es durchaus nicht entgangen, dass die Gespräche mit Alfredo Pino immer sonderbarer wurden. Gewiss war er aus Sicht einer jungen, aufstrebenden Frau ein sehr alter privilegierter Mann, der sich auch einfach seine Pause, seinen Feierabend, oder was auch immer nach einem solch anstrengenden Tag reichlich verdient hatte. Als er vorhin aus der Tür ging, rief sie ihm noch hinterher, dass er mal ruhig gehen solle, da sie selber ja eh noch zu der alten Frau Bakenbusch gehen wollte, doch eine Reaktion darauf vernahm sie nur in Form des Einharkens der Türangel.

Dennoch wunderte sie sich schon sehr über das Verhalten Pinos zuletzt. In erster Linie wunderte sie sich darüber, dass Pino wohl scheinbar wirklich denkt, dass sie es dabei belasse, was den letzten Mordfall angeht. Wenn Pino eines über sie hätte lernen müssen in all den Tagen, dann, dass sie niemals einen Fall für geklärt erachte, bevor nicht sämtliche ihrer Gehirnzellen überzeugt waren. Und was den letzten Mord, den letzten Todesfall betrifft, waren sie es noch ganz und gar nicht. Allein das Abwarten des Autopsiebericht war, so war zumindest Leonie Neufelds Ansicht, Pflicht. Doch brauchte der alte Mann nun mal seinen Feierabend und außerdem war Pino, wenn sie ehrlich sein sollte, zuletzt eh mehr Hindernis, als eine tatsächliche Bereicherung für die Ermittlungen.

Endlich, wollte sie fast schon laut aussprechen, war genau die Situation eingetroffen, nach der sie sich schon seit ihrer Ausbildung sehnte. Sie war alleine und konnte ungestört von nervigen Stimmen, die von sich selber denken es besser zu wissen, ihrer Genialität und ihrer Phantasie freien Lauf lassen. Pino war hinfort und spätestens seitdem Pino das Revier betreten hatte, hatte Leonie Neufeld sich von sämtlichem Einfluss ihres Vorgesetzten Freimuth befreit.

Die Ungereimtheiten des letzten Todes gingen ihr nämlich den ganzen Tag nicht mehr aus dem Kopf. Je länger sie sich Gedanken machte und je länger der Tag verstrich, musste sie eingestehen, dass es ein Fehler war, nicht noch letzte Nacht sämtliche Mitglieder jener Sekte aufzusuchen und zumindest zu beobachten. So oder so wäre damit sicher der Tod eines weiteren Menschen aufzuhalten gewesen. Die Zeit in der die Sektenmitglieder frei umherliefen, war nämlich in der Tat nicht nur für sie selber, sondern für sämtliche Bürger Greenforts ein Freifahrtschein einen Mord zu begehen. Es war ja wohl offensichtlich, dass sofort die Mitglieder der Sekte als Hauptverdächtige angesehen werden, die es kaum zu überprüfen gilt. Der mutmaßliche Mörder bräuchte bloß sein Opfer in gleicher Art und Weise an die Birken im Schlosspark hängen, wie die letzten beiden Male auch und er wäre schon beinahe aus dem Schneider. Somit war es auch das schlechte Gewissen, welches Leonie Neufeld auch noch nach Feierabend Pinos an ihren Schreibtisch fesselte.

So war auch der Gedanke, dass jemand außerhalb des Glücklichen Todes für den Mord an der leichtbekleideten Frau verantwortlich war, je länger sie drüber nachdachte, kein bloßes Hirngespenst mehr. Schon die Ereignisse und Gespräche der letzten Stunden waren ihr nicht ganz Geheuer, weshalb dieser zunächst noch wilde, kleine Gedanke, zu einer festen Überzeugung in ihr heranwuchs. Die Unterschiede an der letzten Leiche waren zwar klein, aber sie waren doch da. Schon vor Ort hatte sie bemerkt, dass der Kraftaufwand, das Opfer in den Baum zu wuchten ein größerer gewesen sein musste, als zuvor. Und nicht nur das: Auch das Aussehen der jungen Frau bereitete ihr schon heute Morgen Sorgenfalten, die nun nochmals vertieft wurden, da sie sich von Pinos Leichtsinn und Lustlosigkeit hat anstecken lassen. Die Tote war nämlich derart gestylt und auffallend gekleidet, so dass sie ganz und gar nicht aussah wie ein Hippie, wie Pino sie einmal zu nennen pflegte, wie der Rest der Sekte. Ihr geschminktes Gesicht, ihre verführerische Kleidung. Die Dame sah tatsächlich eher aus wie eine Prostituierte, als eine, die sich mit der Philosophie einer solchen Sekte beschäftige. Dies würde sicherlich auch erklären, weshalb in den Daten des Amtes so gut wie nichts über sie zu finden gewesen war. Wohlmöglich war sie sogar illegal hier in Greenfort, was natürlich sofort Neufelds Gedanken und Phantasie zum Nachdenken und Spekulieren anregte. Ein Mord an eine Prostituierte, aus welchen Gründen auch immer, schien der jungen Kommissarin auf einmal als die mit Abstand wahrscheinlichste Option. Fast zeitgleich mit dem Gedanken an eine Prostituierte musste sie auch an den Ort denken, an den es für sie nun galt zu fahren. Sie musste, auch wenn sie es so gerne vermieden hätte, zurück in den Westkamp und auf die Kanalstraße.

Ohne sich groß eine Vorgehensweise überlegt zu haben stand sie von ihrem Schreibtisch auf, lief auf die Straße und hielt ein Taxi an, welches über die holprigen Steinpflaster schlich. Wäre sie mal selber mit dem Auto gefahren, dachte sie sich als sie einstieg.

„Einmal bitte in den Westkamp, Kanalstraße!" schrie sie förmlich die Taxifahrerin an, die in alle Ruhe wieder ihren Motor anstellte und sich ganz langsam umdrehte.

„Kanalstraße? Sind Sie sich da wirklich sicher junge Dame?" entfleuchten die Worte durch ihren blonden Damenbart.

„Sofort!" schallte es von der Polizistin zurück, die ihren Dienstausweis dicht vor die Brille der beleibten Fahrerin drückte, worauf der Wagen in aller Ruhe losrollte.

„Sie sind nicht von hier, was?" fragte die Dame in der Absicht die Neufeld in ein Gespräch zu verwickeln, was ihr allerdings zu gut wie nicht gelang. Leonie Neufeld hatte wie so oft nur noch ihren Fall im Sinn, so dass sie jegliche Höflichkeit gegenüber der alteingesessenen Greenforter Taxifahrerin vergaß. Wenn sie Pech hatte, dann weiß das morgen schon die ganze Stadt. Doch darüber machte sie sich keinerlei Gedanken. Die Fahrt zog sich hin, doch hatte bald auch diese ihr Ende, als der Wagen soeben auf die Kanalstraße abbog und die Kommissarin plötzlich „Stehenbleiben!" rief. Denn unmittelbar vor ihnen stand am Straßenrand ein Wagen geparkt, der ihr bekannt vorkam. Mit den Worten „Ich wusste es!" sprang die Neufeld aus dem Wagen und ließ die Taxifahrerin ohne Geld zurück nach Greenfort fahren.

Mit dem Gedanken heute schon so früh Feierabend zu machen, hatte sich eigentlich schon das gesamte Polizeipräsidium angefreundet. Spätestens nachdem Leonie Neufeld das Revier verlassen hatte, herrschte Aufbruchsstimmung. Wie es eigentlich jedes Mal war, wenn sie zur Ausnahme mal eher das Büro verließ, als es ihre Norm war. So kam es, dass als im Laufe des Nachmittages es an der Pforte klingelte, nur noch der Polizeichef Klaus Freimuth selber anwesend war, um die Gäste herein zu bitten. Es war nicht so, dass Freimuth zur Ausnahme mal wieder einen motivierten Tag hatte, es war viel mehr das Gegenteil. In seinem kleinen Büro am letzten Ende des Flures war er heute gänzlich abgeschottet von dem, was in seinem Revier geschah.

So hatte es am Eingang schon mehrere Male geläutet, bis Freimuth bemerkte, dass wohl keiner aufmache, da er nur noch alleine war. Als er schließlich beschloss aufzustehen und nachzusehen, versteckte er seinen Drink hinter ein paar Büchern und öffnete das Fenster um den Zigarrenqualm entfleuchen zu lassen. Wen er dann schließlich am Eingang des Präsidiums ungeduldig wartend auffand, fand er weniger überraschend, als eher nervtötend. Dort standen zwar zwei der liebsten Bürger dieser Stadt, doch ebenso zwei, auf die der sich nach seiner Ruhe sehnende Freimuth so gut wie gar keine Lust hatte. Der Pastor Konrad der alten Kirche gegenüber war gemeinsam mit dem alten Fräulein Bakenbusch mit rosigen Wangen und weiten Augen hinüber zum Präsidium geeilt.

Mit ihren hysterischen Worten „Ach Herr Kommissar, Herr Kommissar, es ist ja so furchtbar!" eilte die alte Dame zu dem überforderten Polizeichef, der sie mal wieder als erstes umarmend tröstete.

„Na, kommen Sie schon. Was ist denn wieder los?"

„Ich wollt doch nur meine Sünden und mein schlechtes Gewissen reinigen, sodass ich solch Anblicke nie mehr ertragen brauch. Herr Kommissar es ist ja alles so schrecklich!"

Freimuth war erschrocken und verunsichert zu gleich. Wie war das? Eine neue Leiche, die wieder einmal von der Frau Bakenbusch gefunden wurde? Nein, da waren die hysterischen Worte der alten Dame überstürzt, wie Pastor Konrad schließlich aufklärte:

„Frau Bakenbusch, reden Sie mal ganz langsam. Besser noch, ich übernähme ab hier das Reden. Sie gestatten Herr Kommissar?"

Er bejahte bloß mit einem hektischen Blick.

„Soeben kam die Frau Bakenbusch zu mir um meine Seelsorge in Anspruch zu nehmen."

„Genau, genau!" purzelte die Alte wieder dazwischen, „um meine Seele wieder von jeglicher Sünd′ und Last freizumachen. Es muss doch eine Bestrafung des Himmels sein, dass ich immer wieder diesen Horror als Erste auffinden muss."

Freimuth nahm sie erneut in den Arm.

„Und außerdem" fuhr schließlich nach einem durchaus angenervten Zögern Pastor Konrad fort, „soll ich Ihnen, Herr Kommissar, ausrichten, dass die Frau Bakenbusch soeben vor Gott und allen Heiligen geschworen hat, nichts mit den Toten vom Baume zu tun zu haben."

„Damit hätten wir auch nie gerechnet, mein liebes Fräulein Bakenbusch, da können Sie sich aber mal beruhigen" lauteten die Worte Klaus Freimuths, die sie zumindest etwas beruhigten. Eigentlich tat ihm in diesem Moment der Pastor sogar mehr leid als die Dame, da er sie scheinbar schon eine Weile in seiner Kirche hatte ertragen müssen. Er selber war ja immer ganz nett zu ihr, doch die ganze Stadt kannte ihre aufbrausende und hysterische Art, die Freimuth selber am liebsten stets durch schnelle aufmunternde Worte abzubremsen versuchte. Doch der Pastor musste ja gemäß seines Jobs der Frau Bakenbusch dabei auch tatsächlich zuhören, was wiederrum gar nichts für ihn wäre.

„Doch gibt es ja dennoch einen Grund, weshalb wir beide dann doch direkt zu Ihnen kamen", versuchte Pfarrer Konrad erneut fortzuführen.

„Es geht nämlich viel mehr um meine Persona." Da wurde Freimuth schnellstens wieder aufmerksam und wünschte sich doch sehr wenigstens einen seiner Kollegen an seiner Seite zu wissen.

„Nein, etwas zu beichten habe ich Gott sei Dank nicht, Herr Kommissar" sprach Pfarrer Konrad den überforderten Blick Freimuths antwortend.

„Das Fräulein Bakenbusch erzählte mir nur soeben von dem neuesten Mordfall heute in der frühen Morgenstunde, die leider sie, Gott beschütze ihre Seele, wieder aufgefunden hatte. Und sofort schellten in meinem Kopf alle Kirchenglocken! Denn nun muss ich vielleicht doch etwas beichten."

„Kommen Sie mal lieber erstmal mit!" forderte Freimuth den Pastor auf und führte die beiden in sein Büro.

Eingeschüchtert folgte der Pfarrer und fuhr mit seiner Geschichte fort:

„Verstehen Sie mich nun aber bitte nicht falsch und sehen mich als Kriminellen, Herr Kommissar! Ich bin nämlich heute als Zeuge hier, da ich denke etwas für Sie Hilfreiches in den frühen Morgenstunden vernommen zu haben. Am gestrigen Abend habe ich mich mit ein paar Jugendlichen und Messdienern unserer Gemeinde getroffen um Planungen und Vorkehrungen für das kommende Herbstlager zu treffen. Wie das nun mal so ist, wurde auch ein wenig Alkohol verschenkt und so zog sich der Abend für uns zu einer sehr langen Nacht. Als ich dann schließlich erst in den frühen Morgenstunden, so gegen fünf, von unserer Leiterhütte im Schlosspark Richtung Heim ging, hab´ ich in der Ferne einen Menschen gesehen, der…"

„Der was Herr Konrad?"

„Nun ja, es herrschte noch Dämmerung und ich konnte nicht klar sehen, doch es wirkte für mich so, als wenn er einen großen länglichen Gegenstand mühsam hinter sich herschleppte."

„Einen Menschen meinen Sie?" fragte Freimuth kaum die Fassung bewahrend.

„Ja, jetzt so wie ich die Nachricht von einem neuen Toten von der Frau Bakenbusch erfahren habe, glaube ich, dass es ein Mensch war. Ein toter Mensch."

Freimuth holte ein Stück Papier und einen Stift und begann sorgsam alles aufzuschreiben, was der Pastor gesagt hatte. In seinem so seltenen Fleiß gepackt, fragte er schließlich noch weiter nach: „Und dann? Was haben Sie dann gemacht? Und außerdem, warum haben Sie denn nicht schon vorher etwas gesagt, es ist doch bald schon wieder Abend?"

Verlegen schaute der Pastor nach unten: „Wie soll ich sagen? In der Nacht bin ich einfach geradewegs nach Hause gelaufen. Ich hatte schon genug mit meinen Beinen zu kämpfen und betete, dass diese mich noch nach Hause tragen würden. Und warum ich nicht eher etwas gesagt hatte? Manchmal ist es halt so, wenn man betrunken ist, dass man im Nachhinein nicht mehr unbedingt Traum und Realität in seinen dünnen Erinnerungen unterschieden kann. Zudem bin ich auch nachts noch an der schönen Kirche vorbeigekommen und hab den wunderbar neu restaurierten Kreuzweg in meditativer Stille begutachtet. Ich dachte mir schlicht, dass mein vernebelter Kopf zwei Erinnerungen der letzten Nacht durcheinandergebracht hatte und ich meinen kreuztragenden Jesus schon im Schlosspark gesehen hätte. Sie wissen doch sicher, wie das Hirn einem einen Streich spielen kann." Dabei blickte er auf das leere Whiskeyglas, welches hinter den Büchern hervorlugte.

„Ich verstehe" schrieb Freimuth eifrig mit. „Gab es denn irgendeine Form von Streit bei eurer Leiterrunde?"

„Nein, gewiss nicht. Außerdem sind dies alles wahrlich feine Mädchen und Jungen, bei Gottes Gnade. Des Weiteren bin ich auch als letzter gegangen und die meisten der Jugendlichen wurden auch von ihren lieben Eltern in der Nacht noch abgeholt."

Ein wichtiger Zeuge war der Pastor allemal. Seine Aussage sprach sicherlich für die Theorie der Kommissarin Neufeld, dass der letzte Mord kein von der Sekte inszenierter war. Nur leider wusste der Polizeichef noch nichts von der Theorie seiner jungen Kollegin, weshalb ihm nur übrig blieb alles vom Pastor Konrad Gesprochene niederzuschreiben und sie umgehend davon zu informieren. Doch sonderlich mehr konnte der Pfarrer leider auch nicht sagen, da seine Erinnerungen doch sehr eingeschränkt waren. Er vermutete bloß, dass ein Mann jener Unbekannte gewesen sein musste, doch versichern konnte er es auch nicht.

Nachdem Freimuth alles niedergeschrieben hatte, machte das Fräulein Bakenbusch wieder den Mund auf. Sie war erschüttert und erbost von den Aussagen ihres Pfarrers:

„Also Herr Pastor! Schämen Sie sich denn nicht, als ein vom heiligen Bischof persönlich geweihter Pfarrer, in einem solch betrunkenen Zustand durch die Stadt zu laufen und das in aller Öffentlichkeit?"

Der Pfarrer blieb wie gewohnt kühl: „Aber heimlich zu Hause betrinken wäre in Ordnung gewesen? Außerdem ist die Arbeit mit der Jugend mein höchstes Anliegen in unserer Gemeinde und es ist ja wohl kein Geheimnis, dass sich die heutige Jugend durch das Trinken des Alkohols am tiefsten verstanden fühlt. Gott schenkte uns dies Vergnügen, drum will ich dies auch ihm dankend leben. Außerdem sag ich immer, solange ich keine Menschenseel´ damit verletze und keinerlei Dienste und Pflichten des Trunkes wegen versäume, darf ein jeder sein Leben leben, wie es ihn und seine Mitmenschen am glücklichsten macht."

Diese Einstellung schuf ein Lächeln auf das so bekümmerte Gesicht Freimuths. Doch dieser hatte nun alles gehört, was er hören brauchte und er seiner jungen Kollegin mit auf den Weg geben musste. Leider wusste er nicht einmal genau, wo diese um diese für sie noch frühen Uhrzeit steckte. Doch für solche Fälle erfand der Mensch schließlich das Telefon. Die beiden

Gäste verließen sich für weitere Hilfe verpflichtend das Revier und endlich konnte Freimuth wieder tief durchatmen und hatte das ganze Büro für sich alleine. Tief durchatmen meint in seinem Fall natürlich, schnellstens das frische Fenster zu schließen und beherzte Züge einer frischen Zigarre zu ziehen. Noch einen Anruf musste er tätigen, dann hatte auch er endlich wieder Feierabend und konnte zu seiner kalt geliebten Frau nach Hause fahren.

Das Telefon Leonie Neufelds klingelte. Sie war die Kanalstraße entlanggelaufen und stand gerade vor dem dreckigen Fenster der Tanzenden Susi und versuchte so unauffällig wie möglich das Geschehen im Inneren zu beobachten. Der graue Wagen, den sie soeben am Straßenrand gesehen hatte, gehörte nämlich keinem geringeren als dem alten Commissario Alfredo Pino. Sie hatte den Wagen sofort erkannt und war auch alles andere als verwundert darüber, dass sich Pino nach einem harten Arbeitstag einer harten Arbeitswoche, seiner ersten Arbeitswoche nach Jahren, wieder in seine trauten Gefilde am Sündenpott Greenforts begab. Tatsächlich führte ihn seine Freude über den frühzeitigen Feierabend in seinen alten Stammladen am Ufer des graulich stinkenden Kanals. Dort trafen ihn die scharfen Augen der Kommissarin durch das staubige Fenster auch an. Doch alleine war Pino heute nicht. Neben ihm saß ein auf den ersten Blick sehr gutaussehender junger Mann, von dem Leonie Neufeld erst nach einer Weile des auffälligeren Spionierens erkannte, dass es der Bürgermeisterkandidat Sven Matuschke war. Dass der Commissario und der Sven Matuschke befreundet sein mussten und häufiger hier in der Bar zusammen die Zeit totschlugen, wusste sie zwar schon seit dem ersten Treffen, doch sah das hitzige Gespräch, was die beiden führten, heute nach allem anderen als Freundschaft aus. Ebenso wenig sah es so aus, als wolle Pino, so wie sie selbst, auf eigene Faust weiter ermitteln. Es war, auch ohne dass die Kommissarin die gefallenen Worte hören konnte, zweifelsfrei, dass sich die beiden drinnen stritten. Zunächst war es noch Pino, der sich in einer Mischung aus Zorn und Trauer im Gesicht groß vor Matuschke aufbäumte, ehe sich das Bild wandelte und nun Pino derjenige war, der wie ein kleines Schulkind in seinen Sitz gedrängt wurde, das eine Standpauke von seiner Lehrerin erhielt. Leider konnte sie von draußen keine Töne vernehmen, doch kannte sie mittlerweile den Commissario gut genug um in seinem Gesicht alles andere als seelischen Frieden zu erkennen.

Ihr Telefon, auch wenn sie es zunächst als sehr lästig empfand, klingelte eigentlich zum genau richtigen Augenblick, da die ersten Passanten der heute erstaunlich schwach beseelten Straße ihr schon verdächtige Blicke zuwarfen. Die Nachricht, die ihr zuteilwerden sollte, sollte sie allerdings sehr erfreuen.
„Frau Neufeld, Frau Neufeld, Sie werden es nicht glauben!" rief der noch in seinem Büro sitzende Klaus Freimuth hektisch in seinen Apparat.
„Die Tote von heute Morgen ist kein Selbstmörder der Sekte! Sie wurde auf anderem Wege ermordet!"
Auch wenn sich Leonie Neufeld im Inneren zutiefst wie ein kleines Kind freute, wollte sie vor ihrem Chef ganz cool und überlegen agieren, weshalb sie bloß antwortete: „Ja, das weiß ich doch schon längst und ich ermittle schon dahingehend gerade."
Klaus Freimuth ärgerte sich ein Loch ins Knie, dass seine junge Kollegin ihm schon wieder zuvorkam, doch begann weiter zu berichten. Von der Zeugenaussage des Pastor Konrad konnte sie schließlich noch nicht wissen. Drum erklärte er ihr den plötzlichen Besuch des Pfarrers und des Fräulein Bakenbuschs

und gab genauestens den mitgeschriebenen Verlauf des heutigen Morgens wieder.

Schließlich sprach er, tatsächlich auch ein wenig stolz endlich mal wieder seine Arbeit zufriedenstellend getan zu haben: „Und deshalb, liebes Fräulein Neufeld, muss sich in dieser friedlichen Stadt noch ein weiterer Mörder, neben jener gottverlassenen Sekte rumtreiben. Gesucht musste nun nur noch ein Mann werden, der in der Dämmerung besonders grau aussehe! Soweit man den Worten eines betrunkenes Pfarrers Glauben schenken kann, versteht sich."

Leonie Neufelds Begeisterung war aufgrund der dann doch nur sehr dürftigen Beschreibung etwas verflogen.

„Kann es nicht auch eine Frau gewesen sein?" fragte sie ein wenig zynisch.

„Unter Umständen natürlich auch" musste Freimuth antworten, wobei er doch schon stark von einem männlichen Mitbürger ausgehe.

Mit Neufelds Worten: „Verstanden, ich kümmere mich drum!" war nun dann das Gespräch auch wieder beendet. Viel mehr als vorher wusste sie nun auch nicht, doch wusste sie vielmehr jetzt das, was sie zuvor noch zu glauben meinte. Ein herrliches Gefühl war das für sie, auch wenn sie zugleich wusste, dass ihr das eben jetzt nicht sonderlich weiterhelfen würde.

Als sie schließlich wieder ihren Blick zu dem Fenster und den beiden diskutierenden Herren wandte, ging ihr nur durch den Kopf, dass sie irgendwie die Worte der beiden hören und verstehen musste. Sie hatten augenscheinlich aufgehört zu streiten, da sie ihre Köpfe eng an eng zusammengesteckt hielten. Doch wie sollte sie das bewerkstelligen? Sie musste in die Tanzende Susi, doch einfach alleine auf dem Präsentierteller hereinzuspazieren, wäre aus allen erdenklichen Gründen eine schlechte Idee.

Wieder spielte ihr Schicksal ihr den Helfer, auch wenn sie zunächst bebend erschrak, als eine Stimme sie von hinten ansprach:

„Ach Kommissarin Neufeld, wat mache Sie denn hier? Sind Se etwas heimlich am Spionieren dran?"

Leonie Neufeld kannte die Stimme und auch das Gesicht des dicken Mannes, der rufend und schwankend auf sie zu schritt. Nach kurzem Zögern erinnerte sie sich zurück an die peinliche Wahlkampfgala des Bürgermeisters vor wenigen Tagen und ein für sie höchst unangenehmes Gespräch mit einem dicken und betrunkenen Mann, der sie immer mehr als nur höflich mit seinen Blicken und Worten umschmeichelte.

„I bin´s doch, der Rudi Altstädter vom SC! Wa hab´n doch neulich so nett geplaudert. Nun sagen Sie schon, ermitteln Sie gerade verdeckt?" brüllte er ihr erneut lachend entgegen, auch wenn er schon direkt vor ihr stand.

Erst empfand sie nur Furcht aufzufliegen und schüttelte bloß innerlich den Kopf gegenüber der Indiskretion ihres Gegenübers, doch dann musste sie feststellen, dass genau dieser aus dem Mund nach Schnaps stinkende Mann ihr Schlüssel in die Tanzende Susi war. Sie musste zwar tief Luft holen, doch dann erkannte auch sie, dass fälschliche Schleimerei und gespielte Schmeichelei, einem das Ziel deutlich erleichtern können. Sie war selbst etwas erschrocken von diesem Geständnis, das sie vor wenigen Wochen so sicherlich noch nicht getan hätte. Was hatte Greenfort nur aus sie gemacht?

Sie ging ein Schritt näher auf Rudi zu: „Nennen Sie mich ruhig Leonie, oder Leo. Ich bin so wie du schlicht aus privaten Gründen hier, doch habe ich mich nicht alleine getraut in so einen schicken Laden zu gehen. Willst du, Rudi, mich vielleicht begleiten?" fragte sie ihn so verführerisch wie möglich klingend. Man war das schlecht geschauspielert, dachte sie sich nur und in der Tat, wäre wohl einzig und allein ein so betrunkener und einsamer Mann wie Rudi Altstädter auf ihre Schauspielkünste reingefallen.

Auch Rudi schien zunächst verwundert, doch lachte dann breit über seine dicken Wangen: „Ja, aber natürlich! Als Ehrenmann und Gentleman lasse ich doch keine Jungfrau in Nöten alleine zurück, wa?" lachte er ihr tiefst glücklich entgegen, während er ihr sein Ellenbogen zum Einhaken entgegenhielt.

Nach kurzem Zögern der Überwindung zog sie sich um nicht so leicht erkannt zu werden ihre Kapuze über, hakte ein und die beiden schritten los hin zu dem Eingang der Tanzenden Susi.

Rudi Altstädter schien sich gut in dem Laden auszukennen, da er sich schlicht ohne nach rechts und links zu blicken auf seinen Stammplatz in der Mitte des langen Raumes setzte, während von einer Bedienung weit und breit noch nichts zu sehen war. Dieser Platz gefiel Leonie Neufeld aber absolut nicht, da sie erstens so stetig genau im Blickfeld aller anderen Gäste, die rein- und rausmarschierten, waren und zweitens sie so nicht hinter die billige Plastikpalme hören noch blicken konnte, die die beiden zu beobachtenden Männer versteckte. Nervös blickte sie sich um, bis sie schließlich den optimalen Tisch für sie beide gefunden zu haben glaubte.

„Ach Rudi, lass doch lieber dort hinten hin. Da sind wir doch viel versteckter und ich glaube doch, dass du das auch willst" sprach sie zu ihm mit einem innigen Augenzwinkern.

Wie willenlos folgte Rudi Altstädter ihr hin zu dem Tisch, der nur wenige Meter von Pino und Matuschke entfernt war, wodurch sie die beiden hören konnte, doch versteckt von der Palme Pinos Gesicht und seine Emotionen nur erahnen konnte. Doch die beiden in voller Konzentration auszuspionieren und auszuhören, ohne dabei aufzufallen, erwies sich als schwieriger, als sie angenommen hatte. Schließlich saß direkt neben ihr der dicke Rudi, der ausschließlich Augen für sie, ihre Blicke und Bewegungen hatte. Zumindest nachdem er für die beiden süße Cocktails bestellt hatte.

So nutzte Leonie Neufeld die Zeit, als ihr Date die Getränke holte, um unauffällig im Blick ihre Ohren hinter die Palme zu den beiden Herren zu werfen, die zu ihrem Glück ihre Köpfe im Zorn wieder etwas voneinander entfernten. Vor allem war es Pinos Stimme, die sie vernahm. Leider konnte sie nicht alles verstehen ohne zu auffällig ihren Kopf in Richtung der genuschelten Worte Pinos zu strecken, doch vernahm sie folgenden Satz, der sie tief ins Nachdenken versetzte:

„Sven, ich habe doch wirklich nun alles getan, was du verlangt hattest, selbst wenn ich endgültig mein Lebenswerk zerstöre."

Zu der Überzeugung, dass es sich dabei um keine rein freundschaftliche Aussage von floskelhaftem Wert handeln könne, kam sie, als sie es doch wagte, näher an die Palme zwischen ihnen heranzugehen und Pinos Gesicht sah, in dem tatsächlich eine fast jammernde Verzweiflung zu lesen war. Jetzt war sie völlig gebannt und vergaß alles um sie herum, bis dann schließlich, noch ehe eine Antwort Matuschkes kommen konnte, die Stimme Rudis ihr Gemüt enttäuschte. Er muss wohl gemerkt haben, dass sie mit ihren Gedanken gänzlich wo anders weilte, da er sie mit deutlich ernsterer und leiserer Miene als zuvor ansprach:

„Also, jetzt sagen Se´ mal bitte: Was tun sie hier in diesem Loch als Polizistin? Isch bin doch schließlich auch net blöd!"

Ein Schock lief Leonie Neufeld über den Rücken, da sie wusste, dass sie hier und jetzt auf keinen Fall auffallen durfte. Also musste sie sich zusammenreißen und weiter ihre verführerische Rolle spielen, in der sie sich so fremd fühlte.

„Ach Rudi, waren wir nicht schon lange beim Du? Im Herzen doch schon seit der Wahlkampfgala am Schloss, nicht wahr? Auch ich muss als junge Frau halt ab und zu mal meinen Druck ablassen, ich komme schließlich aus einer sehr großen Stadt."

Es schien zu funktionieren und der verliebte Ausdruck in den Schnapsaugen Rudis kehrte zurück.

„Doch, Sie sind wirklich so blöd", dachte sich Leonie Neufeld nur noch, die es so langsam wirklich amüsierend fand, mit einem Mann so zu spielen, wie sie es nur wollte. Ganz anders als im wirklichen Leben, in dem sie es immer so vernahm, dass die Frauen es sein, die immer von den Männern herumgeschupst würden.

Sie fuhr fort: „Dabei könnte ich dir doch auch einfach die Gegenfrage stellen, Rudi. Was tust du denn hier in den Gefilden Matuschkes, wenn sie doch Anhänger seines ärgsten Konkurrenten sind?"

„Ach weisse wat," entgegnete der Dicke abnickend, „nachts treib isch mich schon immer gerne hier rum in den Gefilden Matuschkes, wie de es zu nennen pflegtest."

Er redete noch eine Zeit weiter, doch nutzte die Kommissarin die Zeit des längeren Monologes Rudis, um ihre Ohren zu ihren eigentlichen Begehren wandern zu lassen.

„Du darfst jetzt aber noch nicht gehen!" tönte Sven Matuschkes harte Stimme Pino entgegen. „Ich brauch dich noch als Vertrauten. Vor allem sollte ich die Wahl wider Erwarten doch nicht gewinnen. Du weißt doch wie der Druck hier auf mich von Tag zu Tag steigt!"

Was sollte das heißen? Wirklich klug konnte sie aus den einzelnen Satzfetzen, die sie bloß vernahm, nicht werden, da es immer wieder Rudi Altstädters Augen waren, die ihre

Aufmerksamkeit suchten und in seinem Kopf auszogen. Sie musste ihm wohl oder übel ebenfalls zuhören. Vielleicht würde sie ja auch von ihm interessante Informationen rund um diese seltsame Welt im Westkamp erfahren.

Er war mitten im Redefluss, wobei die Mengen an Alkohol alles was er sagte, in eine noch mehr nuschelnde Belallung eintauchte:

„Genauso wie wa alle! Matuschke wird die Wahl gewinne am Samstag. So wird's sein!"

Frau Neufeld war erschrocken. Das war ja schon diesen Samstag! Also morgen! Sie schien jegliches Zeitgefühl verloren zu haben, seitdem sie in diese Provinzstadt gezogen ist, für die scheinbar andere Gesetze der Physik galten.

Er fuhr fort: „Viele, so wie leider auch isch, tun um ehrlich zu sein gerne auch nur so, als ob sie zur nennen wir es mal High Society rund um den Waschlappen Schulze-Kettlein gehören. Sie schmieren ihm bloß mit'm feinem Lächeln den Hintern mit Honig ein, da der Druck dieser G'sellschaft in Greenfort dieses Grinsen erzwingt. Und, mir kannstes ja sagen Leo, bei dir scheint's ja nicht anders zu sein, was?"

Sie versuchte ein ehrliches Lachen aus ihrem Hals zu würgen und bejahte verlegen. Rudi lachte verständnisvoll zurück und tat dann das, worauf die Kommissarin schon so lange gewartet hatte. Er trank schnellen Schluckes sein Getränk leer, stand auf und verabschiedete sich für den Moment mit den Worten, dass er Nachschub gehen holen müsse. Endlich war ihre Aufmerksamkeit wieder gänzlich auf die beiden Herren jenseits der Palme beschränkt.

Pinos Stimme war wieder als Erstes zu hören: „Aber Deal ist Deal! Und daran ändert sich auch nichts, nur weil du keinen hoch kriegst und nicht weißt, bei wem du lieber die Klappe hättest halten sollen!"

Da war sie etwas verwirrt, doch folgten weitere höchst rätselhafte Antworten postwendend:

„Also gut" zeigte sich Matuschke einsichtig bis peinlich gerührt, „der Wahlsieg wäre mir wohl jetzt gesichert, da kann jetzt nichts mehr schief gehen."

„Na dann gib mir einfach die Sachen, die du mir versprachst und lass mich gehen. Das Schweigen soll uns für immer verbinden im Guten wie im Schlechten!"

Spätestens nach dieser Antwort Pinos, musste es der Neufeld klar sein, dass die beiden etwas streng Geheimes im Schilde führten. Doch schon wieder wurde sie von der lallenden Stimme Rudis zurückgerissen, der ihr diesmal sogar sanft über die Schulter strich und sich neben ihr setzte. Ihr war das alles doch mehr als unangenehm. Der Gestank, der sämtlichen Körperzellen des alten Mannes entwich, seine Hand, die langsam ihr über den Rücken glitt. Sie wusste selber nicht mehr, was um ihr geschieht. Noch vor wenigen Tagen hätte sie wutentbrannt den Raum verlassen, nachdem sie diesem ekligen Mann und der gesamten ausnahmslos ekligen, reichen, weißen und männlichen Oberschicht, die sich die ganze Welt unter den Nagel gerissen hatte, eine Brandrede in das kleine sex- und geldbesessene Hirn hinterlassen hätte. Doch heute kannte sie nur noch ihren Job, der sich ihr nun als wichtiger als ihre alten Ideale erwies.

Doch Rudi war mit seinem Monolog noch lange nicht fertig und fuhr fort:

„Also is' ja nicht so, dass isch den Matuschke selber so direkt bejuble, der hat Dreck am Stecken, über den wir nicht mal nachdenken woll'n. Vielmehr habe ich einen Hass auf diese ganze soziale Oberschicht, samt ihrer falschen Harmonie und gespielten Freundlichkeiten..."

Die Neufeld hatte nur Ohren für Pino, der sich zurücklehnte und laut vor sich her sang:

„Bella Italia, das Land meiner Traumata, soll es nicht sein. Auch die neue Welt im Westen ist doch viel zu aufregend. Bloß Absetzen weit weg, wo meine Seele mir den Frieden webt."

Was hieß das denn jetzt schon wieder? Wollte Pino denn tatsächlich die Stadt wieder verlassen? Oder vielleicht doch eher fliehen? Vielleicht ja noch dieses Wochenende vor der Wahl, so dachte sich Leonie Neufeld, in einer Nacht- und Nebelaktion. Ihre Multitaskingfähigkeiten ließen sie leider abermals im Stich, denn immernoch war es Rudi Altstädter, der seine Hand auf ihren Oberschenkel legte und weiter seinen Monolog über diese seltsame Gesellschaft Greenforts fortführte:

„Die meisten, aus dieser falsch'n Oberschicht und Mittelschicht, wiss'n dat ja schon alles nisch' mehr, oder merken es nisch' einmal, dass alles um sie herum falsch is' und auch wie wenig se nur noch sind."

Jedes Wort lief ihm schwerer über die betrunkenen Lippen als das vorangegangene.

„Sie halten sich für wat Besseres, dat is' dat Grundübel, selbst wenn es vielleicht so is'. Doch allein dis zu denken, macht se eben nicht mehr zu wat Besserem. Verstehste? Und ich sach dir eins, du als Polizistin, wo ihr, wie man hört gerade diese ganzen Selbstmörder auffindet: Klar, is' Selbstmord immer ein induvi- ein indulivi- ein individuelles Schicksal, allerdings auch in einer Gesellschaft, in der det nötisch wird!"

Die letzten Worte hatte die Kommissarin kaum noch vernommen. Dieses betrunkene Gelalle und Geschwafel machte sie langsam mindestens genauso zornig, wie seine aufdringliche Art, das hatte sie echt nicht nötig. Doch litt ihre Aufmerksamkeit auch dadurch, dass Pino und Matuschke aufgestanden waren. Dadurch und vor allem auch durch einen kleinen olivgrünen Rucksack, den Matuschke Pino überreichte. Es schoss ihr die Frage in den Kopf, was dort wohl drin sein müsse, doch erfahren, wird sie es wohl vorerst nicht können. Jetzt in dieser heiklen Situation ihre Tarnung auffliegen lassen, hätte nur schlecht ausgehen können. Doch stand sie jetzt vor einem weiteren Problem: Pino und Matuschke machten sich auf den Weg zum Ausgang des Lokals und das führte sie unweigerlich an ihren Tisch vorbei. Irgendwie musste sie es schaffen sich unkenntlich zu machen oder sich zu verstecken. Als sie in ihren Augenwinkeln schon die großen Lackschuhe Matuschkes neben ihr herlaufen sah, warf sie schnell ihren Kopf auf die schlaffe Schulter Rudis, der diese Einladung gerne annahm, ihr noch tiefer zwischen die Beine zu greifen. Gerne hätte sie laut los geschrien, doch setzte sich ihr polizeilicher Wille zu ihrem Glück durch. Sie hielt still, sodass sie noch die letzten Stücke des Dialoges der beiden Männer aufschnappen konnte. Matuschke fragte Pino noch an der Schwelle zur Tür, wann es für ihn denn losginge, worauf er bloß achselzuckend auf die nächsten Tage verwies. Erstmal wolle er das Leben in dieser Stadt noch genießen. Dann kehrte Stille ein, bis auf das laute Atmen der rauchgequälten Lunge Rudi Altstädters.

Doch einmal schallte noch die kräftige Stimme Matuschkes durch das Lokal:

„Aber Pino!", schrie er, „wenn doch noch etwas schief gehen sollte, ne… Egal wo du sein wirst, ich kriege dich!"

Pino und Matuschke waren nun fort und gerne wäre Leonie Neufeld den beiden einfach hinterhergerannt, denn sie hatte beinahe vergessen, dass der stinkende Dicke noch direkt neben ihr saß. Wie konnte sie das vergessen? Denn eigentlich saß er nicht nur direkt neben ihr, sondern fast auch unter ihr und fest an sie klebend. Als sie diese unverhoffte, aber dennoch selbstverschuldete Innigkeit bemerkte, neigte sie sich abrupt um eine Armlänge vom Altstädter ab und ließ ihn los.

„Aber Leo, was ist denn los? Habe ich etwas Falsches gesagt?" fragte er erstaunlich verunsichert in ihre angewiderten Ohren. Sie nämlich musste sich jetzt die Frage stellen, wie sie dieses Ekelpaket loswerde und schnellstens diese für sie als Frau verabscheuende Situation entkommen könne, ohne tatsächlich noch Rudi Altstädter nach Hause begleiten zu müssen oder gar innig mit ihm zu werden. Wobei, auch wenn sie es im Nachhinein niemals zugeben würde, spielte sie tatsächlich eine bedeutende Zeit mit dem Gedanken, für ihn alles zu tun, wonach er heimlich wünschte, solange es im Sinne ihrer Detektion war. Möglicherweise hatte sie aber auch einfach selber an ihrer neu entdeckten verführerischen Seite Gefallen gefunden. Doch nun waren schließlich die beiden Herren fort und es gab keinen Grund mehr beim Altstädter zu bleiben. Sie musste ihn loswerden. Sie entschied sich an ihrer altbewerten Taktik festzuhalten und es auszunutzen, dass der Arme so sehr an ihren Lippen hing. Also drehte sie ihren Finger um seine ausgeleierte Krawatte und kuschelte sich dicht an ihn.

„Nein, nein, du doch nicht Rudi!" flüsterte sie ihm näherkommend in sein Ohr, welches vor Freude und Charme begann rot anzulaufen.

„Was hast du denn heute Abend noch so vor?" fragte sie weiter. So langsam war sie richtig gut darin geworden, seine Blicke und Gedanken immer tiefer an sich zu ziehen.

„Nichts" erklang bloß seine sabbernde Antwort. Nicht aus dem Mund, sondern aus den Augen sabberte er.

„Na dann lass uns doch gemeinsam noch was vorhaben, Rudi" streichelte sie ihm über seine breite Brust und seinen großen Bauch. Tat sie das gerade wirklich, fragte sie sich amüsierend beschämend. Offensichtlich. Genauso offensichtlich wie diese Frage alle Wünsche Rudi Altstädters in Erfüllung gehen ließen.

Doch eine Sache wollte sie, bevor sie sich aus dem Staub machen konnte, noch von ihm wissen: „Sag aber erst noch bitte, wie lange du denn schon hier an der Kanalstraße bist?"

Er brummte unverständlich vor sich hin, doch wiederholte dann: „Nun ja, eigentlich schon seit gestern Abend. Der Matuschke hat ´n kleinen Empfang geschmiss´n und irgen´wie hat sich die Zeit so hingezogen dann. Sie wissen ja wie das is´."

Nein sie wusste nicht wie das war, aber fand diese Auskunft natürlich höchst interessant. Nach genauerem Nachfragen Leonie Neufelds, konnte der Rudi sogar bestätigen, dass auch Sven Matuschke selber die Feierlichkeiten bis in die Mittagsstunden nicht verlassen hatte.

Doch nun fuhr sie fort weiter ihr Spiel mit ihm zu führen: „Also, dann schlag ich mal vor, dass du schnell zur Bar gehst und uns noch zwei leckere Drinks holst."

Ihren ersten hatte sie noch nicht einmal zur Hälfte geleert. „Und ich gehe ins Bad und mache mich noch schnell einmal frisch!"

Damit war Rudi, genau wie es ihr Plan war, selbstverständlich einverstanden. Beide standen auf und gingen in Richtung Theke, Ausgang und Bad. Nun fand sich Leonie Neufeld auf der Toilette wieder und blickte durch den Spiegel in ihr Gesicht. Sie hatte es kaum wiedererkannt, so blass und schuldig schimmerte es im graubraunen Licht der alten Bar. Sie fühlte sich tatsächlich auch schuldig für ihre aufreizende Art und ihr beinahe schon nuttiges Auftreten Rudi Altstädters gegenüber. Doch dann dachte sie, einen richtenden Blick in den Spiegel werfend, dass es durch aus ihr Recht sei so zu handeln. Wenn Männer der Art selbstbewusst und mit dem Glauben ausgestattet, dass jede Frau ihm zu Füßen läge, durch die Bars und Klubs der Städte streifen dürfen, dann darf sie das als junge und durchaus attraktive Frau auch. Sie richtete sich gerade ihr Dekolleté, damit es auch ja verführerisch aussehe, als ihr wieder einfiel, dass sie ja gar nicht zurück in die Bar und zu ihrem Verehrer wollte.

„Du Schlampe", entfloh es ihren Lippen.

Sie hatte sich bloß zum frisch machen entschuldigt um Zeit zu gewinnen. Doch tatsächlich war dies die beste Entscheidung, die sie hätte fällen können, da aus einem schmalen aber langen Fenster zu einem Innenhof hin, ihr ein frisches Lüftchen entgegenwehte. Das war ihre Chance! So konnte sie unbemerkt und ohne sich eine erlogene Ausrede ausdenken zu müssen vor dem armen Rudi fliehen. Zwei Fragen stellte sie sich, bevor sie mit dem einen Fuß auf die schmale Fensterbank schritt und sich mit dem anderen voran durch das enge Fenster quetschte. Die erste Frage war, ob der Altstädter ihr vielleicht leidtun müsste, und die andere war, wo dieses Fenster, dieser Innenhof wohl hinführe.

Die Dämmerung war so langsam über der Stadt herangebrochen, sodass sie eine Zeit brauchte um sich zurechtzufinden, auch wenn es in der stickigen Bar nicht sonderlich heller oder sauberer ausgesehen hatte. Sie fand sich nun in einem Innenhof aus dreckigem Beton wieder, der so ziemlich alles verband, was sich Leonie Neufeld immer unter dem Westkamp vorstellte. Grau, dreckig und ein Hauch von Sünde schwebte in der Luft. An den vier Wänden, die den Hof einzäunten, waren schwere Türen befestigt, die ebenso farblos wie der Beton und leicht zu übersehen waren. Erst beim genaueren Hinsehen wurde ihr bewusst, dass Namen in aufreizender dunkelroter Schrift über den Türen standen. Es waren ausschließlich Frauennamen. Die Kommissarin musste feststellen, dass der schlechte Ruf und die schmutzigen Gerüchte also wahr waren. Das Lokal Zur Tanzenden Susi, war tatsächlich nichts weiter als ein Puff und die kleine Kneipe, die sie voller Abscheu nun schon dreimal betreten musste, war nur die Fassade oder vielmehr ein Zwischenstopp für die alkohol- und sexdurstigen Männer der Stadt. Diese Annahme bestätigte sich, als sich zu ihrem Erschrecken eine der vielen Türen öffnete. Rot schimmerte es aus einem kleinen Raum auf den Innenhof, in den sie leider nicht einsehen konnte.

Doch hörte sie die Stimme einer Frau. Rauchig klang sie: „War wie immer schön dich hier zu haben. Und natürlich danke für das Trinkgeld, Schätzchen!"

Ein lauter Schmatzer war zu vernehmen.

„Haben wa auch gerade bitter nötig. Scheiß Tag heute. Die Romina haben se heute tot im Schlosspark gefunden. Kein Plan wie wa die ersetzen soll'n."

Romina? Der Name kam Leonie Neufeld doch bekannt vor! Sie dachte kurz nach und dann fiel es ihr schlagartig wieder ein. Sicher, Romina war der Name der letzten Leiche. Oder zumindest stand dieser Name auf ihre mehr als anzüglichen Bluse gestickt, als sie tot wie eine Kirsche von der dicken Kastanie hing. Tatsächlich war über der Tür neben jener, aus der die rauchige Stimme kam, der Name Romina zu lesen, im selben Schriftzug, wie sie ihn auch auf der Bluse hat gelesen. Langsam fügten sich in ihrem Gehirn immer mehr Synapsen zusammen.

Doch jetzt antwortete der Frauenstimme eine Männerstimme: „Oh Schreck, das ist ja grauenvoll! Mein tiefstes Beileid!"

Die Stimme kam der Kommissarin bekannt vor.

„Morgen werde ich es, wie du dir wahrscheinlich schon denken kannst, nicht schaffen. Mal sehen ob ich danach überhaupt noch für euch Zeit finde" fuhr die tiefe Männerstimme mit einem beherzten Lachen fort. Dann erkannte sie die Stimme: Es war die Stimme Sven Matuschkes, den sie vorhin noch belauscht hatte. Sonderlich überraschen tat sie das ja nicht, doch wurde sie auf einmal nervös. Sie musste schnellstens hier weg, ehe sie von ihm gesehen wurde. Sie fürchtete sich vor ihm und dem, was er ihr antun könne, wenn er sie als Polizistin am Abend vor der wichtigen Wahl ihm hinterherspionierend in einer solchen Lokalität auffinden würde. Sie blickte sich um in der Hoffnung einen schnellen und unauffälligen Ausgang aus dieser Lage zu finden. Der Sprung zurück in die Bar, bringe sie sicherlich auch nicht sonderlich weiter. Dann erkannte sie auf der linken Seite ein von ihr vorher noch unentdecktes Gitter, das auf den Boden einen kleinen Riss hatte, der wohl gerade groß genug war um sich als schlanke Frau hindurch zu quetschen. Im besten Fall würde sie diese Flucht sogar direkt auf die Straße bringen. Als sie schließlich einmal quer über den Hof rannte und vor dem Gitter stand, konnte sie ihr Glück kaum glauben, welches sie schon den gesamten Abend verfolgte. Die günstige Gelegenheit mit dem Altstädter, das Fenster auf den Toiletten und nun auch das Loch im Gitter, welches sie direkt mit der Kanalstraße verband. Sie zwang sich hindurch und war, obwohl sie nun ihre gesamte Kleidung verdreckt hatte, so froh auf der Kanalstraße zu sein, wie sie es sich nie hätte vorstellen können. Im Vergleich zu diesem schäbigen Hinterhof, sah die Straße ja sogar aus wie ein Touristen-Hotspot mit dem Kanalufer, den leuchtenden Lichtern, den vielen Bars und den betrunkenen Menschen, die planlos von Tür zu Tür irrten. Einmal blickte sie sich noch um und lugte auf den Innenhof und sah tatsächlich Sven Matuschke aus jener offenstehenden Tür schreiten. Das ging dann aber ja ganz schön schnell, dachte sie sich lachend und eilte die Straße hinunter. Der Wagen Pinos stand noch da, was sie als gut empfand, da es ihr Zeit gab nach Hause zu fahren und den nächsten Morgen abzuwarten. Vieles fügte sich endlich in ihrem Kopf zu einem klaren Bild zusammen. Doch jetzt musste sie erstmal nach Hause und schlafen, so geschafft war ihr Hirn von dem halben

Glas in der Tanzenden Susi und von der Reizüberflutung an Gesprächen, Motiven und Indizien. Morgen dann, könne sie ihre Gedanken mit ihrem Boss teilen. Diese Ruhe, oder böse ausgedrückt Nachlässigkeit, war ihr so langsam zur Angewohnheit geworden, die sie vor ihrer Greenforter Zeit, sicher nicht von sich kannte.

Das Taxi setzte sie vor ihrer Wohnung ab und sie atmete noch einmal tief durch. Trotz ihres durchaus erfolgreichen Arbeitstages fühlte sie in sich eine innere Leere und Motivationslosigkeit, jetzt wieder in ihre kleine einsame Wohnung zu stapfen. Mit diesem tiefen Atemzug gelang ein Geruch in ihre Nase, den sie zumeist immer so gehasst hat, aber ihr heute tief ins Herz stach. Auch dieses Gefühl war eines, was sie bisher nicht kannte. Ihr Arbeitstag lief eigentlich mehr als zufriedenstellend, doch war ihre Stimmung und ihr Geisteszustand alles andere als das. Also zufriedenstellend abgesehen davon, dass heute Morgen erneut ein Mensch gestorben ist und sie in der Tanzenden Susi alle ihre Prinzipien verraten hatte. Aber dies geschah ja schließlich alles zu ihrem beruflichen Vorteil. Dennoch fühlte sie sich alleine und unvollkommen. Und dann war da noch dieser Geruch des Dönermanns von nebenan, der sie um den Verstand brachte. So schön und doch so verwerflich und sündhaft. Und nur wenige Zeit später musste sie mit schlechtem Gewissen in ihrem Bett liegend feststellen, roch es nicht nur gut, sondern der Döner schmeckte nochmal doppelt so gut. Ihr plagte zwar der Kopf, doch ihr Herz spürte, dass es jetzt genau das Richtige für sie war.

Die Sonne ging unter, es wurde Nacht und die Sonne ging wieder auf. Es wurde Tag in Greenfort. Und dieser Morgen war ein ganz besonderer Morgen, denn es war ein Samstagmorgen. Und auch kein normaler Samstagmorgen, sondern der Morgen, an dem die langersehnte Bürgermeisterwahl in Greenfort stattfinden sollte. Es kam zum Showdown zwischen dem amtierenden Bürgermeister Schulze-Kettlein und seinem Herausforderer Sven Matuschke aus dem Westkamp. Während Schulze-Kettlein sich beste Hoffnungen machte, dass seine altbewehrte Mehrheit noch hinter ihm stehen würde, war sich sein Konkurrent tot sicher, dass er die Wahl gewinnen würde und dafür hatte er gute Gründe, denn sein Netz an Freunden, Anhängern oder Schuldnern in dubioser Sache, war schon weiter angewachsen, als es so mancher wahr haben wollte.

Doch so oder so, wer auch immer die Wahl gewinnen sollte, die Türen zu den Wahllokalen in der Stadt öffneten sich endlich. Dieses Jahr waren es besonders viele Stellen, an denen die Stimmzettel ausgefüllt werden durften auf Grund der strengen Vorschriften bezüglich der Virusepidemie, die das Land immer noch in Schach hielt, auch wenn es die meisten Bürger nicht wirklich danach aussehen ließen. Zudem durften die Wählerinnen und Wähler nur einzeln in die Wahlräume eintreten, was zur Folge hatte, dass der Unmut in der Bevölkerung immer weiter anwuchs, da auch dieses gesellschaftliche Ereignis ihnen genommen wurde. So unwahrscheinlich sich dies für viele wohl anhören mag, doch war der Wahltag in Greenfort alle vier Jahre ein wahres Volksfest. Vor allem die Schicht der Reichen und Schönen der Innenstadt nutzten den Tag nach dem morgendlichen Gang zu den Wahlurnen zum Frühschoppen, Kaffee und Kuchen und dem gemütlichen Beisammensein in der festen Überzeugung, dass ihr favorisierter Kandidat die Wahl eh gewinnen würde. Auch deshalb war Greenfort eine der wenigen Städte, die sich den Samstag als traditionellen Wahltag auserkoren hatte. Der reichen Mittelschicht kam das immer alles andere als ungelegen, da sie es gewohnt waren, dass der Samstag ein regulärer freier Tag des Wochenendes war, anders als es bei den ärmeren Arbeitern des Westkamps der Fall war. Für sie war es meist umständlich sich an einem Samstag frei zu nehmen. Vorausgesetzt, sie hatten überhaupt Arbeit. Doch die Belange des Westkamps wurden schon seit Jahren, wenn nicht sogar Generationen, ignoriert. Doch konnte heute der gesamte soziale und feierliche Teil des Tages selbstverständlich nicht so gelebt werden, wie es die Greenforter gewohnt waren. Somit wurde auch mit einer geringen Wahlbeteiligung gerechnet, was selbstverständlich auch dem neuen Herausforderer Matuschke in die Karten spielte. Denn sich engagieren und wählen, auch wenn es mehr Umstände als Freude macht, tun in erster Linie die, die etwas verändern wollen und nicht die, die von Geburt an nur die Sonnenseite des status quo erleben durften.

Das meist und auch am prominentesten besuchte Wahllokal in der Innenstadt lag in der kleinen Bücherei gegenüber der Bartholdikirche und des Polizeipräsidiums. Hier kehrte auch Polizeichef Klaus Freimuth nach einem ausgedehnten Frühstück mit seiner Frau ein. Freundlich grüßte er die vielen bekannten Gesichter, die sich auf der alten Steinstraße unterhielten. Er selber war gestresst von der langen und aufwendigen Arbeitswoche und hatte keine Lust sich an den neugierigen Gesprächen der altbekannten Münder zu beteiligen und beließ es bei dem notwendigen Smalltalk. Er setzte sich seine Maske auf, stieß die Tür zur Bücherei auf und schon wurde er von einem der Wahlhelfer angesprochen:

„Ach der Herr Wachtelmeister, schön disch zu seh′n!" sagte und lachte die bekannte Stimme. Es war die Stimme des Vereinsvorstandes Rudi Altstädter. Blass wirkte er und dicke Augenringe quollen unter seinen weißen Haaren hervor.

„Rudi, läuft gut für den SC was?" lachte Freimuths Zunge zurück.

Die beiden kannten sich schon Ewigkeiten, doch waren dies eigentlich die einzigen Sätze, die sie untereinander austauschten und dabei blieb es auch heute. Herr Altstädter führte ihn zur Wahlurne und ließ ihn alleine, worauf hin Klaus Freimuth seine Stimme ohne lange zu überlegen abgab. Wo er sein Kreuz hinsetzte, muss an dieser Stelle allerdings offen bleiben, da das Wahlgeheimnis ein Gut ist, welcher sich auch nicht der Rolle des Erzählers entziehen darf.

Als er dann endlich die Bücherei verlassen konnte, wurde er schon erwartet von einer weiteren Stimme, von der er sich eigentlich erhofft hatte, über das Wochenende in Ruhe gelassen zu werden. Doch war dies in der jetzigen Situation unmöglich.

Es war nämlich die junge Frau Neufeld, die ihn mit den Worten: „Herr Freimuth, haben Sie einen Augenblick für mich?" von der Seite scharf begrüßte.

Sie selber bevorzugte es in einem Wahllokal etwas weiter außerhalb zu wählen, als sie davon Wind bekam, dass Rudi Altstädter hier in der Bücherei seinem Dienst nachging, was sie im Übrigen abermals sehr zum Nachdenken brachte. Doch wollte sie schlicht eine peinlich gerührte Situation mit ihm vermeiden, zu der es sicherlich allerlei Gründe gäbe. Zu ihrem bedauernden Entsetzen gab es tatsächlich bloß die beiden zu wählenden Kandidaten Matuschke und Schulze-Kettlein. Auch Die Grünen oder die Linken hatten keinen einzigen

Kandidaten aus Greenfort zur Wahl aufstellen können. Dies machte sie sehr sauer, denn waren dies schließlich die Parteien, denen sie aus tiefst moderner und weltverbessenderen Überzeugung ihre Stimme gab. Doch war das in so einer unabhängigen und gar ländlichen Stadt wie Greenfort anders als in ihrer großen Stadt im Norden, in der der frische Wind der jungen Generation zu einem kraftvollen Sturm heranwuchs. Hier in Greenfort wurde Politik durch den Einfluss und der Stellung von einzelnen Personen in der Gesellschaft gemacht und nicht durch Parteien. Und es werden es auch stets die gleichen Leute sein, die diese Stadt führen werden. Unabhängig davon, wo Leonie Neufeld ihr Kreuz nun hinsetzen wird. Allerdings war sie nicht die Einzige, die diese Mäßigung an Demokratie erkannte. So dachten sich viele, so zum Beispiel auch ein Klaus Freimuth, dass zwar wahre Volksbestimmung anders aussehe, aber es der Stadt und dem Großteil der Bürger seit vielen, vielen Jahren sehr gut ginge. Und wenn es dem Großteil des Volkes gut geht und zufrieden ist, ist das dann nicht auch das Ziel von Demokratie? Doch ob dieser Großteil tatsächlich auch die Mehrheit und nicht doch eine Minderheit ist, würde sich nach der Wahl herausstellen.

Doch kam sie unmittelbar danach direkt wieder in die Altstadt, um sich auf die Suche nach Herrn Freimuth zu begeben. Sie hatte so einiges mit ihm zu besprechen und erwartete Minute für Minute ungeduldiger sein Erscheinen.

Es kostete Freimuth eine gewisse Überwindung, bis er schließlich doch freundlich zu ihr trat:

„Aber natürlich Fräulein, ähm verzeihen Sie, Frau Neufeld. Schießen Sie los!"

Sie blickten sich um. Noch immer standen sie auf der vielbesuchten Steinstraße unmittelbar vor dem Wahllokal.

„Ich glaube dafür sollten wir lieber nebenan in ihr Büro gehen" befahl Leonie Neufeld ihrem Chef skeptischen Blickes.

Freimuth verdrehte die Augen: „Aber das sind doch hier alles ansässige Leute, Frau Neufeld."

Er versuchte sich jeglicher Bewegung zu entziehen, doch musste feststellen, dass sich ihr grantiger Blick nicht zum Positiven verbesserte.

„Also gut, gehen wir."

Sie überquerten die alten Pflastersteine des Kirchplatzes, an denen sich gerade eine kleine Gruppe Jugendlicher ihre Blicke auf ihre Smartphones geduckt trafen, und stiegen die Treppen zum Präsidium hinauf, bis sie sich in Freimuths Büro niedersetzten.

„Also, was ist denn so wichtig, dass Sie mich so dringlich abfingen? Sie sind neu hier und können es deshalb nicht wissen, doch der Wahltag ist in Greenfort fast so etwas wie ein heiliger Feiertag!"

„Ich glaube, Herr Freimuth, es gibt manche Dinge, die selbst vor einem heiligen Feiertag keinen Halt machen. Eines von diesen Dingen ist es, denke ich, einen Mordfall aufzudecken. Erst recht dann, wenn man Polizist ist und die entscheidende Spur gefunden hat. Ich glaube nämlich zu wissen, wen wir zu suchen haben."

Da wurden auf einmal Freimuths Augen groß und er wurde ernst. Mit seinen Ellenbogen stützte er seinen Kopf auf dem Tisch ab und forderte seinen Gegenüber auf fortzufahren.

„Nun ja, dass es sich bei der letzten Toten um einen gänzlich anderen Fall handelt als noch bei den vorherigen, das war mir eigentlich schon klar, seitdem ich die Leiche am Fundort untersucht habe. Es musste sich um einen Mord im, nennen wir es mal, klassischen Sinn handeln, blicke man schlicht auf die auffällig gewalttätigeren Spuren am Boden, dieser im

Vergleich zu den anderen einsamen Leiche. Hinzu kamen dann schließlich die Beobachtungen des Herrn Pastors, die sie mir am Telefon berichteten."

Leonie Neufeld war voll im Redefluss und war selber begeistert von ihrer lehrenden Art ihre Theorien ihrem Chef vorzutragen. Dieser aber blickte grimmig rein. Er mochte diese dominante Tonlage in der Stimme seiner jungen Kollegin nicht und unterbrach ihren Redefluss. Seine Stimme wurde hart, da er versuchte das alte Machtgefüge unter Ihnen wieder herzustellen, doch kam er damit wohl schon etliche Tage zu spät.

„Ach, das weiß ich doch schon lange. Schließlich war ich es doch auch, der Ihnen von dem Herrn Pastor Konrad berichtet hat. Aber apropos, wo waren Sie denn eigentlich, als ich sie angerufen habe? Auf dem Revier offensichtlich nicht. Haben Sie denn offenbar schon Feierabend gemacht?"

Dominant versuchte er sein Kopf zu heben, doch sprudelten die Worte aus dem Mund der Neufeld nur so raus.

„Und genau da kommen wir zu dem entscheidenden Punkt!" sprach sie und lehnte sich weit nach vorne hin zu ihrem Chef. „Ich war zum Zeitpunkt unseres Telefonates im Westkamp und habe dort in einer Bar ein sehr interessantes Gespräch zwischen Ihrem geschätzten Alfredo Pino und dem Herrn Sven Matuschke mitgehört."

Klaus Freimuth gefiel es ganz offensichtlich nicht, dass der Name seines alten Freundes in diesem Zusammenhang von der jungen Kommissarin erwähnt wurde, doch konnte er ebenso nicht die Neugierde aus seinen Blicken und Worten verbannen.

„Na na na, das ist aber nicht die feine Art seinen Kollegen hinterher zu spionieren. Aber sicherlich haben Sie ja in jener Bar den Dreckssack Matuschke unter die Lupe nehmen wollen, nicht wahr?"

Kurz musste sie nach Worten suchen, da sie schließlich von der alten Freundschaft zwischen dem Pino und dem Polizeichef wusste, doch dann war auch schon wieder der Motor ihrer Redemaschinerie angeschmissen:

„Nun ja, um ehrlich zu sein, Herr Freimuth, lockte mich tatsächlich ein anderer Gedanke dorthin. Ich musste nämlich Alfredo Pino nachfolgen, da ich ihm zuletzt nicht mehr gänzlich trauen konnte. Es ist nicht so, dass es jemals anders gewesen wäre, doch hat sein zwielichtiges Wesen des letzten Tages meine Gedanken immer mehr beansprucht."

Freimuth, dem es gar nicht gefiel, was seine Ohren da hören mussten, räusperte laut auf, um der jungen Kommissarin seinen Unmut kenntlich zu machen, doch ließ sie dann doch fortfahren.

„Bevor Sie etwas sagen, hören Sie mir bitte noch zu! Ich konnte die beiden Herren, Alfredo Pino und dem Bürgermeister in spe, abhören, als sie sich ungestört fühlend unterhalten haben. Und ich sage Ihnen eins: Da stimmt etwas nicht! Die beiden führen etwas in Schilde, da bin ich mir sicher."

Da sprang Freimuth auf. Empört war er gewillt, endlich das Treiben Leonie Neufelds Zunge ein Ende zu bereiten, indem er Dominanz zeigte:

„Na hören Sie mal, Fräulein Neufeld! Alfredo Pino ist eine wahre Polizeiikone, der leider Gottes im Alter nur etwas auf die schiefe Bahn geraten ist!"

Nachdenklich blickte er bei den letzten Worten gen Boden. Das war Pino auf alle Male, etwas auf die falsche Bahn und an die falschen Leute geraten. Doch konnte er ihm tatsächlich einen Mord zutrauen? Seine Ungewissheit beunruhigte ihn, doch begann er nicht von seiner harten Schulter seiner Kollegin gegenüber abzuweichen: „Aber das heißt ja noch lange nicht, dass" sprach er laut mit gehobenem Kopf weiter, „Sie wissen schon. Wie kommen Sie denn überhaupt darauf?"

Die Frage war natürlich genau das, was die Neufeld hören wollte und ohne zu zögern schilderte sie ihm ihre Theorien und Gedanken: „Wie bereits erwähnt waren es natürlich als aller erstes die Indizien am Fundort der letzten Leiche, die in mir den Gedanken formten, dass wir es mit einem Mord zu tun haben, der anders als die anderen war und wohlmöglich sogar gar nichts mit der Sekte zu tun habe. Hinzu kamen dann schließlich noch die Informationen aus den Beobachtungen des Pastor Konrads, die diesen Gedanken selbstverständlich festigten. Und so mehr ich darüber nachdachte, umso mehr fügten sich die Bilder in meinem Kopf zusammen. Die anstößige Kleidung und Schminke der Verstorbenen passte sehr in die sündenbefleckte Kanalstraße des Westkamps, weshalb ich mich gestern Abend auf den Weg dorthin machte und siehe da: Der Wagen Alfredo Pinos stach mir sofort ins Gesicht!"

Dies alles wollte Klaus Freimuth am liebsten gar nicht hören, doch wusste er, dass er seine Kollegin wohl ausreden lassen musste, schließlich war sie einer Spur nachgegangen, die er bisher nur schwer widerlegen konnte. Er atmete tief durch, lehnte sich in seine Rückenlehne zurück und ließ die junge Kommissarin in angebrachter Skepsis aufmerksam aussprechen.

„Ich sag es einfach ganz gerade aus. Haben Sie sich nicht auch etwas gewundert, als er gestern der Art plötzlich bereits zu Mittagszeit das Büro verließ, ohne sich auch nur einmal verabschiedet zu haben? Da er schließlich davon überzeugt war, dass der Fall durch die Inhaftierung Georges und der Sekte abgeschlossen sei, hätten wir ihn überhaupt jemals wieder zu Gesicht bekommen? So handelt keiner, der nicht aus triftigen, aber geheimen Gründen zügig fortmuss. Außerdem erinnern Sie sich doch bitte an den Vorabend des letzten Mordes, als Pino ebenfalls überraschend plötzlich das Revier verlassen musste und am nächsten Morgen gänzlich übermüdet und sich nicht in der Lage fühlend Auto zu fahren wieder hier aufkreuzte."

Sie war in einem Rederausch, der unmöglich zu bremsen schien.

„Aber das beweist doch noch gar nichts!" konnte Freimuth nur dazwischenwerfen, in einem Tonfall, als wenn er es schlicht nicht wahrhaben wollte, was die Neufeld ihm vortrug, auch wenn er ihren Gedanken genauestens folgen konnte.

„Hören Sie doch zu!"

Die vermeintliche Wahrheit wurde Freimuth förmlich aufgezwungen.

„Alles ergibt seinen Sinn, wenn Sie mir bloß zuhören. So sprach in erster Linie Alfredo Pino sich dazu aus, eine schnelle Verhaftung am Vorabend des letzten Mordes zu verhindern, während er am nächsten Morgen mit dem Fund der neuen Leiche einen Sinneswandel erfuhr und George und den Rest der Bande unverzüglich vor ein Gericht gestellt sehen wollte. Somit hatte er sich selber durch seine Insiderinformationen einen Freifahrtschein geschaffen, da jeder von uns den erneuten Mord an jener leichten Dame sofort der Sekte zugeschrieben hätte. Und wir sind auch noch darauf reingefallen." Brummte Leonie Neufeld die letzten Worte in ihr Kinn.

Ach, jetzt heißt es auf einmal wieder wir, dachte sich Klaus Freimuth und schon ging die Rede Neufelds weiter. Sie erzählte ihm von dem dubiosen Gespräch, den zweideutigen Aussagen und den erschreckenden Andeutungen, die sie vernahm, als sie die beiden durch ein dunkles Fenster beschattete. Die ganze Wahrheit, dass sie den Herrn Altstädter für diese Gelegenheit um den Finger gewickelt hatte, wollte sie nicht preisgeben. Zwar war sie der überzeugten Meinung, dass sie als selbstbewusste Frau genauso wie ein Mann ihre starken Eigenschaften hin zu ihrem Vorteil nutzen könne, doch war ihr dies jetzt doch peinlich. Schließlich erzählte sie auch von den Ereignissen im Hinterhof der Tanzenden Susi und der Trauer um jene verstorbenen Angestellten Romina.

„Herr Freimuth, bitte glauben Sie mir! Die beiden führen etwas im Schilde. So war es auch nicht unbedingt was sie sprachen, sondern wie sie es taten. Ich weiß nicht genau, was da ablief unter den beiden, doch hat es sicherlich mit der Bürgermeisterwahl zu tun, da sowohl Pino, als auch der Herr Matuschke immer wieder davon sprachen, dass die Wahl schon längst gewonnen sei. Und egal was sie planten, die Tote vom Baum stand ihnen im Weg. Matuschke hat wie weit bekannt ein Alibi für jene Nacht, da er einen letzten Empfang für seine Wählerinnen und Wähler gab, was ich mir auch schon bestätigen lassen habe. Daher deutet alles darauf hin, dass er Alfredo Pino damit beauftragt hatte! Was zudem den mysteriösen olivgrünen Rucksack erklären würde, den Pino von Sven Matuschke vor meinen Augen erhielt."

Freimuth war inzwischen tief in seinem Schreibtischstuhl versunken und schaute, als sei er persönlich des Mordes überführt worden. Inzwischen hatten die Kommissarin und seine besorgten Gedanken ihn schon fast gänzlich überzeugt, auch wenn er es immer noch nicht offen zugeben wollte.

„Gewiss, der olle Matuschke ist ein Schurke, da glaube ich Ihnen bis in das letzte Wort hinein. Aber das heißt doch nicht, dass gleich alle seine Bekannten, ich sag wie Sie es meinen, Mörder sind!"

Leonie Neufelds Stimme erhob sich abermals und klang fast die Ungläubigkeit verklagend: „Herr Freimuth, ich habe gehört, wie Alfredo Pino plant in ein neues Land zu ziehen! Was soll da bitte noch verdächtiger sein? Hinzu kommen noch seine wirklich seltsamen Gedanken und Aussagen über den Tod rund um der Befragung Georges. Die hätten Sie mal hören sollen! Zunächst dachte ich schon, man müsse sich Sorgen um sein Leben machen, doch nun weiß ich, dass es nicht sein Lebensende, sondern das der Romina war, über welches er so tiefgründig sinnierte."

Nachdenklich blickte Freimuth auf die leere Tischplatte vor ihm, während die Neufeld ungeduldig auf eine Antwort seinerseits wartete. Ermitteln konnte sie schließlich auch alleine, aber für einen Hausbesuch bei einem Verdächtigen wie Pino und im besten Fall dessen Verhaftung, brauchte sie ihren Vorgesetzten doch noch.

Da blickte Freimuth auf sein Handy, welches soeben vibriert hatte. Wieder wurden seine Augen groß und er blickte stumm seine Kollegin an. Es war die Gerichtsmedizin, die sich bei ihm gemeldet hatte und bestätigen konnte, dass die tote Dame wohl tatsächlich zunächst betäubt und schließlich eine weite Distanz hinzu der Kastanie im Schlosspark geschleppt wurde, an dem sie dann schließlich erhängt wurde und verstarb. Alles von der Neufeld vermutete schien sich ganz allmählich zu bewahrheiten.

„Also gut" sprach endlich Klaus Freimuth nach einem tiefen Stöhnen.

„Jetzt haben Sie mich soweit. Dann fahren wir am einfachsten jetzt direkt zum Alfredo und schauen uns mal diese ominöse Tasche an. Befindet sich tatsächlich eine Art Belohnung oder dergleichen in ihm, werde ich Ihnen, oh beschütze Gott, wohl Recht geben müssen. Aber Sie werden schon sehen, dass sich das sicher alles aufklären wird."

Den letzten Satz versuchte er hinterher zu hängen, um seine Zuversicht auszudrücken, doch zeigte das falsche Lächeln in seinem Gesicht, dass er jene Sicherheit schon lange verloren hatte. Leonie Neufeld hatte ihr Ziel erreicht und ihren Chef umgestimmt.

„Und außerdem" fügte Freimuth lachend hinzu, „bin ich sogar relativ froh darüber, jetzt noch nicht direkt nach Hause zu müssen. Meine Frau hat wieder ihren Feiertagssauerbraten gemacht, der ganz gewiss maximal betrunken zu genießen ist."

Mit einem Lachen einzig in Freimuths Gesicht verließen sie sein Büro und begaben sich zu seinem Wagen.

Pinos Wohnung befand sich nahe des alten Kerns des Westkamps gegenüber der kleinen und zuletzt nur noch kaum besuchten Kirche auf der Spitze des kleinen Hügels. Der braune Backsteinblock, in dem sich Pino eine kleine Wohnung gemietet hatte, war umgeben von im Winde tanzenden Weiden und ummantelt von dichtem Efeu. Vor dreißig, vierzig Jahren musste es hier einmal sehr idyllisch und friedlich ausgesehen haben, doch hat der Gestank den Duft besiegt und der Dreck auf den Straßen und Wänden der Häuser die Harmonie der alten Zeit verdrängt. Das dachten sich auch die beiden Kommissare als sie in der strahlenden Sonne sich aus Freimuths Wagen wuchteten. Angespannt blickten sie auf das schwarze Fenster im Erdgeschoss, hinter dem sich Pinos Wohnung befand, in der er sich selber hoffentlich ebenfalls noch befand. Doch die beiden hatten Glück. Auch Alfredo Pino hatte heute Morgen seine Bürgerpflicht erfüllt und sein Kreuz im Wahllokal gelassen, worauf er wieder in seine kleine Wohnung ging und dort immernoch verweilte. Wohl gesprochen bis jetzt immernoch verweilte, da er tatsächlich auf dem Sprung war sein altes Leben in Greenfort und dem Westkamp hinter sich zu lassen. Als er wieder zuhause ankam, war seine erste Handlung, den dicken Koffer aus seinem Kleiderschrank zu tragen und ihn geöffnet auf sein Bett zu schmeißen. Schweigend blickte er seinen Schrank an und fragte sich, was man alles für einen Neuanfang und für ein gemütliches Leben als Rentner in Frieden brauche. Schwierig zu sagen, wenn man noch nicht einmal genau weiß, wo man am Ende überhaupt landen soll. Zuerst soll es ihn in die große Stadt im Norden ziehen und von dort, würde ihm dann die Welt offenstehen. Er wusste noch nicht, ob er sich in einem abgelegenen Häuschen in der Tiefe der Natur wiedersehe, oder es ihn tatsächlich noch in ein gänzlich neues Land jenseits der Grenzen, Berge und Meere ziehe. Doch welches Land konnte schon weit genug sein, um alles verdrängen und vergessen zu können, was er mit dieser Stadt am Kanal verband? Denn das was er mit Greenfort und dem Westkamp verband war Kopfweh, Herzschmerz und die immer wiederkehrende Todesangst ausgelöst durch die falschen Leute am falschen Ort. Eigentlich konnte es da tatsächlich keinen Ort in dieser Welt mehr geben, den er wirklich noch hätte sehen wollen. Tatsächlich schwankte sein Gemüt zwischen der Euphorie eines grundlegenden Neuanfangs und der Depression es schlicht für alle Male zu beenden. Ohne Neuanfang in dieser Welt.

Doch dies alles konnte er sich noch überlegen, wenn es so weit ist und er in der großen Stadt im Norden angelangt war, mit der er aber auch seine traurigen Erinnerungen an eine bessere Vergangenheit samt Frau und Job pflegte. Dortbleiben wolle er sicher nicht, doch musste er sich spurten, denn schon bald, da war er sich sicher, würden ihn die ersten ungern gesehenen Menschen sicherlich aufsuchen wollen. So stand er nun vor seinem Kleiderschrank und musste resignierend eingestehen, dass er keine sonderlich große Wahl hatte, welche Besitztümer er auf seine neue und wahrscheinlich auch letzte Reise mitnehmen solle, da seine Schränke schon seit langer Zeit mehr Staub als Kleider, Schmuck und Sonstiges beherbergten. Die Leere, die er hinter den braunen Holztüren seines Schrankes wiederfand, spiegelte sich schlagartig auch in seinem Gemüt wider. Dabei sollte heute eigentlich der Tag werden, an dem alle seine Nöte und Sorgen hinter ihm gelassen werden und er offenen Herzens in den Frieden blicken sollte. Doch sah die Zukunft für ihn nicht anders aus als seine Vergangenheit: Nämlich einsam. Und wie einsam seine letzten Jahre doch waren. Das Loch in seinem Herzen konnte durch kein Bierglas und keinen herbeigekauften Frauenbesuch der Welt gefüllt werden. Wie oft wünschte er sich an der Stelle jener unzähligen Verbrecher, die er in seiner Karriere überführt hatte, alleine um die Aufmerksamkeit und den menschlichen Kontakt genießen zu können, die jenen im Gefängnis erwartet haben.

Doch nun schüttelte er seinen Kopf. All dies ist vergangen. Die letzten Tage hatten ihn wieder wachgerüttelt und er wusste nun endlich, was er von seinem Leben als alter Mann wollte: Ruhe und den seelischen Frieden um über alles nachzudenken, was die Welt ihm an Signalen schickte. Bücher zu schreiben, in der er endlich dieses seltsame Leben erklären konnte und den Klang zweier Bäume zu lauschen, die sich im tiefen Wald über die Sonne und den Regen unterhalten. Er nahm die wichtigsten Sachen aus seinen Schränken und ließ sie in den großen Koffer fallen, der gerade einmal halbvoll wurde. Tief atmete er durch um zum letzten Mal den abgestandenen Geruch von Schimmel und verfaulten Essen zu spüren, ehe er seine Beine die Wohnungstür anpeilend in Bewegung setzte. Doch auf einmal stockte er, denn eine Sache hatte er vergessen. Es war nicht irgendeine Sache, nein, es war eigentlich sogar das Wichtigste. Schnell eilte er zurück in sein Schlafzimmer, hob seine Matratze hoch und zog den kleinen dunklen Rucksack empor. Es war die Tasche, die Sven Matuschke ihm mitgegeben hatte, als er unwissentlich von Leonie Neufeld abgehört wurde. Erleichtert, dass ihm diese wichtige Tasche noch eingefallen ist, machte er sich erneut auf dem Weg zur Wohnungstür und öffnete diese.

„Ach guten Tag Herr Kollege, wo wollen Sie denn hin?"
Das hatte nun alle überrascht. Alfredo Pino, da auf einmal seine beiden ehemaligen Kollegen und Kommissare mit ernster Miene vor ihm standen, als er die Tür zum Hausflur aufschloss, und auch waren die beiden Polizisten überrascht die Tür sich öffnen zu sehen, wenige Augenblicke bevor Klaus Freimuth klingeln wollte. Wobei so gänzlich überrascht hatte es zumindest Leonie Neufeld nicht, da sie schon ahnte, dass Pino vermutlich noch dieses Wochenende abreisen wollte, weshalb sie ihn auch mit dieser beinahe schon rhetorisch gemeinten Frage begrüßte. Aber auch Alfredo Pino selber hatte das plötzliche Auftreten der Beiden zwar nicht erwartet, aber zumindest befürchtet. Man sah es ihm an seinen großen und leeren Augen an. Trotz dieser Leere in den Augen konnte man in ihnen zahlreiche Gedanken und Fragen ablesen. Wurde ihm auf den Zielgraden sein Weg in ein heilvolles Leben geraubt? Wird er nach allen Höhen und vor allem zerschmetternden Tiefen nie seinen Frieden finden, ob im Leben oder im Tod? Soll ihm auch noch das verwehrt bleiben? Doch noch wusste er ja gar nicht, was die Beiden von ihm wollten, weshalb er höflich blieb, auch wenn sie die letzten Personen waren, die er vor seiner Abreise hätte sehen wollen. Also versuchte er ruhig zu antworten, auch wenn sich sicherlich schon erste Schweißporen auf seiner Haut geöffnet hatten:
„Ich wollte nur gerade bloß kurz…"
Doch weiter kam er nicht, da Leonie Neufeld wieder das Wort an sich nahm und mit einem großen Schritt an ihm vorbei in seine kleine Wohnung schritt. Kurz blickte Sie sich um, voller Abscheu und Ekel einer so kleinen und vor allem dreckigen

Behausung gegenüber. Doch eigentlich war die Wohnung ziemlich so, wie sie sich eine Wohnung im Westkamp immer vorgestellt hatte.

„Wir dürfen doch sicherlich reinkommen?" fragte sie als dies schon längst geschehen war.

Dann blickte sie Pino wieder direkt an: „Also Sie wollten gerade nur kurz mit dem großen Koffer an der Hand was machen?"

Die junge Kommissarin wusste genau, was sie sagen und tun musste, um selbst einen so erfahrenen Kriminalisten wie Pino aus der Fassung zu bringen. Auf einmal fühlte er sich so winzig klein neben ihr, obwohl er sonst immer pure Überlegenheit und die für ihn sprechende Selbstsicherheit gespürt hatte. Hilfesuchend blickte er schließlich seinen alten Freund den Freimuth an. Doch konnte auch er nicht anders, als mit einem stumpfen Achselzucken und einem flüchtigen Blick Pinos Augen vermeidend antworten.

Da blickte Freimuth auf die beiden Taschen, die Pino bei sich trug und verschloss die Tür hinter sich, als er Pino jegliche Möglichkeit zur Flucht nahm:

„Aber Alfredo", sprach er schließlich, „es schaut ja fast so aus, als wenn du verreisen wolltest."

„Oder nennen wir es eher fliehen!" fügte die Kommissarin in einem giftigen Ton hinterher, sodass sich Pino von beiden Seiten um ihn herum von Vorwürfen angegriffen fühlen musste, wobei die Beiden letztendlich noch keinen einzelnen Vorwurf ihm entgegenhielten. Noch erhoffte Pino sich aus der ganzen Geschichte herausreden zu können.

„Ach, so solltet ihr beiden das ja alles gar nicht erfahren!" lachte er mit einem schwitzigen Grinsen zu seinen beiden Kollegen.

„Ich hasse nun mal einfach Abschiede. Ich wollte mich tatsächlich von hier aufmachen und auf meine alten Tage endlich das ruhige Leben genießen, welches mir zusteht an einem fremden Ort. Den Abschied von euch hätte ich als zu schmerzhaft empfunden. Es tut mir leid!"

Während er weiter redete versuchte er so unauffällig wie möglich, die kleine Tasche Matuschkes hinter seinem großen Koffer verschwinden zu lassen.

Aus Leonie Neufelds Augen war der letzte Satz zu viel des Guten. Sie glaubte ihn kein Wort: „Das ruhige Leben genießen, welches Ihnen zu steht also? Steht es Ihnen denn zu?"

Scharf blickte sie Pino in die Augen, doch als dieser im Schweigen verwahrte, schritt Freimuth einen ruhigen Schritt auf ihn zu und sprach ihn in schonender Stimmlage an: „Aber mir kannst du sowas doch sagen, Alfredo. Ich hätte schlicht gern gewusst, dass es dich wieder einmal weg aus Greenfort treibt. Wo willst du denn hin?"

Die Neufeld war sich nicht sicher. Entweder war dieses fast mitleidende Verständnis Freimuths eine überragend gespielte Verhörmethode, oder er war wirklich auf die billige Ausrede Pinos reingefallen. So wie sie ihren Chef kannte, tendierte sie fast zu letzteren.

Pino antwortete: „Ach Klaus, schlicht weg einfach. Wo ich wohl landen werde, das weiß auch ich noch nicht genau."

„So plötzlich? So ganz auf einmal ohne ein freundliches Ciao oder Arriverderci?" entgegnete Leonie Neufeld.

Da stockte sie. War das auch politisch korrekt ausgedrückt? Das war doch jetzt hoffentlich nicht rassistisch oder? Dabei verstand sie nämlich auch in einer solch ernsten Situation normalerweise keinen Spaß. Was Greenfort nur aus ihr gemacht hat.

Sie fuhr fort: „Woher kam denn Ihr Sinneswandel so plötzlich?"

Kurz stammelte Pino ein paar leere Silben von seinen Lippen bis er endlich einen Satz formen konnte: „Ich habe halt erkannt, was wirklich im Leben zählt."

Da musste die Kommissarin kurz auflachen: „Ach und das haben Sie vor fünf Tagen noch nicht gewusst oder auf dem Grund einer Schnapsflasche gefunden?"

„Aber Fräulein Neufeld!" versuchte ihr Vorgesetzter sie ein wenig zu bändigen.

Dass das nicht nett war, wusste sie selber, doch entsprach es doch der Wahrheit.

„Aber na dann sagen Sie es ihm doch selber, weshalb wir hier sind!"

Unwohl wurde Klaus Freimuth dabei, doch war das nun einmal sein Job als Oberkommissar, den er heute schmerzlicher Weise nachgehen musste. Er überlegte gerade, wie er es formulieren wollte und musterte Pino verlegen, als der kleine Rucksack hinten über Pinos Koffer fiel. Beide Kommissare erkannten diesen sofort aus den Erzählungen Leonie Neufelds wieder, doch blieben erst einmal tatenlos.

Klaus Freimuth hatte das Wort: „Alfredo, wir fragen uns ja gerade bloß, woher du das Geld und die Möglichkeiten so auf einmal hast. Ich dachte du seist so gut wie pleite?" Als keine Antwort zu erwarten war, starrte Freimuth extra offensichtlich auf jene Tasche und fragte weiter: „Hat das vielleicht mit dieser Tasche zu tun, die du da vor uns zu verstecken versuchst, Alfredo?"

„Welche Tasche?" schoss es verwirrt aus Pino raus.

Er wusste genau welche Tasche gemeint war und jeder hier im Raum wusste es, dass er es wusste. Doch fragte Pino sich, wie der Blick der Kommissare überhaupt auf diese Tasche und überhaupt auf ihn hatte fallen können.

„Ach diese Tasche! Nein Quatsch, wieso denn auch?"

Leonie Neufeld quälte ihn weiter: „Also ist da nicht etwa so etwas wie Geld oder ein Onewayticket in die Freiheit drin?"

Da wurde Pino zornig und laut: „Also per favore, wie kommen Sie denn darauf? Hören Sie mal!"

Da überflog das Gesicht der Kommissarin ein leises Lächeln, da sie sich sehr wohl an ihre Ausbildung erinnert gefühlt hatte: „Wenn aus Verlegenheit Wut wird, dann hat man die Gesuchte, oder den Gesuchten, gefunden. Kennen Sie den Spruch? So sagten Sie dereinst in einer meiner vielen Lehrbücher über Verhörstrategie aus."

Beinahe scheu schritt Pino einen Schritt zurück und stolperte dabei über seine Koffer, sodass er sich nur mit Mühe auf den Beinen halten konnte. Sein beiger Hut war auf den Boden gefallen, den er mit aller Langsamkeit der Welt aufhob, in der Hoffnung, dass es ihm etwas Zeit verschaffen könne. Doch aus dieser unangenehmen Situation rettete ihn auch das leider nicht, wie die neugierigen Blicke der beiden Polizisten bezeugten.

„Mmh, ja doch ich erinnere mich wohl dunkel. Aber wieso denn jetzt den Gesuchten überhaupt?" fragte er lachend zur Neufeld zurück, wobei bloß seine gelben Zähne lachten. Die Augen lachten nicht, sondern sie schrien vor panischer Angst. Das Lachen leuchtete nämlich heimlich aus den Augen Leonie Neufelds, auch wenn ihr Mund es eigentlich für sich behalten wollte: „Jaja, und dann streitet er mit einem falschen Lachen alles ab. So geht die Geschichte meistens weiter, wie Sie bloß eine Seite weiter erklärt haben."

Pinos Gefühlswogen spülten wieder zum Zornigen an: „Also ich muss doch Bitten!" Er drehte sich zu seinem alten Freund Freimuth um, von dem er letzten Beistand noch zu erhaschen vermochte. „Was erlaubt die sich? Hast du das etwa alles zu verantworten, Klaus?!"

Wieder musste Freimuth tief und mit schmerzverzerrtem Blick ausatmen. Jetzt musste er sich entscheiden. Zwischen dem Gesetz, also seinem Beruf, und einem alten Freund. Er blickte nach unten und der ganze Raum, gefühlt war es sogar die ganze Stadt, starrte ihn an in der ungewissen Erwartung, welches der Menschen vielen Gesichter er zum Vorschien bringen würde. Schließlich hob er den Kopf und sein Blick war todesernst: „Alfredo. So leid es mir tut, doch steht alles was in meinem Revier geschieht unter meiner Verantwortung. Und Pino, meine geschätzte Kollegin hinter dir hat dich gestern Abend in der Tanzenden Susi zusammen mit dem Herrn Sven Matuschke beschattet. Auch wenn dies, halte es einem alten Freund zu Gute, ohne meine Kenntnisnahme geschah."

„Und dabei", klang sich Leonie Neufeld direkt ein, „habe ich sehr verdächtige Gespräche mitgehört. Verzeihen Sie mir, aber das ist nun mal mein Job bei solchen Worten hellhörig zu werden."

Ob sie es selber glauben konnte oder nicht, doch verspürte sie in diesem Moment Mitleid mit den Augen Pinos, welche sich immer mehr durch Scharm und Wut in tausend Stücke zerreißen ließen.

Und so klang auch seine Antwort. Wilde Silben stammelte er aus einem purpurroten Kopf daher, der gänzlich von Schweißperlen überzogen wurde.

„Also Alfredo" tönte wieder die freundliche Stimme Klaus Freimuths. „Ist das die Tasche, die Sven Matuschke dir in der Bar gab?"

„Und wenn ja", fügte die Kommissarin hinzu, als wolle sie immernoch mal ein auf das Vorhergesagte draufsetzen wollen, „dann müssen wir Sie bitten uns diese zu zeigen!"

Pino war am Ende. Wer hätte denken können, dass ein Mann, der beinahe sein Leben lang extremen Stresssituationen ausgesetzt war und tag täglich mit dem Verbrechen und dessen Aufklärung gearbeitet hat, solch Schwäche und Nervosität an den Tag legen konnte, wenn es für ihn drauf ankam. Wie könne er sich jetzt noch rausreden?

Doch bevor er sich das überlegen konnte, erklang auch schon wieder die emotionslose Stimme Leonie Neufelds wie aus kaltem Eisen gegossen: „Sonst wären wir natürlich genötigt Sie an Handfesseln zu legen und Sie bitten uns mit ins Revier zu folgen. Das ist Ihnen doch sicherlich nicht lieber?"

„Was sollen denn auch die Leute denken?" fügte Freimuth mit einem gesenkten Kopfschütteln hinzu.

Genauso sank auch Pinos Blick gen Boden. Er musste eingestehen, dass nun die Zeit wohl gekommen war.

„Also gut" sprach er aus schwacher Stimme die beiden Kommissare anblickend. „Blickt rein. Doch alles was ich habe getan, das tat ich nicht aus grausamen Phantasien, sondern ist aus dem winzigen Hoffnungsschimmer gekeimt, den ich für mein persönliches Happy End noch sehen konnte."

Er verschloss die Augen und übergab Freimuth die olivgrüne Tasche Sven Matuschkes. Sofort schritt eilend auch Leonie Neufeld zu ihm, damit sie gemeinsam den ersten Lichtstrahl aus der dunklen Tasche begutachten konnten. Die Überraschung bei den Kommissaren war nicht sonderlich groß, dennoch wagten sie ihren Augen kaum zu trauen. Dieser kleine Rucksack war randvoll gefüllt mit bunt schimmerndem Bargeld. 50er, 100er und 200er lagen wild durcheinander gestapelt als hätten sie schon darauf gewartet, endlich entdeckt zu werden und den stinkenden Händen des Westkamps entrissen zu werden. Stumm blickten die beiden Polizisten das Fundgut an. Groß waren ihre Augen und groß war auch der Scharm und die Furcht Pinos vor dem Namen des Gesetzes, welches nun in Person seiner alten Kollegen vor ihm stand.

„Wo hast du das ganze Geld her? Alfredo, oh bitte sprich!" tönte es aus Klaus Freimuth, der wohl am wenigstens von allen drein am Morgen einen solch dramatischen Tag erwartet hätte. Doch Pino schwieg.

„Nun, da Sie schweigen" wandte sich Leonie Neufeld erhaben wieder Pino in die Augen starrend zu, „dann muss ich es wohl sagen. Wir wissen es doch eh längst schon. Sie haben das Geld samt der Tasche vom Sven Matuschke, das ist klar. Doch wissen wir auch wieso! Sie und der Herr Bürgermeisterkandidat Matuschke haben großen Mist gebaut, mag das sein Herr Pino?"

Pino konnte nur verlegen zustimmen, doch hakte verwirrten Blickes noch nach, woher sie dies denn alles wissen konnte.

Da fing Leonie Neufeld an zu reden, so wie sie vorhin noch rhetorisch überlegen ihren Chef hat überzeugen können. Hoch wurden ihre Stimme und ihre Nase, als sie durch den engen Flur schritt und klein wurden Pinos Haupt und Augen unter ihr:

„Nun ja, es haben sich ja alle Mühe gegeben. Doch wissen wir mittlerweile zu 100 Prozent, dass die letzte Leiche, oder nenne ich sie lieber Romina, keinesfalls zu jener Sekte gehörte."

Pino wurde immer blasser.

„Allein schon die Indizien vor Ort an der Leiche sprachen schon eine eindeutige Sprache, doch nun haben es auch die Mediziner bestätigt: Ein Einzelmörder hat die arme Frau erst betäubt, dann in den Schlosspark geschleppt und schließlich dort erst erhängt, damit es so aussehe, als sei sie der Sekte angehörig. Leider, wohlbemerkt Ihr Schicksal betrachtend leider, hatte auch ein Zeuge beobachten können, wie ein Mann Ihres Formats sich nachts durch jenen Park schleppte."

Von Mitleid ihrerseits konnte nun nicht mehr die Rede sein.

„Schließlich habe ich dann Ihrem Gespräch mit dem Matuschke gelauscht, in dem Sie als eine Art Belohnung jenes viele Geld bekommen haben und ihr eindeutig etwas verheimlichen musstet. Ich denke da zum Beispiel an Wahlbetrug und Mord?"

Kalt ließ sie diese Worte in die Stille des Raumes schicken, sodass keiner wagte zu antworten, weshalb sie triumphierend fortfuhr: „Sie haben die Gunst der Stunde genutzt, in der die Morde der Sekte Ihnen einen Freifahrtschein gaben, den sie so gerne auch wörtlich in eine neue Freiheit genommen hätten. Matuschke und Sie, sie hatten höchst illegale, wenn nicht sogar teuflische Pläne, doch stand euch nur dabei, jene Leiche im Morgengrauen im Weg. Die Romina aus dem Hinterhof der Tanzenden Susi. Daraufhin haben Sie sie umgebracht und die Belohnung kassiert, nicht wahr, Pino?"

Absolute Stille füllte Pinos kleine Wohnung. So wie vorhin noch alle Augen der Stadt auf Klaus Freimuth gefesselt zu sein schienen, blickten sie jetzt alle auf Alfredo Pino. Voller Erwarten, Angst und Besorgnis auf seine Antwort. Doch die meiste Furcht und Schauder auf seine Antwort, hatte wohl Pino selber, der sich zunächst panisch nach links und rechts umblickte, hektisch seinen Schweiß von der Stirn wischte und schließlich stumpf in das harte Gesicht Leonie Neufelds blickte. Seine dicken Augenbrauen waren bis zum Tropfen voll von Schweiß und seine dunklen Haare hingen des gleichen voll gen Stirn.

„Ja, es stimmt" sagte er schließlich stumm und ließ seinen Kopf nachunten schweifen. Es war als würde die Stadt aufatmen, da nun die Wahrheit ans Licht kommt, doch zugleich auch im eigenen Scharm zusammenbersten.

Voller Entsetzen schmiss sich Pinos alter Freund und Kollege Klaus Freimuth seine Hände vor die Stirn.

„Doch Alfredo, warum?" kam es nur aus ihm heraus, als er sich Halt an der dreckigen Betonwand suchen musste.

Pinos faltiger Mund schwieg, bis er die neugierigen Blicke der beiden nicht mehr aushalten konnte und begann gänzlich auszupacken:

„Wisst ihr, schon lange, schon viel zu lange hat mich dieser Sven Matuschke fest in der Hand, wegen allen möglichen Sachen. Wettschulden, kleine Verbrechen bei denen er mich gedeckt hat und Mietrückständen. Ja, ihm gehören mittlerweile schon große Teile des Westkamps. Schließlich stand die Bürgermeisterwahl an und obwohl der olle Matuschke eh schon die halbe Stadt unter seiner Kontrolle hatte, sowohl im Westkamp als auch in Greenfort selber wohlbemerkt, beschloss er noch weiter zu Betrügen. Viele Wahlbeauftragte waren bestochen und denen, die es nicht waren, haben er und seine Leute manipulierte Wählerstimmen untergejubelt. Es sah alles so aus, als ginge sein schauriger Plan tadellos auf. Wer will schon einen solchen Segaiolo als Bürgermeister! Doch dann konnte er im falschen Moment, vor der falschen Person seine dumme Schnauze nicht halten und hat sich verplappert. Ähnlich wie Sie, Fräulein Leonie Neufeld, hat seine Stammnutte Romina ihn abgehört und durch fiese Tricks und Sauereien die ganze Wahrheit aus ihm herausbekommen. Alles Bitten und alles Geld waren ihr nicht genug, da sie fest entschlossen war, der ganzen Sache Öffentlichkeit zu verleihen. Sie, die Romina, war eine wahrlich kluge und mutige Frau, die gewiss ein anderes Ende verdient hätte. Sven Matuschke bat mich schließlich dieses Problem zu beseitigen. Ich war aus seinen Augen der geeignete Mann dafür mit all meinen Schulden bei ihm, gepaart natürlich mit den zahlreichen Insiderinformationen aus unseren laufenden Ermittlungen gegen die Sekte rund um George. Zunächst war ich natürlich zu tiefst abgeneigt, doch schließlich drohte er mir bis zu dem Tod. Außerdem wolle er mir, und dabei wurde ich schwach, verzeih es mir oh Herr, alle meine Schulden streichen und mir so viel Geld übermitteln, wie ich brauche um ganz gleich wo auf dieser Welt neu anfangen zu können. Damit traf er mir mitten ins Herz, denn das war das Einzige, was ich die letzten Jahre nur noch wollte, als ich immer tiefer von Nacht zu Nacht in Alkohol, Drogen und Schulden versickerte. Alle Sünden hinter mir lassen und weit fort von all den schlechten Erinnerungen neu beginnen. Deshalb ließ ich die Inhaftierung der gesamten Sekte vertagen, eilte in die Tanzende Susi, in der ich schließlich in Rominas Zimmer ging und sie betäubte. Der Rest müsste wohl offenkundig sein."

Bei den letzten Worten schossen Tränen in seine Augen, die Tropfen für Tropfen über seine Wangen gen Boden flossen. Feuerrot quollen seine Augen ihm aus dem grünen Gesicht. Seine zitternden Knie verloren ihren Halt und er landete in den Armen seines alten Freundes Klaus Freimuth, der ihn zunächst stützend und schließlich herzend in den Arm nahm.

„Versteht ihr das denn nicht?" weinte der alte Mann in Freimuths Schulter.

„Ein Haus am Strand, spielende Kinder um mich herum. Eine lauwarme Sonne, die mich solange mit ihren Düften kitzelt bis ich endlich still und friedlich einschlafe? Noch nie war mir solch ein Paradies vergönnt! Nicht seitdem meine liebe Frau zu Gottes Linken in den Himmel erhoben wurde!"

Sein Weinen wurde lauter und lauter. Nur ein Unmensch konnte kein Mitleid mit dem Mörder jener jungen Frau haben, so sehr er die Fassung und Kontrolle über seinen gesamten Körper verlor. Sowohl Freimuth als auch die Neufeld mussten ihn stützen, damit er nicht knochenbrechend zu Boden stieß.

Das waren also diese menschlichen Abgründe, vor den sie immer vorbereitet wurden, dachte sich Leonie Neufeld, während sie die Handschellen aus ihrem Gürtel hervorholte.

Freimuth, der sich solange zu Pino setzte, sprach ihn noch einmal an: „Doch glaubst du wirklich, dass du jemals mit dieser Schuld auf deinem Herzen wieder glücklich geworden wärest?"

Da schwieg Pino bloß und sackte immer weiter in sich zusammen.

Leonie Neufeld unterdessen holte ihr Diensttelefon aus ihrer Tasche, nachdem es unaufhörlich vibriert hatte und las die damit verbundene Nachricht vor: „Das Wahlergebnis ist da! Dann ist der Sven Matuschke wohl tatsächlich damit durchgekommen. Unser neuer Bürgermeister, dass ich nicht lache!"

Fast zeitgleich mit dieser Meldung wurden sie alle hellhörig, da ein unvorhergesehenes Geräusch ihre Ohren erreichte. Es war ein Rascheln, vielleicht auch eher eine menschliche Stimme, die vom Fenster her in den Raum drang.

„Wer kann das sein, Pino?" fragte Klaus Freimuth während wieder gänzliche und auch schreckliche Stille über die drei Köpfe heranwuchs.

„Ich weiß es nicht, doch ich wage es zu befürchten" flüsterte Pino sich aufraffend seine Antwort.

„So hoffe ich, dass das nicht Matuschkes Männer sind, die mich beschattet haben. Erfahren sie, dass ich alles ausgeplaudert habe, so steht es um uns alle drei schlecht."

Nun begannen auch die beiden Polizisten zu schwitzen und sich mit großen Augen anzuschauen. Schließlich zog Leonie Neufeld ihre Waffe aus ihrem Gürtel und schritt langsam, aber mit festen und selbstbewussten Schritten in Richtung des Fensters. Ihr Ohr lauschte dicht an die Jalousie, doch konnte kein Geräusch mehr vernehmen. Da kam auch Klaus Freimuth mit gezogener Waffe ans Fenster, sie zählten leise bis drei und rissen dann das Fenster mit Wucht auf und zielten mit ihren Pistolen auf die linke und rechte Seite des Bürgersteigs. Doch niemand war zu sehen, außer eine paar Rentner und junge

Erwachsene in weiter Ferne, die zu tiefst erschraken. Doch taten das jetzt auch die beiden Kommissare und Alfredo Pino, der noch immer ängstlich auf seinem Bett hockte.

Mit einem unbändigen Lärm wurde die Tür eingetreten, krachte auf und zwei gänzlich in schwarz vermummte Männer rannten in die kleine Wohnung.

„Lassen Sie sofort die Waffen fallen!" schrie einer der beiden lautstark den Kommissaren entgegen, die direkt ihre Waffen auf die eingestürmten Männer an der Tür gerichtet hatten. Doch daran dachten die Polizisten nicht einmal. Sie standen zu zweit gegen zwei. Und Pino? Der drückte seinen Rücken ganz dicht an die schmutzige Wand und blickte hektisch von der einen Seite zu der anderen. Schließlich erblickte ihn auch einer der beiden vermummten Männer und lachte in seine Richtung.

„Pino, Pino, Pino. Du konntest wohl einfach nicht die Klappen halten, wa? Ham´wa uns doch schon gedacht!"

Bei diesen Worten wurde Leonie Neufeld hellhörig. Sie kannte diese Stimme und schon bald darauf erkannte sie auch die Körperform in der schwarzen Silhouette der Vermummung wieder. Der rechte der beiden Männer, der kleine, dicke, musste Rudi Altstädter sein. Ihr Rendezvous des letzten Abends, dessen erneuten Begegnung sie heute Morgen unbedingt noch vermeiden wollte.

„Wer schickt euch?" fragte sie mit lauter Stimme, die Aufmerksamkeit der beiden Vermummten wieder erhaschend. Doch eigentlich wusste sie die Antwort genau. Sie lag ja förmlich auf der Hand. Doch war sie dennoch, als sie die Stimme Rudi Altstädters wiedererkannte, überrascht, wie tief das Netzwerk Sven Matuschkes tatsächlich bereits in das Herz Greenforts eingedrungen ist. Möge auch nur ein kleiner Teil der Wahlhelfer, wie der Altstädter einer war, in den Fängen Matuschkes stehen, so war sein Wahlsieg tatsächlich bloß noch

Formsache und ihm nicht mehr zu nehmen. Es sei denn natürlich ein Mitwissender packt aus und bringt die gesamte Blase aus Lug, Trug und Erpressung rund um Sven Matuschke zum Platzen. Eben eine wie die tote Romina oder jetzt Alfredo Pino. Die beiden Polizisten begriffen direkt, dass die Leben aller Menschen in diesem Raum, auf Messerschneide zu balancieren versuchten.

„Ist das denn wirklich so wichtig?" zischte der linke Mann heuchlerisch durch seine dunkle Skimaske.

„Außerdem wissen Sie das doch schon längst, dank dem dummen, dummen Züngchen Alfredos, nicht wahr?" Er fuhr fort: „Unser Chef hat ihn verhören lassen, seitdem er heute Mittag sein ach so unnützes Kreuzchen auf dem Zettelchen hinterlassen hat. Ein wenig enttäuscht ist er ja schon, der liebe Sven, dass du dein Mund nicht halten kannst. Aber dachtest du wirklich, man würde dich nicht überwachen, Pino?" Ein pfeifendes Lachen aus seinem schmalen Oberkörper beendete seine schmierige Ansprache.

Pino aber blieb verschwiegen. Schon oft hatte er sich in die Rolle des Verbrechers oder des Unterworfenen eingefühlt, doch fühlte es sich schrecklicher an, als er es sich je ausmalen vermochte. So machtlos hatte er sich in seinem Leben noch nie gefühlt, weshalb er schwieg.

Ganz anders allerdings verhielt es sich bei der Neufeld, die nun begann richtig in ihrem Element als starke Frau zwischen den gefährlichen Fronten der verruchten Männerdomäne aufzugehen.

„Dann können Sie ja ihrem lieben Sven ausrichten, dass sein Plan durchkreuzt wurde und sein Amt als Bürgermeister leider nur wenige Minuten alt wird!"

Der lange, dünne, ihr noch unbekannte Mann erwiderte erneut in einem stickigen Lachen: „Oder wohl eher, dass er wohl als erste Amtshandlung zwei neue Polizeibeamte einstellen muss, da seine jetzigen führenden Männer in Revier, verzeihen Sie, Mann und Frau im Revier, auf tragische Weise spurlos verschwunden sind?"

Zeitgleich machten Matuschkes Männer einen bedrohlichen Schritt auf die beiden Kommissare zu. Erneut hatte ein erdrückendes Schweigen die Enge der Wohnung eingenommen. Obwohl die Situation vor Spannung zwischen den vier gezogenen Waffen nur so knisterte, war sie eine, betrachte man diese als objektive Außensteher, seltsame. Tief entschlossen standen sich die beiden Parteien gegenüber und jeder legte seinen Finger auf den todesbringenden Abschuss. Die Frage, die sich unweigerlich aufdrang war, wer als Erstes schießen möge. Doch war genau dies das seltsame an dieser Situation, dass es keiner auch tatsächlich tun vermochte, da jeder Schuss eine mindestens genauso tödliche Antwort unverzögert nach sich ziehen würde. Somit war es nun schlicht eine Frage der Nerven. Alle vier im Bunde, Leonie Neufeld, Klaus Freimuth, Rudi Altstädter und der Unbekannte, wirkten nach außen unwandelbar taff und zutiefst entschlossen, alles für ihre Interessen Nötige zu tun. Koste es, was es wolle. Doch welcher Partei wird der- oder diejenige angehören, der mit seinem Arm an eine vor Tatendrang geladene Pistole hing, der auch im Innern stark genug war, um dieser explosiven Stille standzuhalten? Langsam, Schritt für Schritt, fast kaum erkennbar, kamen die beiden Polizisten ihren Gegenüber näher. Wer war im inneren der Seele tatsächlich selbstsicher genug und wem würde der Druck die Handgelenke zum Zittern bringen, während er oder sie unter Tränen zusammenbrach und dem Leben um Verzeihung bittet? Die meiste Erfahrung in solchen Grenzsituationen hatte der Polizeichef Klaus Freimuth gesammelt, deshalb wusste er, dass in solchen extremen Begebenheiten einem jeden Menschen, ob Polizist oder

Verbrecher, das Leben im inneren Auge an einem vorbeizieht. Da kann man noch so emotionslos und stark gucken, dein Leben samt all deiner Entscheidungen und innersten Gefühlen fliegt unaufhaltsam wie ein kalter Sturm in dein Herz und erst dann weißt du, ob du glücklich mit deinem Leben bist. Bist du mit dir selber im Reinen, diese Beobachtung hatte Klaus Freimuth immer wieder und wieder gemacht, so kannst du diesem Druck standhalten, doch bist du es nicht, wirst du früher oder später weinend deine Waffe senken und dich in die Obhut deines Gegenübers begeben.

Freimuth nahm in dem ruhigsten Ton, den er jetzt noch über seine Lippen bekommen konnte, das Wort an sich, doch auch seine Worte zitterten: „Wenn ihr jetzt aufgibt, wir meinen es beide doch nur gut mit euch, dann könnt ihr irgendwann in eurem Leben noch die Schönheit jenes Lebens auf den Wiesen und Feldern der Freiheit erleben und nicht hinter dunklen Gefängnismauern."

Dem folgte keine Antwort. Er erwartete auch keine in verbaler Form, sondern er konnte ganz langsam in jedes der hier anwesenden Augenpaare eine Antwort sich einschleichen sehen. Tatsächlich war in jeder Seele hier im Raum ein Grund versteckt, der die Arme gen Boden reißen würde um alles aufzugeben, was sie in diese Situation, in diese Wohnung, in diese Stadt gebracht hat. Er selber allerdings beschrieb sich immer als immun gegen solche Psychospielchen. Und auch tatsächlich hatte er sich durch den exzessiven täglichen Alkoholkonsum zu einem fast vollkommen emotionslosen Wesen entwickelt. Diese Emotionslosigkeit führte allerdings auch zu einem Nihilismus, der sein Leben schon seit einer langen Zeit beherrschte. In dieser Gleichgültigkeit war es ihm fast schon egal, ob er bei einer solch brenzligen Situation drauf gehen würde. Doch als ein Glücklicher würde er ganz sicher so nicht gehen, weshalb auch er immer wieder tiefe Trauer über sein Leben verspürte und Schwäche seine Hände in eben solchen Situationen zum Zittern brachte. Seine Gedanken spielten also doch ein Spiel mit ihm, so wie sie es auch mit den anderen taten.

Nun blickte er in die Augen Rudi Altstädters, den er allerdings selber noch nicht als diesen erkannt hatte, obwohl sie doch dereinst solch enge Freunde waren. In seinen Augen konnte er aber genau das ablesen, was er vorhergesagt hatte, denn sie zitterten ohne sich zu bewegen, als sein Leben ihm eiskalt wie der Winterwind durch den Kopf schoss. Seit je her lebt er schon alleine ohne Familie. Als eine Art Ausgleich für diese fehlende Nähe hat er sich immer weiter in den SC gesteigert, doch schon bald erkannte er, dass all diese „Freundschaften" bloß falsches Getue waren. Als er seinen Job in der Lebensmittelfabrik, die im Norden der Stadt hoch thront, verloren hatte, war keiner seiner Freunde, wie er sie früher einst nannte, für ihn da. Sein Amt im Verein frisst ein Schattendasein und er hält sich über Wasser mit dem Arbeitslosengeld und dem Geld vom Matuschke, welches er versäuft und nun durch solch korrupte Geschäfte ausgleichen musste. Wenn er überhaupt das Glück haben solle und ihm die Schulden erlassen würden. Eiskalt musste er sich in diesem Moment, als seine Waffe vor Zittern schon fast seine Hand verließ, eingestehen, dass er ein Versager auf ganzer Linie war.

Wie sah es mit dem anderen Mann in schwarz neben Rudi Altstädter aus? Was dachte er sich, von dem die Polizisten ihm gegenüber nicht einmal den Namen kannten? Einst war er ein glücklicher Familienvater mit einer Frau, die viel zu schön war, als dass er sie je hätte verdienen können und zwei kleinen Kindern. Zwillinge, ein Mädchen und ein Junge. Denkt er heute an diese drei zurück, so weiß er, was Glück bedeutet. Doch eines Nachts als er betrunken war, setzte er sich wider die Warnung seiner Freunde hinters Steuer und fuhr einen Jugendlichen an, der nach Wochen des Komas nicht einmal mit seinem nackten Leben davonkam. Als er schließlich nach teuflisch langer Zeit aus dem Knast wieder draußen war, hatte er bereits all seine Freunde und seinen Job verloren, seine Frau ebenso, und seine Kinder hat er bereits seit ihrem fünften Lebensjahr nicht mehr gesehen. In seinen Gedanken hört er oft die Stimmen der Kleinen, die fragen, wo denn Papa sei. Die Antwort der Mutter darauf wagte er sich nicht einmal vorzustellen. Im Westkamp rund um die Leute Matuschkes wurde er zum ersten Mal wieder von Menschen mit so etwas wie Freundschaft aufgenommen, weshalb er seitdem hinter Matuschke steht und all dies für ihn tut. Doch für das Lachen seiner Kinder würde er all dies ohne auch nur einen Wimpernschlag zu zögern eintauschen. Auch seine Knie wurden von Sekunde zu Sekunde weicher und sein Zeigefinger tanzte hektisch um den schweißdurchsifften Abzug seiner Pistole herum.

Was Freimuth aus seiner Perspektive nicht sehen konnte, waren die Augen Leonie Neufelds, die soeben noch so stark und unaufhaltsam wirkten, doch jetzt auch begannen fiese Spiele mit ihr zu spielen. Für sie war dies ein völlig neues Gefühl in einer für sie vollkommen neuen Situation, die sie so bloß aus Übungen und Lehrbüchern kannte. So selbstbewusst sie gerade noch schien und so sehr sie sich soeben sogar noch gefreut hatte, fiel ihr jetzt rein gar nichts mehr von dem ein, was sie dereinst gelernt hatte. Es trat auch bei ihr genau das ein, was ihr Polizeichef Klaus Freimuth vorhergesagt hatte. Und da sie darauf nun wirklich nicht vorbereitet war, traf es sie umso härter. Als erneut die Stille zwischen den gezogenen Waffen und den nervösen Augen eintrat, ummantelte ihr Herz direkt eine große Traurigkeit. Es war nicht diese Situation per se, die sie traurig stimmte, sondern der Rückblick auf ihr bisheriges Leben war es, der ihr als traurig erschien. Nur konnte sie schlicht nicht begreifen, wieso dem so war. Sie sah ihr Leben vor sich abspielen und sah, dass sie aus jedem Moment ihres Lebens den größten Nutzen gezogen hatte und sie sich in allen für sie wichtigen Belangen zur Besten durchgerungen hatte. Doch während sie dies sonst mit purem Stolz erfüllte, empfand sie nun bloß seelische Leere. Und das verwirrte sie sehr. Dabei ist sie doch nun zu genau dem Menschen geworden, der sie immer sein wollte, den ihre Eltern als Tochter haben wollten und den ihre Freunde sicher achten würden. Freunde…hatte sie denn noch welche? Hatte sie die je gehabt? Als Kind dachte sie ja immer: Erwachsene brauchen keine Freunde. Nun war sie selber erwachsen. Wie an den letzten einsamen Abenden verspürte sie schlicht eine große Leere in sich, die sich immer häufiger in ihr breit machte. All ihre Erfolge im verbitterten Kampf gegen die Gesellschaft, die es ihr als Frau so schwer machte, bedeuteten ihr alles, doch schienen sie diese Leere, die tief in ihr steckte, nicht füllen zu können. Auch nicht die vielen unendlichen Überstunden am Schreibtisch vermochten dies, wohl aber der Döner, den sie aus Verzweiflung sich sündhaft genehmigt hatte. Dieser plötzliche Heißhunger, dieses plötzliche Abenteuer, konnte diese Leere ein klein wenig füllen. Da war sie einmal verrückt und nicht logisch, einmal vergnügt und nicht sittlich. Darf man ein Leben überhaupt anhand der Kategorie des Nutzens bewerten? War denn all dieser berufliche Erfolg etwas wert, wenn sie keinen hatte, mit dem sie ihn teilen konnte? Würde einer der beiden vermummten Männer tatsächlich abdrücken und eine Metallhülse ihren Brustkorb pulverisieren, würde jemand um sie trauern? Würde sie glücklichen Herzens, zufrieden und voller Stolz auf ihr Leben zurückblicken? Vor einer Woche hätte sie sicher noch „Ja" gesagt, doch jetzt wusste sie es nicht mehr. Genauer gesagt, war das eben jetzt der Moment, an dem sie es wusste. Nämlich, dass es nicht so war. Sie musste grundlegend etwas an ihrer Einstellung zu ihrem Leben ändern. Sie war verzweifelt. Wie konnte sie nur je denken ein besserer Mensch zu sein als all die, die mit ihren Freunden verkatert das 8-Uhr Seminar verschliefen? Ein besserer Mensch zu sein, als die, die zwei Jahre länger für ihre Ausbildung brauchten, währenddessen sie die Liebe ihres Lebens gefunden haben. Etwas Besseres zu sein als jenes Mädchen von gegenüber, welches mit Ach und Krach ihren Realschulabschluss geschafft hat und jetzt als geringverdienende Krankenpflegerin arbeitet? Was Besseres zu sein als Pino, dem das Leben, anders als ihr, tatsächlich schwere Steine in den Weg gelegt hat? Wahre Steine, die auch den beiden Männern ihr gegenüber zum täglichen Gegenspieler wurden und zu solch Taten treiben. Langsam, kaum von jemanden außer ihr selber bemerkbar, sank sie ihren Kopf und ihre Augen, in den sich erste Tränen sammelten. Auch ihr Arm wurde schwächer und schwächer und es schien nur noch eine Frage der Zeit, bis ihre Waffe dumpf zu Boden kracht und sie diejenige ist, die unter Tränen zusammenbricht und dem Leben um Verzeihung bittet. Genau das sah sie jetzt schon vor ihrem inneren Auge abspielen. Wie sie danieder sinkt und schluchzend die Waffe zu Boden schmeißt. Was möge dies wohl für Folgen haben? Selbst wenn sie in die Gnade Matuschkes Männer fiel und sie mit dem Leben davonkäme, wäre ihre berufliche Laufbahn gänzlich zerstört und sie stände vor einem Nichts, welches ihr Leben ungenießbar machen würde. Ungenießbar. Das Leben genießen, damit hätte sie mal eher anfangen sollen. Doch konnte sie nicht anders. Der Druck war zu groß. Langsam spürte sie wie ihre Hand, die ihre Waffe gen die beiden

Männer in schwarzer Kleidung streckte, schwächer und schwächer wurde.

Pinos Wohnung war still. So muss sich die endlose Stille jenseits unserer Erde, jenseits unseres Sonnensystems und der Milchstraße anfühlen. Oder die absolute Stille im ewigen Nichts, die die nicht vorhandene Welt regierte, bevor der Urknall alles Seiende schuf. Doch wurde diese Stille durch einen dumpfen Aufprall einer Waffe auf den grauen Teppichboden gebrochen. Erschrocken blickte Leonie Neufeld auf, nachdem ihre sich quälenden Augen schon dem Boden und ihre Niederlage zugewandt hatten. Wer war die unglückliche Seele, der der Druck ins Unerträgliche gestiegen war? Die Gründe dazu hatte jeder und ebenso hatte sich jeder in seinen Gedanken schon längst mit diesem mentalen Breakdown abgefunden. Leonie Neufeld schreckte auf und erkannte, dass es Rudi Altstädter war, der seine Waffe zu Boden geworfen hatte und genauso taten es auch seine Arme und sein Kopf, die regungslos zur Erde hingen. Wie die traurigen Äste einer Trauerweide zeigten seine dicken Gliedmaßen nach unten, während mit einem Schlag alle Augen auf ihn gerichtet waren, nachdem sie durch den dumpfen Knall aus ihren deprimierenden Tagträumen gerissen wurden. Langsam bewegte er nun aber seine rechte Hand hin zu seinem Gesicht, zog an seiner schwarzen Skimaske und sein dickes Gesicht kam knallrot zum Vorschein. Gänzlich verschwitzt klebten seine weißen Haare auf seiner nassen Kopfhaut über seinen Augen, die er sich vor lauter Scharm nicht einmal mehr traute zu öffnen. Kein Wort brachte er über die Lippen, doch musste er dies auch gar nicht, denn allen war bewusst, blickten sie dieses Elend von Mensch an, was in seinem Kopf vorgehe. Unter diesem unmenschlichen Druck einer unmenschlichen Tat war er mental zusammengebrochen. Er wusste ganz genau, dass er es nie im Leben geschafft hätte den todesbringenden Abzug seiner Waffe zu drücken und somit nicht nur das Leben seines Opfers, sondern auch sein eigenes zu beenden, indem er bis zum Tode hinter den grauen Gittern eines düsteren Gefängnisses eingesperrt wäre. Erst jetzt erkannte auch Polizeichef Klaus Freimuth, dass es sich bei jenem maskierten Mann um seinen alten Freund gehandelt hatte.

„Rudolf!" schrie er überrascht und ungläubig ihm mit offenem Mund entgegen, doch erntete keine einzige Antwort. Schrie er überhaupt, oder war er der Art fassungslos, dass nichts weiter als ein feuchter Atem aus seinen offenen Lippen entwich? Er wusste es nicht. Fassungslos war dabei noch fast zu gering gegriffen. Einerseits verstand er die Welt nicht mehr, in der er immer alle Dinge in die Kategorien Gut und Schlecht einteilen konnte. Dass ein Mann wie Rudi Altstädter hinter seiner so sozialverträglichen Fassade, doch in die Schublade des Bösen eingestuft werden musste, konnte er schlicht nicht fassen. Und auch nicht, dass ein Mann aus der feinsten Schicht der frohesten Stadt des Landes eine Vergangenheit haben musste, die ihn von innen auffraß und bewirkte, dass er in das Verbrechen fiel und schließlich auch dazu, dass er unter jenem beschriebenen Druck zusammenbrach. Genau so wenig allerdings konnte er auch die Tatsache begreifen, dass gerade er, Klaus Freimuth, Rudis alter Freund, der doch so sehr davon überzeugt war ein wahrer Menschenkenner zu sein, ihn nicht erkannte, bevor er seinen verschwitzten Kopf preisgab.

Alle hier im Raum waren erleichtert, dass diese brenzlige Situation gänzlich ohne das Fallen eines Schusses beendet wurde, als Rudi Altstädter sich die Hände vor dem weinenden Gesicht hielt und zunächst auf die Knie sank und schließlich umkippte und sich wie ein kleines Kind auf den Boden kauerte. Selbst der den Polizisten unbekannte Mann war tief in seinem Innersten erleichtert, dass dies nun alles ein Ende nehmen würde. Egal wie dieses Ende auch für ihn ausgehen mochte. Sicherlich könne er zornig oder enttäuscht sein auf seinen Kumpanen, der ihn soeben in Stich gelassen hatte. Doch dann erkannte auch er die Sinnlosigkeit des schwarzen Gegenstands in seiner Hand, der schon jetzt viel zu viel Schaden angerichtet hatte. So wie er den Altstädter neben sich wie ein Kind in embryonaler Stellung tränendurchweicht angesehen hatte, dachte er an seine beiden Kinder. Sollten sie ihn je wieder sehen, dann solle das ganz sicher nicht in Form eines Fahndungsfotos in der Zeitung oder in den Nachrichten sein, sondern durch ein herzliches Geburtstagsgeschenk oder schlicht dem Glückwunsch zum bestandenen Abitur. Seine Augen wurden groß als die junge Polizistin auf ihn und ihr alter Kollege Freimuth auf seinen Nebenmann ganz langsam mit gezogener Waffe zuschritten. Sie hielten die Waffen oben nicht groß aus irgendwelchen Flucht- oder panischen Angriffsgedanken, sondern schlicht aus Respekt vor der Situation. Der Mann wusste, oder zumindest nahm er sich dies vor, dass heute Abend ein neues Leben für ihn anfingen könne, wenn er spätestens jetzt zurück auf den Pfad der Reue steigen würde. Deshalb wartete er auch nicht ab, bis die Neufeld bei ihm war, sondern nahm seine Waffe hinunter, drehte sie den Griff voran zur Polizistin hin und übergab ihr diese. In aller Härte nahm diese sie entgegen, packte ihn an den Armen und drückte ihn an die kalte Betonwand, sodass er sich nicht mehr bewegen konnte, als das langsame Auf- und Abschwellen seines Brustkorbs zum Atmen. Ein neuer Tiefpunkt in seinem Leben. Doch was galt es dann erst zu Rudi Altstädter zu sagen? Er, dessen Gejammer mittlerweile so laut war, dass sämtliche Nachbarn heller Ohren in Stille verweilten, musste zunächst von Freimuth überhaupt erst wieder zum Stehen gebracht werden. Ohne Erfolg. Rudi Altstädters Beine waren so kraftlos und zitternd, dass Leonie Neufeld Freimuth helfen musste ihn hochzuwuchten, nachdem sie ihren Festgenommenen mit Handschellen fixiert hatte. So standen die beiden Polizisten nun nach getaner Arbeit hinter ihrer Beute an der Wand und blickten sich erschöpft an. Jetzt hieß es sie nur noch ohne Komplikationen in den Wagen und schließlich in das Revier zu bringen und dann wäre die Geschichte gegessen. Erledigt gänzlich nach Vorschrift, so gefiel es der Neufeld.

Wäre da nicht noch eine Sache, die beiden, der ambitionierten Neufeld und dem erfahrenen Freimuth, gänzlich aus dem Sinn gefallen ist. Klar, bei dieser Grenzerfahrung an der das Leben aller beteiligten auf Messerschneide stand. Doch auf einmal drängte sich jene Sache in Form eines kalten Schweißtropfens auf Freimuths Rücken in sein Bewusstsein, der ihn eisig zusammenzucken ließ. Er blickte auf das Bett und sah bloß die kleine olivgrüne Tasche. Aber wo war Pino? Das Bett, in dem er soeben noch voller Angst und Demut eingekauert saß, war leer. Pino war nicht mehr in seinem Bett. Auch Leonie Neufeld bemerkte den hektischen Blick ihres Vorgesetzten, worauf auch sie sofort seinen Auslöser erkannte. Sie wandte sich stürmisch zum Bett hin und war kurz davor jegliche Fassung und Konzentration auf die beiden soeben festgenommenen Herren zu verlieren, die trotz des Verschwindens Pinos noch stets geboten war. Wie konnte ihnen ein solcher Fehler unterlaufen? Es war eine Katastrophe. Laut schrie Klaus Freimuth Pinos Namen in die leere Wohnung, doch erntete er nichts als eine lautlose Antwort purer Stille. Der Schall des verzweifelten Schreis verlor sich schließlich durch das Fenster, welches noch immer offen auf die Straße zeigte. Pino musste wohl die Gunst der Stunde um die Verwirrung der gezogenen

Waffen von Matuschkes Leuten genutzt haben um noch ein letztes Mal seinen Mut zu fassen, heimlich zum Fenster zu kriechen und sich schließlich aus dem Fenster zu wuchten.

„Was erlauben Sie sich eigentlich!" schrie Klaus Freimuth seine junge Kollegin mit knallrotem Kopf an. Zum einen war sein Kopf derart rot, da er großen Zorn auf die Neufeld schob, die diesen folgenschweren Fehler begangen hatte Pino aus den Sinn zu verlieren und zum anderen war es auch die tiefe Peinlichkeit, die er verspürte, da schließlich auch er Schuld trug. Das wusste er ganz genau, doch daran zu denken dies auch zuzugeben, tat er auf keinen Fall, drum fuhr er spuckenden Mundes sein Geschrei gen Leonie Neufeld fort: „Wie können Sie nur nicht aufpassen?"

Er rannte zum Fenster und blickte wieder in beide Richtungen hinaus. Selbst nach oben und nach unten wanderten seine Blicke mit der Intention, dass sich Pino möglicherweise dort unten kniend verstecken könne. Doch weit und breit war weder Pino, noch sonst irgendwer zu sehen. Er kehrte wieder zu seiner Kollegin zurück. „Wegen Ihnen ist ein Mörder wieder auf freien Fuß und rennt durch die Stadt, wenn er sich denn überhaupt noch in dieser befindet. Das wird ein Nachspiel haben, Fräulein Neufeld, das sage ich Ihnen aber!"

Sie konnte es schlicht nicht begreifen. Diese furchtbare Situation, in der der Tod ihr in Form der dumpf schwarzen Waffen von den beiden Vermummten gegenüberstand, hatte all ihre Aufmerksamkeit, Emotionen und Sinne gefesselt und vernebelt. Bei all der Gefahr und den deprimierenden und verseuchten Gedanken, hatte sie nicht mal in nur einer einzelnen Gehirnzelle Alfredo Pino sitzen. Sie war derart von ihrem Fehler schockiert, sodass sie sich nicht einmal darüber aufregte, wieder als Fräulein Neufeld von ihrem Boss in seiner widerlich männlich dominanten Art betitelt zu werden. Dieser schreckliche Moment schien ihr wie ewige Stunden vorzukommen. Doch wie lange standen sich die vier vorhin tatsächlich gegenüber? Das wusste sie nicht. War es lange genug, dass Pino sich sein Herz hätte fassen können, zum Fenster zu schleichen und schließlich aus diesem hinauszuspringen? Konnte es wirklich so gewesen sein, fragte sie sich. Wahrscheinlich war es auf jeden Fall. Die Kommissarin machte sich große Vorwürfe. Welche Folgen ihr Chef ihr wohl androhte mit seinen soeben gesagten, nein geschrienen, Worten? Doch ehe die Lage noch schlimmer werden konnte, wandte sie sich den beiden noch verbliebenen in Handschellen zu, damit nicht auch diese noch verschwunden.

„Also gut" wandte sich Freimuth nun auch wieder Matuschkes Männern zu.

„Dann bringen wir die beiden Pappnasen erstmal zum Revier und danach kümmern wir uns um Pino. Geben Sie schon in der Zentrale Bescheid und veranlassen eine Fahndung. Wenn wir dann da sind, können Sie direkt mithelfen bei diesem grotesken Versteckspiel und Ihren Fehler wieder gut machen!" Leonie Neufeld akzeptierte unterwürfig mit einem stummen Nicken.

Anders als Pino, konnten Rudi Altstädter und sein dürrer Kumpane die Ablenkung und Verunsicherung der Polizisten nicht nutzen um zu fliehen oder wohlmöglich wieder zu den Waffen zu greifen. Noch immer standen sie völlig desillusioniert mit Blicken leerer als das Nichts an der Wand und dachten darüber nach, dass es nichts war, worüber sie hätten nachdenken können. So leer schwamm ihre Welt hinter ihren Augen dahin. Daher war es auch für die beiden Polizisten kein schweres Spiel die beiden wieder zu packen, jeder einen, und durch die Wohnung, durch das stinkende Treppenhaus hin zu Freimuths Wagen zu führen. Doch auch hier war nirgends eine Spur von Pino zu finden. Aber wie das Treppenhaus stank. Eine Mischung aus Schweiß, verfaulten Eiern und Schimmel drang in die Nasen der Vorbeischreitenden. Ein Geruch so wie ihre Gefühlslagen. Traurig, enttäuscht, voller Wut und Hass. Dementsprechend still war dann auch die Fahrt zum Revier, in der keiner das Wort nehmen wollte. Die Polizisten aus Wut, Peinlichkeit und Sorge, dass ihnen ein Mörder davongekommen ist und die beiden Männer Matuschkes aus jeglichen Gründen, die man sich nur erdenken könne. Wäre es wohl doch besser gewesen, wenn sie nicht nachgegeben hätten? Die beiden Polizisten und Pino schlicht aus dem Weg geräumt hätten und dann schließlich abzuhauen in ein fernes Land und auf diese Weise allen Konsequenzen aus dem Weg zu gehen? Dieser Gedanke wuchs in dem Kopf jenes Fremden und schien sich immer wahrer und wahrer anzufühlen. Auf jeden Fall fühlte er sich besser an als die stramme Handfessel am Handgelenk und der finstre Blick der Kommissarin, den sie ihm bei jeder kleinsten Bewegung entgegenwarf. Doch hätte eine solche Entscheidung für ihn bedeutet, dass er die Hoffnung hätte aufgeben müssen, noch ein letztes Mal das Lachen seiner Kinder sehen zu können. Doch diese Vorstellung hätte er nicht gegen jede Freiheit auf dieser Welt eintauschen wollen. Deshalb musste er hier im Schweigen sitzenbleiben und mit sich alles machen lassen, was die Polizei für nötig hielt.

Doch ausschließlich Schweigen konnte er dann doch nicht, da die Neufeld begann ihn und Rudi Altstädter auszufragen, ob sie denn wüssten, wo Pino hin geflohen sein könnte. Eine große Hilfe waren sie den Kommissaren dabei allerdings nicht. Nicht, dass sie ihnen nicht helfen wollten, sondern wussten sie es auch einfach nicht besser.

Nach ein paar gestotterten und schwerverständlichen Worten Rudi Altstädters nahm der vor wenigen Augenblicken der

Polizei noch unbekannte Mann das Wort an sich: „Hören Sie, wir würden Ihnen jetzt tatsächlich gerne weiterhelfen, doch wissen wir wirklich nicht, wo Pino steckt. Warum hätte er es uns denn auch sagen sollen, wenn er doch damit rechnen konnte, dass wir ihn ausfindig machen würden, nachdem er Matuschke verraten hat."

„Wie war denn das Verhältnis zwischen Ihnen und Pino bevor die ganze Geschichte rund um den Wahlkampf und den Morden im Schlosspark anfing?" fragte Leonie Neufeld, langsam wieder in ihr Element findend.

„Hat er jemals davon geredet, was er in seinem Leben noch sehen will, wo es ihn einmal hinziehen würde? Jeder Hinweis könnte uns helfen und obendrein, sich wohlmöglich sogar strafmindernd für Sie auswirken."

Rudi Altstädter antwortete als er sich endlich wieder etwas gefangen hatte und seine maßlose Nervosität und Panik langsam begann zu sinken: „Da muss ich Se enttäuschen, denn so nah standen wa uns eigentlich net, der Pino und ich. Wenn ich ihn mal zu seh´n bekam, war er kaum ansprechbar und tief inne Gedanken versunken. Meist saß er entweder alleine oder mit´m Matuschke zusamm´ und faselte wirres Zeug. Er wirkte stets derart vom Alkohol und den Drogen übermannt, dass ich mich ekelte oder gar fürchtete mit ihm in ´nen Gespräch verwickelt zu werden, weshalb ich stets Abstand hielt. War ja eigentlich offenkundig, dass er früher oder später jemanden umlegen würd´."

Was für ein erbärmlicher Mensch dieser Rudi Altstädter doch war, dachte Leonie Neufeld, obwohl sie sich soeben noch geschworen hatte, keinen Menschen mehr als was Schlechteres als sie selber zu verurteilen. Doch diese Doppelmoral und Inkonsequenz Rudi Altstädters Aussagen und Gedanken brachte sie direkt wieder dazu an ihren Schwur zu zweifeln. Sie wusste aus erster Hand, aus eigener Erfahrung, dass der

Altstädter ein ebenso Alkoholkranker war, vor dem es sich zu ekeln, wenn nicht sogar zu fürchten galt. Erinnerte er sich überhaupt noch an ihre peinliche Konversation aus der Tanzenden Susi zwischen den beiden und seinen erbärmlichen Versuch die junge Kommissarin für die Nacht für sich gewinnen zu können? In Wirklichkeit erinnerte er sich noch sehr schmerzlich daran, auch wenn Leonie Neufeld dies aus Ekel und Geringschätzung seiner Person gegenüber verkannte. Doch dachte er in jeder seiner Silben, an jedem Blickkontakt daran und versank dabei fast voller Scharm. Am liebsten solle diese Peinlichkeit totgeschwiegen werden, damit sie gänzlich in die Vergessenheit und damit in die Nichtexistenz geriet. Von der Zunge, aus dem Sinn. Natürlich empfand er große Scharm oder gar Reue, denn menschliche Emotionen kennen keine Grenzen aus sozialen Schichten, Intelligenz oder Alter. Emotionen empfindet jeder, nur geht jeder anders mit ihnen um.

Rudi Altstädter erzählte weiter: „Meist faselte er von den guten alten Zeiten in seiner Heimat in Italien oder wat. Ich weiß wat die guten alten Zeiten waren. Mich hat dat Schicksal schwer getroffen und ich versank in Selbstmitleid. Doch nun hab ich mich bewusst für einen Neuanfang entschieden, anders als der Pino, bevor et zu spät war. Soll er net jammern, der Pino, mit seinen närrischen Problemchen."

Wie man die Realität doch nur umreden kann. Er wollte es so darstellen lassen, als sei es seine bewusste Entscheidung zum Guten gewesen, die ihm dazu gebracht hat, die Waffe fallen zu lassen. Doch sähe man in sein Herz, so wüsste man, dass dies eine große Lüge für verzweifelte Heroizität war. Er schien tatsächlich keine Ahnung von Pinos bemitleidenswerten Lebensweg zu haben, sonst könnte er ihm nicht solche verharmlosenden Forderungen an den Kopf werfen, weshalb die Kommissare vorerst Rudi Altstädter keine weiteren Fragen mehr stellten. Doch wusste Leonie Neufeld mittlerweile, dass es sich vor dem Stolz und der Doppelmoral der Greenforter Gesellschaft stets zu hüten galt. Ebenso war auch Pino, wie sie durch das ein oder andere tiefgründige Gespräch mit ihm feststellen musste, längst nicht so banal und plump gestrickt, wie es der Altstädter verlauten ließ.

Ach, wie gerne wir Menschen doch die Bücher nach dem Einband bewerten und den ersten Eindruck zum entscheidenden Eindruck heranwachsen lassen, sodass die Schublade bereits durch eine einzige Seite gefüllt ist und geschlossen wird. Und da ist ebenso die Neufeld, die letzteren Gedanken selber gedacht hatte, keine Ausnahme, nein gar eine Meisterin, bloß erkannte sie es genauso wenig, wie die Leute, über die sie sich stets aufregte. Das ist nicht die modern-linke Lehre, die sie eigentlich so sehr verkörperte. Doch Fehler machte sie schließlich nie. Die macht ein Mensch selber eh nie. Doch die Schuld für eine schlimme Tat, zum Beispiel das Drohen zweier Polizisten, oder gar einen Mord zu begehen, schlicht in der Gesellschaft zu suchen, war zu einfach. Weder als Ausrede vor eigenen Schuldgefühlen, noch als Versimpelung kommissarischer Arbeiten. So dachte tatsächlich auch Klaus Freimuth, der den Wagen neben dem Polizeirevier in Greenforts Altstadt parkte und seine Tür aufriss. Er hatte genug von den vor Selbstmitleid nur so triefenden Worten der beiden Beschlagnahmten, die bloß immer wieder ihre Unkenntnis bezogen auf Pinos Aufenthaltsort beteuerten. Zusammen mit seiner Kollegin wuchtete er die beiden aus dem Wagen und in das Revier, in dem sie die beiden abermals verhörten. Jeder für sich, getrennt voneinander. Freimuth den Altstädter und die Neufeld den dürren unbekannten Mann. Doch vorerst informierte die Kommissarin noch die Bundespolizei und stattete sie mit allen Informationen, Verdächtigungen und Aussagen der beiden

Zeugen gegenüber des Wahlbetruges aus. Sofort begann deren Recherche und das Entsenden von Truppen um Sven Matuschke aufzuspüren.

Ihre eigenen Straftaten, unter anderen der ungenehmigte Waffenbesitz, das unerlaubte Eindringen in eine fremde Behausung und das Drohen gegenüber den Polizisten, gestanden die beiden sofort ohne längere Diskussion. Doch einen möglichen Aufenthaltsort Pinos konnten sie beide nicht preisgeben. Bloß die altbekannten Spekulationen um seine Heimat Italien, oder ein stilles Häusschen an einer weit entfernten Küste wurden abermals aufgegriffen. Schon seit mittlerweile eineinhalb Stunden waren zahlreiche Streifen auf der Suche nach Pino unterwegs, doch niemand konnte ihn sichten, oder eine Spur von ihm auftreiben. Pino blieb ein großes Rätsel für jedermann.

Doch waren Pino und die beiden inzwischen in separaten Zellen Inhaftierten nicht der einzige Kriminalfall, den es zu lösen, beziehungsweise zu bestrafen galt. Der Wahlbetrüger und vorerst neue Bürgermeister Sven Matuschke hatte soeben sein neues Heim, seine neue Villa am Rand des Schlossparks in Greenfort mit einem herzvollen Grinsen betreten. Nichts ahnend, dass sein Betrug und seine kriminellen Machenschaften schon längst aufgeflogen waren. Nicht nur durch den Verrat seiner beiden einstigen Gläubigern in der Wohnung Pinos, sondern auch durch das wiederholte Auszählen und Untersuchen der Wahlstimmen durch eine Behörde, die weit über dem Whiskeytrinkenden Polizeichef Greenforts stand. Sein Aus war besiegelt. Jener Polizeichef Freimuth genoss diesen Triumph, den er gegenüber Matuschke einfahren würde vollends. Als er kurz nachdem er seinen Verhörraum und den Altstädter alleingelassen hatte, klingelte sein Telefon. In diesem bekam er jene positive

Nachricht der Bundespolizei zu hören: Matuschkes Wahlbetrug war offiziell aufgeflogen! Sofort goss er sich ein Glas Whiskey ein und prostete selber voll erhabenen Stolzes auf sich an und es schmeckte fantastisch. Er hatte den größten Wahlbetrug in der Bundesrepublik Deutschland seit der Wiedervereinigung, seit dem Kriege, seit weiß Gott wann, aufgedeckt. Zufrieden atmete er tief ein und blickte sich in seinem Büro um, ehe er tief entschlossen aufstand. Jetzt musste gehandelt werden. Jetzt war sein großer Moment endlich seine eigene Legende in der hiesigen Polizeigeschichte zu schreiben. Er eilte vor die Tür des Reviers, begrüßte die ankommende Leiterin der angeordneten Sondereinheit, die Matuschkes Villa stürmen sollte und lotste sie zu ihm. Doch ehe letzteres geschah lief es Freimuth nochmals kalt den Rücken runter. Er kannte die Gruppenleiterin Belter nur zu gut. Sie standen schon dereinst gemeinsam in der Ausbildung, in der die Kollegin Belter als unumstrittene Jahrgangsbeste triumphierte, während Freimuth selber, auch wenn er es nie zu gab, eher in dem unteren Mittelfeld in Bedeutungslosigkeit versank. Die beiden verstanden sich damals nicht sonderlich gut. Vielmehr waren es immer eher kleinere und gewiefte Nickligkeiten der Jahrgangsbesten, die Freimuth immer wieder den Nerv nahmen. Sie hat daraufhin durch ihre entschlossene, aber dennoch witzvoll cleveren Weise bedeutende Karriere gemacht und gilt als Vorreiterin der Frauenpower in der Kriminalpolizei. Doch noch war es unklar, ob Frau Belter ihn überhaupt als diesen erkennen würde. Er hoffte, es wäre nicht so. Doch dies alles war für Freimuth Vergangenheit. Er war es jetzt, der zusammen mit jener strengen Leiterin des Kommandos das führende Fahrzeug lenkte, hinter dem die versammelte Mannschaft des Sonderkommandos der Großstadt im Norden still und doch so pompös durch

Greenforts Innenstadt fuhr. Die Krönung Freimuths Karriere, an den letzten Tagen dieser.

Sie bogen ab auf die Mühlenstraße, die rund um die Altstadt führte, vorbei an der alten Grundschule aus braunrotem Backstein. Klaus Freimuth war dereinst selber auf dieser Schule, die sich seitdem von außen kaum verändert hatte. Wie es dort von innen nun aussah, wusste er nicht, trotzdem wusste er, dass wenn heute ein Schultag wäre, die Kinder wohl Freude gehabt hätten zu dem Fenster zu rennen und seinen Streifenwagen an der Front und die beiden folgenden Polizeibullis prall gefüllt mit bewaffneten Polizisten zu beobachten. Er war durchaus so etwas wie ein Held. Das Aufgebot an Einsatzleuten war tatsächlich außerordentlich hoch für eine sonst so friedliche Stadt wie Greenfort eine ist, da Matuschke tatsächlich alles zuzutrauen war. Schließlich hatte er schon vor der Wahl über die Hälfte der Stadt und den ganzen Westkamp unter seiner Kontrolle. War er möglicherweise auf den Besuch der Polizei vorbereitet und hatte sich mit Männern und Waffen in seinem neuen Haus verschanzt? Die Polizei hoffte ihn bestmöglich noch in der Hektik des Umzuges oder der Feierlichkeiten überraschen zu können.

Trotz des großen Aufgebots an Polizistinnen und Polizisten fehlte eine von ihnen. Aus Zorn Freimuths wurde Leonie Neufeld dazu verbannt gemeinsam mit unzähligen Streifenwagen die Felder und Wälder der Umgebung zu durchforsten, ob es nicht doch noch eine Spur des entlaufenden Alfredo Pino gäbe. Dies war höchst deprimierend für die so motivierte junge Kommissarin. Vielleicht wollte Freimuth auch schlicht den Ruhm der Festnahme auf seinen eigenen Schultern geklopft bekommen.

Die drei Wagen fuhren über eine der ältesten Brücken, die über die Dicke Grüne führten und standen nun vor der Gabelung am Wald, an der es links zum berühmten Greenforter Schloss und rechts zu Greenforts pompösesten Villenviertel „Kleiner Hagen" ging. Selbstverständlich bog Freimuth rechts ab, fuhr an seinem eigenen Haus vorbei, an dem er hoffte nicht seine ungeduldig wartende Gattin sehen zu müssen und fuhr weiter an den vielen Villen vorbei. Rechts von ihnen floss die Ostgrüne von blühenden Seerosen überdacht voll barocker Lebensfreude daher, als er den Wagen und seine Nachfolger zum Stehen brachte.

„Dort links! Hinter der hohen Nadelhecke. Dort steht die neue Villa Matuschkes!" sprach er flüsternd zu der Belter. Da war sich Freimuth gänzlich sicher, da zum Einen Rudi Altstädter ihm dies vermutend verraten hatte und zum Anderen seine Frau ihm mit nachbarschaftlichen Tratsch von einem mysteriösen neuen Mieter jener Villa erzählt hatte.

„Wenn Sie sich da so sicher sind, Kommissar Freimuth" sprach Belter in einer skeptischen Strenge, „dann sollten Sie mal aussteigen und durch die Hecke lugen, ob Sie etwas erkennen können!"

Sie mochte diese aufbrausende und dominante Art Freimuths ebenfalls nicht, doch ließ sie ihn einfach mal machen. Immerhin kannte er sich hier am besten aus und erwies sich die Situation eh als beinahe vollkommen ungefährlich. Denn, was Freimuth nicht wusste war, dass die Belter das Haus Matuschkes durch Drohnen bespitzeln ließ und live durch ihre Kopfhörer von der Zentrale zugeflüstert bekam, dass Matuschke unbewaffnet hinten im Garten sich die Sonne auf seinen trainierten Körper scheinen ließ. Dieser Anblick gefiel ihr merklich. Anders als befürchtet, hat er sich auch nicht mit schwerbewaffneten Männern dort verschanzt, sondern waren zwei leichtbekleidete Damen, die Kisten aus einem kleinen

Transportwagen in das offene Haus schleppten, die einzigen Besucher. Die Belter machte sich bloß einen Spaß aus der Wichtigtuerei Freimuths und gespielten Besserwisserei.

„Ich?" sprach er ängstlich verdutzt. „Sind Sie sicher, dass das die richtige Wahl ist?"

Ein Lächeln zog sich über das faltige Gesicht der graublonden Dame, die Freimuth sofort als ihren alten Kollegen aus der Ausbildungszeit erkannte.

„Ja sicher! Sie kennen sich am besten aus. Es ist Ihr Fall. Sie schaffen das schon!"

Da wusste Klaus Freimuth nicht was stärker war: Sein Stolz oder seine Angst. Doch entschied er sich für den Stolz und stieg aus dem Wagen. Die brenzlige Situation heute Vormittag in Pinos Wohnung hatte er schließlich auch souverän gemeistert. Langsam schlich er zur Hecke und lehnte voller Herzklopfen seinen Rücken an sie. Das war genau der Moment, auf den alle jungen Polizisten immer hin fieberten. Aber doch nicht alte kurz vor der Pension stehende! Egal, da musste er jetzt durch. Er schob seinen Kopf vorsichtig zum Rand der Hecke. Dort, wo sie an die gepflasterte Einfahrt und den prachtvollen Garten grenzte. Seine Augen bogen um die Ecke und die schneeweiße Fassade des großen Hauses strahlte ihm ins Gesicht, bis er plötzlich einen Menschen aus der Tür zum Hintergarten rausschreiten vernahm. Sofort zog er rasenden Herzens seine Waffe und flüsterte nach Verstärkung gen Belter. Aus dem Garten schritt eine leichtbekleidete Dame unwissend gen Freimuth. Sie musste ebenso die Bluse der Tanzenden Susi angehabt haben, bloß war ein anderer Name über ihre Brust gestrickt. Da sie so knapp bekleidet war, dass jede mitgeführte Waffe unter ihrer Kleidung für ihn sichtbar sein müsste, sprang er vollen Mutes mit gezogener Waffe aus seinem Versteck ihr entgegen.

„Sofort stehenbleiben!" schrie er der Art unangebracht laut, dass sich die Gruppenführerin dazu genötigt fühlte endlich selber ruhigen Tempos auszusteigen und mit ihren Leuten an der jungen Frau und Freimuth vorbei zu dem dadurch nun wohl gewarnten Matuschke in den Garten zu schreiten. Dies bemerkte Freimuth allerdings nur kaum, da er immer noch mit der Leichtbekleideten beschäftigt war.

„Janine, Janine heiß ich. Ich helfe hier bloß meinen Chef Sven Matuschke."

„Und? Können Sie mir verraten wo Ihr Herr Matuschke sich gerade befindet?"

Stark verwirrt von dieser Frage blickte sie die vielen Beamten nach, die hinter Freimuths Rücken den hinteren Garten stürmten. Freimuth begriff nicht. Der plötzliche Ruhm war ihm zu Kopf gestiegen. Vielleicht überforderte ihm auch schlicht die Tatsache, mal nicht der abgeklärte Chef seiner Leute sein zu können. Sondern, dass da tatsächlich jemand über ihm stand. Und dieser Jemand war sogar eine Frau!

„Na hinten im Garten, denk ich." Ergänzte sie.

Freimuth drehte sich um.

„Wie Ihre Kollegen wohl schon erkannt haben."

Laut hörte Freimuth die Stimme Belters über das Anwesen rufen: „Herr Sven Matuschke. Hiermit verhafte ich Sie im Namen des Gesetzes!"

Das war doch sein Satz gewesen, den er sich schon so oft über seine Lippen hat denken lassen. Beschämt blickte er sich um und packte die Janine an der Hand.

„Für diese Frechheit kommen Sie nun mit! Das ist ja schon fast Beamtenbeleidigung!"

Er zerrte sie hin zu dem kleinen Durchgang, der den Hinter- und Vordergarten der Villa verband und blieb schweigend in der Tür stehen. Ein braungebrannter, junger Mann in blauer Badehose namens Sven Matuschke, wurde von zwei großen

Polizisten auf den Boden gedrückt und gefesselt. Daneben stand eine weitere leichtbekleidete, aber deutlich ältere Dame mit der Aufschrift „Susi" auf der Bluse, die von einer weiteren Polizistin festgehalten wurde. Neben allem stand abermals triumphierend die Frau Belter, die Freimuth schwitzig angrinste.

„Hab´ ich dich also doch noch bekommen, Matuschke!" sprach Freimuth nach kurzem Schweigen laut aus. Alle lachten. Bloß nicht Matuschke und der Freimuth, die im Scharm versanken.

Viele Sonne gingen unter und viele Sonnen gingen wieder auf. Viele Tage begonnen in Greenfort. Es ist so viel geschehen, doch hat sich nichts geändert. Noch immer schien die Sonne auf die grünen Wiesen der Stadt und noch immer schimmerte ihr Licht in grün und blau auf den zärtlichen Wellen der drei Grünen, die das prachtvolle Schloss samt ihrer prachtvollen Gesellschaften umarmten. Die Luft war frei und warm in der Stadt, doch jenseits des Kanals im Westkamp stand sie schwül drückend zwischen den engen Maschen der Häuser der Bewohner dieses armen Stadtteils. Immer ärmer wurde er, wenn nicht zwangsweise aus finanzieller Sicht, sondern zumindest aus psychischer und sozialer Sicht. Wo in Greenfort die Sonne scheint, so versteckt sich im Westkamp ihr hoffnungsloser Schatten. Denn die Hoffnung auf bessere Tage wurden eben jenen Einwohnern genommen, die sich durch die starke Hand Sven Matuschkes vertreten und verstanden gefühlt hatten. Ja, er war ein gänzlich korrupter Mann, der vielen Menschen zum Tyrannen wurde, doch war er auch der Einzige, der eben jenen Menschen Gehör und zuweilen sogar Freundschaft gab. Nach der spektakulären Verhaftung Matuschkes in seinem neuen Garten gestand er nach langer Überzeugungsarbeit den von ihm aus dirigierten Wahlbetrug und wurde in eines der berüchtigtsten Gefängnisse des Bundes verfrachtet. Die Bürgermeisterwahl musste folglich erneut durchgeführt werden und am genau diesem Tage, als die Wahl stattfand und das neue Ergebnis publik wurde, setzt unsere Geschichte wieder ein. Der ganzen Stadt, diesseits und jenseits des trennenden Kanals, war kein Zweifel darangesetzt, dass der siegende Name nur einer sein konnte: Heinz Schulze-Kettlein. So viel war schon vorher klar. Natürlich, schließlich war er der einzig verbliebende Anwärter nach der Inhaftierung Matuschkes auf diesen Posten, dessen Wichtigkeit doch eher zum Zweifel aufrief. Zumindest solange er von einer Person wie Schulze-Kettlein besetzt war, der nun wieder einmal in der Sonne schwitzend in seinem weißen Anzug lächelte, der von Wiederwahl zur Wiederwahl immer enger an ihm herandrückte. Schon so lange war er Bürgermeister in einer Zeit, in der es Greenfort unverändert gut in ihrem erarbeiteten Wohlstand ging, ohne, dass er selber dabei politisch groß in Erscheinung tat. Er war und blieb vielmehr der Grüßaugust der gehobenen Gesellschaft Greenforts, die heute wie alle vier Jahre des Sektes trunken sich auf den Wiesen vor dem Schlosse versammelt hatten. Dies hätte Matuschke wohl auch noch bemerken müssen, dass die politische Macht dieses Amtes in einer Stadt wie Greenfort, dann doch nur sehr begrenzt lag, da das wahre Leben auf den Straßen von einer immergleich bleibenden Ober- und Mittelschicht geformt wurde. Das Leben der feinen Anzugträger hier auf dieser Wiese, auf der schon dereinst das Wahlkampfbankett Schulze-Kettleins stattfand, hätte sich auch bei einem anderen Wahlergebnis nur kaum geändert. Noch immer ständen sie hier und schwängen die Weingläser, bloß hätten sie sich etwas oder jemanden anderes gesucht um es oder ihn zu bejubeln. Im Grunde bejubelten sie alle doch bloß sich selbst. Doch selbst unter dieser elitären Gesellschaft musste man dann doch feststellen, dass sich etwas über die letzten Wochen getan hatte. Nicht im äußerlichen Auftreten der Menschen, sondern viel mehr in den Gedanken ihrer Köpfe. Zwar lachten sie fleißig weiter die nächste und übernächste Flasche Sekt an ihre Tische, doch machte sich deutlich spürbar eine Spannung zwischen den Fliegen, feinen Schuhen und Perücken des Volkes breit. Diese Spannung entstand durch eine sehr eigene Stimmung, die zwischen den

Floskeln „Endlich ist alles wieder beim Alten", oder „Happy End" und dem endgültigen Ende jeglichen Vertrauens in Greenfort lag. Nicht nur, dass man offensichtlich selbst seinen ebenso breit grinsenden Nebenmann nicht mehr vertrauen konnte und begriff, dass man ihn eigentlich gar nicht kannte außerhalb des Festkleids oder der viel zu eng geschnürten Krawatte, wie sich in Persona Rudi Altstädter schockierender Weise gezeigt hatte. Aber selbst hier in den höheren Kreisen begriff man, dass man es nicht ignorieren könne und es eine ernstzunehmende Aussage in sich trug, wenn sich zahlreiche Bürgerinnen und Bürger einer Sekte anschlossen, in der sie sich alle nach und nach umbrachten. So ignorant konnten selbst diese Menschen nicht sein um nicht zu begreifen, dass dann etwas in ihrer Mitte falsch laufen müsse. Das Wesen jener Sekte, die ihr Unwesen mitten im Herzen Greenforts trieb, fesselte und schockierte die Leute beinahe mehr als der letzte Mord, oder der Wahlbetrug Sven Matuschkes. Selbst der neue wie alte Bürgermeister Schulze-Kettlein empfand so. Ihm war es, als würden die glücklichen Geister der suizidablen Seelen über seinen Kopf herumspuken und jeden Menschen auslachen, der das harte Leben auf Erden dem Glücklichen Tod vorgezogen hatte. Als würden diese Geister seinen Kopf immer röter, seinen Bauch immer runder und seine wenigen Haare immer nasser machen. Er wurde aufgeweckt aus diesem schrecklichen Tagtraum, als er in einem Toast seinem Namen vernahm und sich glücklich umblickte. Die Leute rings um ihn herum lachten, feierten und tranken. Geändert hatte sich nur die Verunsicherung in den Köpfen all der Bürger, doch blieb der Alkohol und der eigene Stolz der Rückzugsort dahin, wo alles beim Alten blieb und folglich alles gut ist. Das Bild, was all diese dicken Köpfe nach außen abgaben, blieb gleich und das, musste Schulze-Kettlein mit einem erleichternden Lächeln feststellen, ist ja schließlich am wichtigsten. Er stand auf, wusch sich den Schweiß von der Stirn und sprach seinen fünfzehnten Toast auf die Stadt Greenfort aus. Die Stadt, in der der Selbstmord zur Mode wurde.

Und was war mit Pino? Der große Commissario Alfredo Pino, der in Not herbei geholt wurde um dem Verbrechen und Schrecken in der Stadt ein Ende zu bereiten? Er war immernoch verschwunden. Die vielen Beamten suchten in der Stadt, suchten auf den Feldern und suchten in den Wäldern, doch suchten sie vergeblich. Selbstverständlich wurde auch Sven Matuschke direkt nach seiner Inhaftierung nach Kenntnissen oder zumindest Ahnungen bezüglich seines Aufenthaltsortes befragt, doch konnte auch er, und er antwortete wahrheitsgemäß, keine weiteren hilfreiche Informationen liefern. Immer weiter wurde die Suche ausgeweitet auf das gesamte Land und bald auch in den Nachbarländern und wiederrum deren Nachbarländern. Besonders Italien rückte dabei immer weiter ins Zentrum der Ermittlungen, da sowohl seine Vergangenheit als auch die Mutmaßungen der befragten Zeugen darauf hinwiesen, dass er sich zurück dorthin abgesetzt haben könne. Doch keine Spur des Lebens von Pino war aufzufinden. War er überhaupt noch am Leben? Wie weit mag er wohl gekommen sein, oder hat er es nicht einmal bis hinter die Grenze Greenforts oder gar des Westkamps geschafft und liegt nun irgendwo verscharrt in einem finsteren Keller eines seiner den Ermittlern noch unbekannten Feinde? Die Hoffnung schwand ihn je noch lebend zu finden. Zu wahrscheinlich war es, und da mussten alle die ihn wirklich kannten wie die beiden Greenforter Kommissare zustimmen, dass er durch irgendeine Korruption, kriminelle Machenschaft oder vermutlich eigener Hand seinen Tod gefunden hat. Dieses mulmige Gefühl hatte auch Leonie Neufeld. Doch befürchtete sie eher, dass er sich nach all ihrer deprimierender Gespräche mit ihm und seine eindeutig zweideutigen Äußerungen selber den Weg zum Tod gesucht hätte. Andeutungen dafür so zu denken gab er ihr schließlich genug. Auch wenn sie ihn anfangs so sehr verabscheut hatte, fürchtete sie sich vor diesem Gedanken, denn einfühlen in ihn, konnte sie sich letztendlich dann doch immer wieder, desto mehr Zeit verging. Gestand sie sich zwar wie so vieles nur ungerne ein, da vieles was Pino tat und wie er lebte, stets ihrer modernen Überzeugungen widersprach.

Dann gab es da noch die junge, aufstrebende Kommissarin selber, die in den ersten Wochen, mittlerweile auch Monaten in Greenfort so viel erlebt hatte und durchleben musste. Schockierendes, Lehrreiches, Erschütterndes und Prägendes. Sie wachte an jenem Morgen auf, nachdem sie endlich mal wieder nach all der Zeit im inneren Frieden ausschlafen konnte. Nun lag sie in ihrem kuschligen und frischbezogenen Bett und es wurmte sie nur noch kaum, dass Pino ihr damals entwischt war und sie von ihrem Vorgesetzten Freimuth zur Alleinschuldigen erklärt wurde. Schlimme Konsequenzen hatte er ihr damals angedroht, doch geschah seitdem vieles auf dem Revier, sodass sie mit einem vorübergehend zufriedenen Lächeln aufwachen konnte. Es fiel ihr zwar schwer die weiche Bettdecke von sich zu streifen und das Bett zu verlassen, doch musste sie es tun um den einmaligen Fauxpas, der ihr vor einiger Zeit unterlaufen war, als sie zu spät im Revier antraf, bei einem solchen einmaligen zu belassen. Besonders mittlerweile könnte sie sich so einen Vorfall nicht erneut erlauben. Grund dafür hatte eine für sie entscheidende Wendung in ihrem beruflichen Leben, welches bekanntlich auch ihr einziges war. Nur kurze Zeit nach der Verhaftung Matuschkes hatte sich Klaus Freimuth große Gedanken über seine Zukunft und sein liebes, altes Polizeirevier gemacht. Er kam zu der Erkenntnis, nach reichlichen hin und her Gerede mit seinem Gewissen und seiner Frau, dass es an der Zeit war, sein Amt niederzulegen und schon jetzt in Rente zu gehen. Trotz all des Wirrwarrs der letzten Tage war es ihm allerdings klar, dass es nur eine geben konnte, die seinen Posten hätte übernehmen können. Und das war eben jene junge Jahrgangsbeste Leonie Neufeld, die soeben voller Elan aufgestanden war. Freimuth war nämlich klar geworden, dass er ihr im Falle Pino Unrecht getan hatte. Natürlich war es ebenso seine Schuld, dass Pino aus dem offenen Fenster hatte fliehen können. Schließlich war er es ja sogar, der das Fenster nach den verdächtigen Geräuschen geöffnet und dann auch aufgelassen hatte. Zu sagen, dass Freimuth Schuldgefühle bekam, oder gar einen Fehler eingestanden hätte, ginge wohl zu weit, doch schuldete er es der Kommissarin ein gutes Wort für sie einzulegen und dafür zu sorgen, dass sie seine Stelle übernehmen kann. Ihm war auch schlicht der Druck Leid, den er Tag ein Tag aus von Leonie Neufeld verspürte. Diesem jungen und so kompromisslosen neuen Geist einer jungen Frau wie der Neufeld, konnte er nichts mehr entgegensetzen. Früher, ja früher wäre das kein Problem für ihn gewesen, doch heute schlägt sein altes Herz und die neue Welt halt anders.

Nun war also Leonie Neufeld selber die neue Polizeireivierleiterin und hatte somit ein weiteres einschlagendes Argument für sich zu ihrem Lebenslauf hinzugefügt. Ein Argument dafür ein gutes Leben geführt zu haben. Mit diesem selbstbewussten Grinsen stand sie nun also auf, richtete ihr viel zu großes, weißes Schlaftshirt, blickte sich um und schritt bestimmten Schrittes in ihre Küche. Sie setzte sich hin und aß ihr selbstgebackenes Brot, belegt mit feinem Bioschinken. Tatsächlich war sie nach ihrem unerlaubten Abstecher in der Dönerbude nebenan auf den Geschmack von Fleisch gekommen, der in all der stressigen Zeit auch nicht der einzige blieb. Aber nein, sie hat nicht auf einmal dem Vegetarismus den Rücken zu gewandt. Nein, sie nannte sich nun Flexitarierin. Also jemand, der Vegetarier ist, nur gelegentlich Fleisch isst. Natürlich dann nur ganz bewusst und hochwertig. Manchmal konnte man den Eindruck gewinnen, dass in jenen Tagen alles seinen eigenen Namen brauchte, damit sich jeder Mensch noch als etwas Besonderes oder Besseres, als Mitglied einer exquisiten Gruppe ansehen kann.

Sie aß auf, zog sich ihre neue Uniform an und wollte sich auf den Weg in ihr neues Büro machen. Doch so weit kam sie nicht, da sie aufgehalten wurde. Von einer Person, die zu ihr sprach und doch war niemand vor Ort. Auf dem Boden vor ihrer Wohnungstür lag ein Brief.

Liebe Frau Leonie Neufeld,

Gerne würde ich schreiben „Wundern Sie sich nicht diese Zeilen von mir zu lesen", doch würden Sie sich sicher dennoch und verständlicher Weise sehr wundern, auf diesem Wege von mir zu hören. Schließlich ist es doch eher ungewöhnlich, wenn der verfolgte Verbrecher den Kontakt zu der ihn suchenden Kommissarin aufnimmt. Gewöhnlich ist es da schon eher, wenn ein ehemaliger Kollege sich um das Wohlergehen einer jungen Kollegin in Erfahrung bringen will. Die Fragen, die ich sehr wohl aus Ihren Blicken beim Lesen dieses Briefes ablesen kann, sind unvermeidbar. Warum schreibe ich Ihnen, von wo schreibe ich Ihnen und was ist geschehen, nachdem ich euch entflohen bin? Letzteres will ich als Erstes beantworten.

Während der angespannten und durchaus gefährlichen Situation in meiner Wohnung zwischen Ihnen und den Männern Matuschkes, die Sie im Übrigen eigentlich exzellent gemeistert haben, hatten Sie und der Kollege Freimuth mich zu meinem Glück für einen Moment aus den Augen gelassen. Also ging ich, erst langsam schleichend und schließlich schnell hastend zum offenen Fenster und sprang ohne vorher nach links und rechts zu gucken aus ihm heraus auf die Straße. All meine Sachen lagen zwar noch in der Wohnung eingesperrt, doch musste ich schnellstens weg von meinem alten Zuhause, wenn ich je nochmal ein solches haben wollte. Ich rannte um die Ecke hin zu der Hauptstraße, von der ich per Anhalter mein Glück suchte in die Ferne zu gelangen. Eine wahrlich herzensgute Seele, die sich nicht kümmerte, wie erbärmlich mein Äußeres aussehen vermochte, nahm mich gerade noch rechtzeitig mit, ehe die ersten Streifenwagen an uns vorbei fuhren um mich zu suchen. Wir fuhren nach kurzer Zeit in einen dunklen Wald und machten schließlich am Rand einer abgelegenen Straße halt, nachdem ich unter Tränen jener guten Seele all mein Leid und Kummer gestand. Ich wurde von ihr durch den Wald zu einer Lichtung geführt, an der zwei dicke und uralte Eichen über gemütlich hölzernen Bänken seit Jahrhunderten thronten. Doch waren die Bänke und die Wiese selber keineswegs leer und unbewohnt. Auf umgefallenen Baumstämmen und bunten Decken saßen vielerlei an Menschen, die mich mit offenen Armen aufnahmen. Sie waren die erstaunlich großen Überreste unsere guten alten Sekte „Der glückliche Tod". Ob Sie es mir glauben oder nicht, oder vor der Ironie des Lebens schmunzeln müssen, doch fühlte ich mich sofort wohl bei ihnen und erntete Verständnis und Mitgefühl für alles, was meine Seele erschwerte. Ich fühlte mich endlich in meinem Leben angekommen und angenommen. Endlich begriff mein völlig unvoreingenommenes Herz und nicht nur mein voreingenommenes Hirn, ihre Philosophie vom Glück in deinem Leben, welches du mit in das Jenseits nehmen wirst. Sei der glücklichste Mensch, der du in dem Augenblick des Hier und Jetzt sein kannst! Sterben kann ein Mensch auf unsere Erde leider Gottes jeden Tag. Doch ist deine Seele vollends glücklich, dann bleibt sie es auch nach jenem Schicksal. Denn wie sollte sich daran auch noch etwas ändern? Merke dir diese Worte. Ich schloss mich in der festen Überzeugung in meinem Leben etwas ändern zu müssen ihnen an und sofort begriffen meine Brüder und Schwestern es als ihre Aufgabe meine Seele glücklich zu machen. Eine ungeahnte Macht an Vergebung luden sie mir entgegen, in der sie nicht den Commissario Pino sahen, der sie allesamt hinter Gittern stecken wollte, sondern den hilfesuchenden und endlich Hilfe bekommenden Alfredo. Und schließlich an dem Tag, der der meine werden sollte, an dem ich am glücklichsten war, führten sie mich wieder zu den alten Eichen. Der rituelle

Wein hatte mein Gemüt bereits frohlockt und die seilende Schlinge wehte schon am starken Ast der größten Eiche. Ja, es war tatsächlich der Tag, an dem ich am glücklichsten in meinem Leben war. Der Tag an dem mich das Hier und Jetzt so sehr wie noch nie zuvor erfreute, was meine Seele bis in die Ewigkeit des Todes mit Frohsinn und Eudaimonia versorgen würde. Niemals hätte ich gedacht in meinem Leben noch einmal solchen inneren Frieden und inneres Glück zu erfahren und als man mich schließlich auf die Leiter am Baume stellte, drehte ich mich weg, bedankte mich und suchte freuenden Herzens das Weite.

Doch warum verabschiedete ich mich und suchte nicht die von der Sekte prophezeite Erlösung in dem bittersüßen Schmerz des glücklichen Todes? Dafür gibt es viele Gründe, die mich dazu bewegten und ich kurz umreißen will. Das große Drama und auch in gewissermaßen der kulturelle Hype um die Selbsttötung gibt es gewiss schon seit der Antike. Ich denke da an eine Dido oder die große Lucretia. Sie wurden literarisch auf einem Wege verkörpert, der sie zu den großen Frauen der Weltgeschichte machen, die sie heute sind. Besonders Lucretia, die vom König vergewaltigte Gattin eines tugendhaften Römers, ist durch ihren Tod eigener Hands zur Heldin Roms geworden und wurde zum Startschuss ihrer heiligen Republik. Und auch der Tod Didos nach Aeneis Verlassens verkörpert auf eine von der Nachwelt heroisierende Weise das Leid und die Liebe der Menschen. Doch sind all dies literarische Heroisierungen, die uns vergessen machen lassen, was dieser Tod, dieses Ende durch eigene Hand in Wahrheit ist. Der Tötende selber verabschiedet sich aus der Welt und hinterlässt bei nicht mal einer Seele auf der Erde einen Hauch von Freude. Bloß Angst und Trauer bleibt im Diesseits. So sollen sich auch jene Schriftsteller hüten nur zu leichtfertig den

Selbstmord als krönendes Ende seines Werkes zu nutzen, ohne sich Gedanken darüber zu machen, dass es einen tieferen menschlichen Abgrund nicht geben kann, das gewiss nicht als Allheilmittel zum dramatischen Ende dienen kann. Denn auch der, der im echten Leben moralisch, emotional und schlicht alles falsch gemacht hat, darf im echten Leben weiterleben.

Besonders die Antike samt ihrer Literatur und Lebensansichten meistert diese vermeintliche Grande Finales in ganzer Perfektion in ihren Dramen und Epen. Doch auch ich, der zu den größten Bewunderern antiker Kultur zählt, kann trotz aller dichterischen Kunst kein Verständnis für den Selbstmörder haben. Wir haben heute kein antikes Verständnis vom Tod mehr und auch nicht steht der Stolz über allem. Niemals möchte ich die Kränkung von Stolz und Ruhm als fataler ansehen als das Ende im Tod. Denn was Tod bedeutet, sollte man sich in tiefgründigen Gedanken überlegen. Es ist das Ende, das große und endgültige Ende des Lebens auf der Erde, wie wir es kennen. Kein Leid der Welt, und schon gar nicht ein Leid, welches in der Art privilegierten Gegenden in der sowohl wir, als auch die königlichen Helden der Antike leben, kann schlimmer sein, als die Trauer der Hinterbliebenen; selbst, wenn ein solcher wie ich von Freund und Familie verlassen ist, so weint die Welt doch um ihn. Denn die Welt ist schön und sie ist gut und daran ändert sich auch nichts. Das Einzige, was sich ändern kann, ist dein Leben und deine Gesinnung. Sind es eben diese, die dich einst in den Kummer treiben sollten, so kannst du diese ändern, indem du jenen Schatten verlässt und in das Licht eintrittst, an dem die Freude ist.

Gewiss bin ich mir bewusst, dass ich solche Worte keinem afrikanischen Mienenarbeiter, ich hoffe, das ist dir jetzt nicht politisch inkorrekt, erzählen brauche, der Tag und Nacht wahres Leid verspüren muss. Ja, das ist wahres Leid und nicht die Probleme, die wir hier uns auferlegen. Das sag ich als einer, dem das Schicksal fiese Streiche gespielt hatte. Doch selbst jener Arbeiter steht jeden Tag wieder auf und ergibt sich seinen Qualen, denn auch er strahlt vor Glück, wenn er nur für eine Stunde in der Woche seine Familie sieht, oder auf einer schmerzhaften Wanderung mit seinen Kollegen ein Lied singt. Es sind die kleinen Dinge, die das Leben schön machen, doch wir wollen stets die großen. All mein Leben war ich auf der Flucht vor dem Schicksal, doch jetzt will ich es leben!

Wie Sie wohl bemerkt haben, bin ich mittlerweile in das Du gerutscht. Ich weiß, dies ist etwas vor dem Sie sich sträuben, doch schadet es sicher nicht die Welt und die Menschen als Freunde anzusehen. Gewiss auch dann nicht, wenn dabei solche intimen Gespräche herauskommen, wie es bei uns der Fall ist. Verzeih, aber das Du bleibt bestehen.

Der Tod ist das, glaubst du an das Jenseits, ein Leben danach oder sonst etwas, welches die Menschheit beutelt und verzweifelt wie nichts anderes. Daher erscheint mir mittlerweile jeder leichtfertige Gedanke an den Suizid und jeder vermeidbare Tod auf Erden als ein Schlag ins Gesicht, für all diejenigen, die wider ihren Willen aus dem Leben gerissen wurden und jeden trauernden Angehörigen, der einen Geliebten verloren hat. Damit will ich nicht sagen, dass solch Emotionen und depressive Gedanken etwas zu Verurteilendes sein! Nein, ganz sicher nicht. Denn dafür ist die Macht der Emotionen zu groß und in Teilen zu wunderschön, als dass man sie alle Zeit selber bestimmen könnte. Und ja, auch die Trauer kann eine solche wunderschöne Emotion sein, die unseren Körper von dem Bösen langsam aber schmerzend reinigt und uns daran erinnert, dass wir ein Mensch sind und vor allem, wie schön die Welt doch eigentlich war und somit sein kann und ist. Ein rationaler Blick auf die Emotionen kann sich gewiss bloß zum Guten herausstellen. Generell will ich mit diesen Worten niemanden verurteilen, noch dich oder sonst wen belehren. Ich liste bloß meine Gedanken auf, die mich dazu bewegten dem Glücklichen Tod den Rücken zu kehren und das Leben auch ohne den Tod als Belohnung genießen zu können. Wenn ich eine tiefe Botschaft in diesem Brief vermitteln will, dann die, dass die Welt schön ist. Und auch das Leben ist dies, wenn du es nur schön sein lässt.

So bitte ich dich als Freund, der der Mensch dem Nächsten nun mal sein soll, das Glück dich finden zu lassen und nicht der neomodernen Volkskrankheit zu verfallen, dir Probleme zu machen, wo keine sind. Ich bitte dich auch dir Gedanken zu machen, ob du dein Leben zumindest in Teilen falsch angegangen bist bis hierher. Denn Leben heißt nicht arbeiten. Man muss es tun um es aufrechtzuerhalten, doch es ist es nicht. Doch trotz aller Fehler, die ein jeder macht, leben wir weiter und das ist auch gut so, denn das Leben ist ein Geschenk und kein Buch, in dem der Autor seine Protagonisten für ihr falsches Leben mit dem Tode bestraft.

Dies waren meine Gedanken, die mich von der Sekte entfernen ließen. Und das mit vollster Überzeugung, ohne weiterhin zwischen Skylla und Charybdis wählen zu müssen. Du hast sicherlich Verständnis dafür, dass ich keine Anschrift hinterlasse. Doch bin ich froh eine Freundin gewonnen zu haben, selbst wenn ich wohl der Einzige bin, der dies so erkennt. Wirst du mich jagen, da du weißt, dass ich noch lebe, oder nicht? Ich weiß es nicht, doch lasse mich und meine Worte in dein Herz. Vielleicht verstehst du sie auch nicht oder hast sie nicht mal bis zum Ende gelesen. Vielleicht verstehst du auch schlicht nicht, was ich mit diesem Brief von dir will. Doch hoffe ich, dass wenigstens du die Erinnerung an mich in Ehren hältst. Die letzten Wochen haben mich so sehr wie noch nie etwas in meinen Leben verändert, weshalb ich diesen Brief schreibe um all meine Gedanken zu verschriftlichen.

Lebe wohl Leonie Neufeld!

Mit erhabenen Grüßen von jenem unbekannten Ort, den ich mir zum Leben auserkoren habe

Ihr Commissario Alfredo Pino

P.S.: Ein Vögelchen hat mir geflüstert, dass du Klaus´ Stelle im Revier übernommen hast. Meinen Glückwunsch dazu! Wurde Zeit, dass der alte Freimuth seinen Platz räumen musste. Dadurch sei dir mein Wort noch eindringlicher gesagt: Lass das Glück des Lebens und nicht bloß der Arbeit dich finden! Nochmals rufe ich dir ein Lebewohl entgegen und wünsche dir nicht einen Glücklichen Tod, sondern ein Glückliches Leben!

- D A S   E N D E -